保羅・貝提 PAUL BEATTY

何穎怡——譯

背叛者

推薦序

不過是與現實一樣瘋狂的種族諷刺小說

◎劉文（中央研究院民族學研究所助研究員）

我們準備好閱讀黑人的諷刺小說了嗎？若是書中的黑人主角不傾訴悲痛的種族史，大剌剌地操著種族主義色彩的髒話，不介意「黑人男性的高度性威脅」刻板印象，嘲諷白人在「政治正確」文化下的虛情假意，我們要用什麼樣的情感來迎接《背叛者》中辛辣的美國現實？

保羅・貝提書寫的目的，就是要讓我們（多數不是非裔的讀者）感到不舒服。在他的書中沒有令人滿腔熱血的黑人革命，也沒有結局溫馨的黑黃白種族大融合，只有讓人想笑但又尖銳的隱喻接著另一筆隱喻。這不是一本好消化的書，很像是連續工作了十二小時吃了一堆充滿反式脂肪的外帶食物後，被邀請去一場最實驗最前衛的嘻哈演唱，然後連灌了五個shot的龍舌蘭酒，在震耳欲聾的爆破音響以及各種感官的刺激下，你快要吐出來的時候，突然感覺舌尖上的鹽與檸檬的酸鹹比例，居然意外地爽快。

其實《背叛者》並不是一本特別基進的小說，貝提只是寫出了大多數的作者不敢下筆的現實，那就是「種族主義」仍是主導這個社會最深遠、最暴力的意識形態。英文原文在二〇一五年出版，即使距離這本華語翻譯的出版時間，並非太久遠，但二〇一五年的（西方）人們多數活在世界終將走向後種族時代的幻覺。二〇一六年川普當選美國總統，即藉著毫不掩飾、反對政治正確的修辭，贏得支持者的歡心，也隨之推波助瀾歐美種族主義右翼的崛起，隨之而來更全球性的「黑人的命也是命」（Black Lives Matter）運動，刺破了後種族時代的謊言。種族不僅僅是活生生的現實，還可能莫名其妙地奪走一個人的性命，你可能只是開著車、穿著帽T在社區中散步，或者準備進加油站買一罐飲料，都有機會被認作種族的可疑分子。就像貝提筆下的敘事者，在父親死於警察謀殺後，他半開玩笑寫到：「種族主義已死，不代表他們不會當場射殺黑鬼。」

《背叛者》書如其名（原文：Sellout，「出賣者」），主角對於自己黑人的認同有著一種若即若離與嘲諷性的關係。他痛恨課本中的「多元」典範、拒絕承擔黑人的集體罪惡感，甚至擁有一名叫做「玉米粥」的奴隸，乍看之下，主角就是一名不折不扣的現實主義者，願意臣服在白人主導的世界中，務農度日，不抱持任何種族革命的偉大理想，開其他太過認真妄想改變世界的黑人的玩笑。他說：「我瞭解黑人唯有真正幹了壞事才沒有罪惡感，因為擺脫『黑人』與『無罪』兩者的認知失調，鋃鐺入獄變成解脫。就像迎合取悅白人想像是種解脫，票投共和黨是種解脫，與白人結婚也是種解脫。」

當然，貝提真正嘲諷的對象不是黑人，而是黑人的「身分政治」，也就是從六〇年代以後，主流黑人政治強調要與白人社會共榮共存，理解並走過種族的傷痛，急於解釋自己為何「適合」美國社會的黑人身分政治。像是他的父親，一名社區大學的心理學學者，相信充滿正向刺激的環境與正確的種族教育能夠給自己的兒子賦權，讓他擁有良好的正面黑人認同。他的父親甚至在主角身上，重複了非裔心理學家克拉克博士夫婦著名的洋娃娃實驗，卻失望地發現，比較起黑皮膚的洋娃娃，自己細心培育黑人身分認同的兒子，仍是偏好白皮膚的肯尼與芭比，一氣之下將自己所有的研究成果扔進火爐。

貝提在書中安排主角回憶起這項心理學的實驗，是很關鍵的橋段，因為整個實驗隱隱提出了主角後來走向「基進種族分離主義」的動機。在四〇年代，克拉克的洋娃娃實驗，成為宣判種族隔離違反憲法的「布朗訴托彼卡教育局案」（Brown v. Board of Education of Topeka）中的重要證據，因為克拉克的研究顯示了在種族隔離之下，經過長期的社會歧視，非裔小孩不僅偏好白人膚色的洋娃娃、慣性將正向的形容詞賦予在白娃娃身上，甚至認為黑皮膚的娃娃是自己負面的「黑鬼」倒影。鮮少人知道或願意討論的是，即使這項實驗帶來法律上對種族正義的正面效用，當法律上的種族隔離結束後，社會、文化與階級的種族並未終止。到了六〇年代，克拉克與其他心理學家發現，在種族隔離學校中非裔學生的表現，居然比在種族融合學校中的非裔學生表現來得好。即使種族融合仍是當下種族正義重要的長程目標，不可能一步到位，在白人優越感尚未消滅的社會中，貝提毫不留情地點出美國社會至今持續慶祝這段輝煌的「種族大融合」歷史的虛偽之處：「對許多人來說，『融合』是個固定的概念，但是在美國，融合可能只是矯飾。」

書中的劇情高點來自當主角的父親死後，他宣布要找回已經在地圖上消失的、他記憶中的的加州狄更斯城，建立一個沒有「老中、各種膚色漸層的西班牙裔、無技術的猶太人」的種族分離城鎮，並和「失落的白人男性特權城」作為姊妹市。在狄更斯，學校將實施種族隔離、公車上寫著「優先禮讓長者、身障人士、白人」——有何不可？主角認為，反正這件事白人早就幹過了，在骯髒到泛黃的舊巴士站廁所，他刷開門上一排褪色的金屬字，「僅限白人」這幾個字即透露了歷史原罪的來源。種族隔離的實驗，不過是主角為了防範黑人的空間再次受到白人社會與其他移民墾殖者的掠奪，他說：「隔離是為了讓每棵樹、每株植物、每個可憐的墨西哥人、每個可憐的黑人都有平等機會接觸陽光與水。」白人莫入。就像主角的父親警告過他的，切莫與白人一起玩大富翁，或者喝兩杯以上的啤酒，因為那會讓人滋生錯誤的熟悉感，以致誤判權力的現實，隔離讓人腦袋清醒。

當然，《背叛者》故事的內容是非常荒謬的，但它的諷刺之處，即是在那麼幾個瞬間，我們不得不同意貝提筆下的犀利和真實。就像是書中的角色「玉米粥」提到，說不定種族隔離的狄更斯反而會吸引更多白人的重新入住，當作是一種最新型的房地產噱頭：「歡迎來到美妙的狄更斯鎮：洛杉磯河岸邊郊區天堂。年輕幫派、退休明星與種族隔離學校之家！」這項臆測非常精準地點出「白人性」的掠奪與荒誕之處：它可以吞噬任何一種可能的反抗，將它重新包裝成為資本的新興市場。貝提的厲害即是，在他半調侃、半嚴肅，似真似假的話語中，我們被迫檢視與審思「政治正確」的種族正義論調之中的虛情假意。他不斷提醒我們，歷史並非寫在書本中的東西，而是活生生的記憶、情感，以及歌曲，你以為已經過去的事，可能會毫不預警地再次上演，而人們已經習以為常的狀態，也可能只是過眼雲煙，比如歐巴馬時代所象徵的「希望」，他寫到：「你還記得黑人總統全家在白宮草坪手牽手散步的照片嗎？就在那些照片以及那個時刻裡，世間沒有種族歧視，他媽的僅限彼時彼地。」

貝提不願意讓我們太過自在，舔舐種族傷痛並且豢養同理。他透過諷刺的筆法，挑戰認知與是非的疆界，也逼迫我們問自己，在這荒謬的社會，什麼才是真正的正義？

歡迎來到美妙的狄更斯鎮，種族的張力與現實一樣刺激，#no filter。

獻給

艾菲亞・安瑞克・華沙

序曲

黑人說這話，可能匪夷所思，但是，我真的不偷不搶。打牌不出老千，不逃稅。從不看白戲，碰到對重商主義運作、最低薪資展望一無所知的藥妝店員結帳時多找了我零錢，也從未吞下。我沒闖過空門。沒搶過酒類專賣店。從未在擁擠的巴士和地鐵霸佔博愛座，掏出我的巨大陽具打手槍，面色挫敗滿足我的變態慾望。可是此刻我卻在這裡——美利堅合眾國最高法院眾多房間之一，我的車呢，很諷刺的，違規停在憲政大街上。我的雙手交叉反銬，坐在厚墊椅上，看似舒服，實則不然，像極美國。我的緘默權呢，早已放棄，與之說掰掰。

一封戳蓋彩票紅色大字「**重要**」、貌似官函的信將我召喚至此。抵達此城後，我止不住戰慄。

信上寫：「敬啟者，」

「恭喜臺端雀屏中選！在數百件上訴法院案件中脫穎而出，提至美利堅合眾國最高法院聽證。實屬殊榮！臺端之聽審排在『主後……年三月十九日上午十時』，我們極力推薦臺端提早兩小時抵達。」信中附機場、火車站、九五州際公路前往最高法院的地圖，以及一疊鄰近景點、餐廳、民宿的折價券。信函未署名，僅書……

美利堅合眾國檢方

謹上

圓環系統混亂的華盛頓特區街道寬敞，處處是大理石雕、古希臘石柱與圓頂建築，旨在模仿古羅馬（如果古羅馬街上也都是黑人遊民、嗅聞搜索炸彈的警犬、遊覽車與櫻花的話）。昨日下午，我就像從洛杉磯叢林最黑暗蠻荒躍出的衣索比亞人，腳著涼鞋，踏出旅館，加入藍色牛仔褲鄉巴佬的朝聖隊伍，緩慢且愛國地行過這個帝國的歷史地標。我瞠目呆望林肯紀念碑。心想如果**老實人林肯**復活，有辦法自寶座抬起二十三呎四吋高的瘦削身軀，他會說什麼？做什麼？跳霹靂舞？朝人行道邊石扔銅板？他會讀報紙，訝然發現他所拯救的聯邦已成失能的財閥政治，他所解放的人民已被節奏、饒舌音樂，掠奪性貸款[1]驅之為奴，而他的技能更適用於籃球場而非白宮？他能接住快攻傳球，連同他的鬍鬚一起拔地而起，遠射三分，應聲破網，在空中瀟灑停留，一邊嘴裡噴垃圾話？**偉大的解放者**，你擋不住他，只盼能拖住他。

不出所料，五角大廈除了發動戰爭，無啥可幹。觀光客拍照，甚至不得將五角大廈入鏡，因此當某海軍退役老兵一家四代身穿水手服，交給我一臺即可拍相機，拜託我沿路偷偷跟拍他們立正、敬禮，以及莫名其妙的比V手勢時，我很樂意為國效忠。國家廣場前，一位白人男孩孤獨向華盛頓進軍[2]，躺在草地上玩3D魔術，遠處的華盛頓紀念碑就像一支巨大的白人陽具，從他打開拉鍊的褲襠竄出勃起。他邊跟行人說笑，對著他們的手機鏡頭微笑，一邊撫摸自己魔術攝影的不倒銀槍。

到了動物園的靈長類鐵籠前，一頭四百磅大猩猩跨騎在平削過的橡木樁上，環視牢籠中的子民，我聽到某女人驚嘆牠姿態威武如總統。她的男友敲敲解說牌說，這隻「威武如總統」的銀背大猩猩正好叫巴拉克呢[3]，女人放聲大笑，直到看見我——房間內另一頭四百磅重的大猩猩，正把最後一根「大棍冰棒」或者奇基塔基香蕉塞進嘴裡，她開始發愁，淚眼汪汪為她的口吐實言以及我的不幸出身道歉。她突然說：「我某些最要好的朋友恰巧是猴子呢。」這次輪到我笑了。我知道這是怎麼回事。這整個城市根本就是佛洛伊德式口誤、美國善行與惡行的具象

---

1 掠奪性貸款（predatory lending）是誤導性或欺詐性的貸款，以不瞭解信貸市場，且信用記錄較低的購房者或借款者為目標。

2 此處是借用「向華盛頓進軍」（March on Washington）事件。一九六三年八月二十八日，以馬丁．路德．金恩博士為首的六大團體號召了二十五萬人在華盛頓遊行，名為「為了工作與自由：向華盛頓進軍」。

3 Baraka，正好與歐巴馬總統同名。

勃起。奴隸制度？昭昭天命[4]？《勒薇恩與雪莉》[5]？在德國屠殺歐洲猶太人殆盡時袖手旁觀？怎樣？我最要好的朋友是非洲藝術館、大屠殺紀念館、北美印第安人博物館、美國女性藝術館呢。此外，不吝奉告，我外甥女的老公還是隻紅毛猩猩。

你只需喬治城、唐人街一日遊。漫步經過白宮、鳳凰屋[6]、布萊爾宮[7]與當地毒窟，訊息便昭然若揭。不管是古羅馬或現代美國，人，非公民即奴隸，非獅子即猶太，非有罪即無罪，非舒服即不舒服。而我，幹他媽的，在美利堅合眾國最高法院的法庭裡，雙手反銬，座椅皮墊滑溜不堪，不想出糗摔倒於天殺的地板上，唯一方法就是盡量朝後躺，其角度，雖不足以繫獄，卻絕對構成蔑視法庭。

鑰匙脆擊如雪橇鈴響，法庭工作人員魚貫入內，兩人一列，頂著平頭，宛如由上帝之愛與國家駕馭的克萊茲代爾挽馬，只是少了馬車。領頭的百威啤酒馬[8]是位傲然女士，胸前披掛彩虹鮮豔勳章與飾帶。她敲敲椅背，示意我坐正。我可是傳奇的公民不服從者，反而更向後傾，砰地，屁股疼痛著地，形成疲軟的無暴力抗爭姿態。她朝我臉上搖晃手銬鑰匙，僅以一隻無毛的厚實臂膀，一把拉起我坐正，把我的椅子向前推，緊靠桌子，近到散發檸檬芳香的紅木拋光閃亮桌面清晰倒影我的領帶與西裝。我從未穿過西裝，賣西裝的人說：「我保證你會喜歡自己的模樣。」但是桌面上回瞪我的那張臉孔就跟任何穿了西裝、留著玉米貼頭辮、雷鬼辮、光頭，叫不出名字、面目難辨的黑人上班族一樣——罪犯一枚！

賣西裝的人同時保證：「人清爽自然心情好。」我要討回一百二十九元，因為我不喜歡自己的模樣。不喜歡我此刻心情人如衣裳——廉價、發癢，縫線綻裂、分崩離析。

警察總是期待你稱謝，不管是剛剛指點了你郵局方向，或者在巡邏車後座痛扁你一頓，抑或我現在的例子，幫我解開手銬，歸還我的大麻與吸食用具，奉上最高法院的傳統鵝毛筆[9]。這位女士不同，從清早與同事在最高法院高聳的四十四級臺階與我碰頭以來，臉上始終掛著同情之色。他們並肩站在上書「**法律面前人人平等**」的人字牆下，對著清晨陽光瞇眼，擋住我的去路，落櫻如頭皮屑點綴他們的防風外套。我們都知道這是做戲，毫無意義、最後一分鐘的國家權力展示。唯一沒搞懂這笑話的是那頭可卡犬，牠的伸縮狗繩在身後飄掃，迸地撲上我，興奮狂嗅我的鞋子與褲管，扁平濕潤的鼻子不斷摩擦我的褲襠，然後溫馴坐在我腳邊，尾巴驕傲敲地。我犯的乃是滔天大罪，如果他們以聯邦建築內不得持有大麻罪名逮捕我，就像對希特勒

---

4 昭昭天命（Manifest Destiny）是十九世紀的政治詞彙，美國被賦予擴張領土至整個北美洲的天命。

5 《勒薇恩與雪莉》（*Laverne and Shirley*）美國七〇年代著名情境喜劇。片子一開始總是勒薇恩與雪莉跳房子，唱著schlemiel, schlimazel, Hasenpfeffer（意第緒語的「拙蛋、慘逼、胡椒醃兔子」）。

6 鳳凰屋（Phoenix House）是非營利性的戒毒機構。

7 布萊爾宮（Blair House），美國國賓館。

8 百威啤酒自美國解除禁酒令後便培育克萊茲代爾（Clydesdale）挽馬，用於廣告與宣傳。世人逐漸將兩者劃上等號。

9 美國最高法院自一八〇〇年代開始就有提供出庭者鵝毛筆的傳統。

僅控以竊盜罪，抑或對五十年來不斷有煉油廠爆炸、毒物外洩、漏油、大做無恥不實廣告的跨國英國石油公司，僅控以亂倒垃圾一樣。因此，我拿菸斗大力敲擊紅木桌面兩下，接著把膠質殘渣吹落於地，重填自產大麻。那位女士就像行刑隊替叛逃者點上最後一根菸，也順從地按下比克打火機，為我點菸。我拒絕蒙上眼罩，鄭重其事吸上大麻史上最堂皇的一口，極力呼籲被種族歸類[10]、求墮胎權不可得、焚燒國旗，以及行使憲法第五修正案[11]權利者都要求重審，因為區區在下我，此刻正在本國最高等法院嗨到最高點呢。法庭人員目瞪口呆。我就是史柯普斯猴[12]再生，非洲裔美國人法理學演化史的遺失環節活生生再現。我聽到那頭可卡犬在走道低鳴抓門，我呢，朝著西班牙大理石做成的天花板巨大橫飾帶噴吐龐然如氫彈蕈狀雲的煙圈。橫飾帶上的臉孔就是民主與公正的經咒，包括漢摩拉比、摩西、所羅門、穆罕默德、拿破崙、查理曼大帝，以及一位身著光鮮長袍的古希臘兄弟會人物，他們居高臨下，對我施以冷酷審判眼神。我懷疑如果在此受審的是高爾或者斯科茨伯勒男孩[13]，他們的目光還會同樣不屑嗎？

只有孔夫子看起來很酷。身穿華美的中國絲綢寬袖袍，腳踏功夫鞋，留著少林師父鬍鬚。我高舉菸斗過頭，敬他一口；千里之行，始於一抽⋯⋯。

他說：「千里之行狗屁是老子說的[14]。」

我說：「你們這些狗娘養的哲學家詩人，我聽起來都一樣。」

此次之旅是一長串種族相關里程碑案例的最新一例，我猜憲法學者與古生物文化學家會爭論我在歷史軸線上的位置。對我的菸斗做放射線碳定年，判定我是不是德雷德・史考特[15]的直系血親。此君乃有色人種謎團、居住在自由州的黑奴，對他的妻兒而言，他是男「人」，也像個男「人」控告主人，爭取自由，卻稱不得憲法上的「人」，因為在最高法院眼裡，他只是財產：一個「黑色二足動物，不配擁有白人尊重的任何權利」。他們會詳讀案件摘要，翻閱南北

---

10 種族歸類（racial profiling）執法機關在研判某樁罪行時，把嫌疑人的種族背景列入考量。

11 美國憲法第五修正案於一九七一年正式批准，除軍事案件外，任何人非經大陪審團的起訴或指控，不受判處死罪或其他不名譽罪之審判；任何人不得因同一罪行而兩次受審；不得在任何刑事案件中被迫自證其罪；不經正當法律程序，不得被剝奪生命、自由或財產；不給予公平賠償，私有財產不得充作公用。

12 史柯普斯猴（Scopes monkey）指一九二五年，美國田納西州高中代課老師John T. Scopes違法在公立學校課堂教授人類演化學，被起訴，他的審判又被稱為「史柯普斯猴審判」。

13 高爾（Al Gore Jr.），美國前副總統，二〇〇〇年，美國總統大選，高爾贏得普選票，布希贏得選舉人票，雙方在佛州選票爭議上僵持不下，最後由最高法院以五比四裁決布希勝選。斯科茨伯勒男孩（Scottsboro Boys）指一九三一年在阿拉巴馬州斯科茨伯勒受審的九名黑人男孩，他們被控性侵兩名同車白人女孩，八名被輕率判處死刑，僅有一名十三歲的被告倖免死刑。後經最高法院裁決，僅有四人獲判重刑，其餘五人無罪釋放。這是美國著名民權事件。

14 原句應為「千里之行，始於足下。」語出老子《道德經》。

15 德雷德・史考特（Dred Scott）曾隨主人居住在自由州兩年，回到蓄奴的密蘇里州，他在一八五七年提起訴訟，要求獲得自由。最高法院以七比二票判決他敗訴，理由之一是：即便是獲得自由的黑奴也不是憲法中的美國公民，無權在聯邦法院提起訴訟。

戰爭前的羊皮紙文獻，試圖判定本案裁決會不會推翻普萊西訴弗格森案[16]，還是更形支持。他們會徹查所有農園、平民住宅，以及積極平權法案時代之後在郊外土地細分區興建的都鐸風豪華宮殿，挖開後院，在已經石化的骰子與骨牌上尋找種族歧視的遺跡與幽靈，挖出裝訂過的法律文書，為已經固化的權利與令狀撢塵，然後宣布我為「前所未見的嘻哈世代先例」，與「天行者路克」路德．坎貝爾[17]系出同源。這位齒縫很大的饒舌歌手在法庭上爭取戲諷白人、大樂一場的權利，這可是他的慣常作為。要是身分對調，我會一把搶過首席大法官倫奎斯特[18]手中的鋼筆，寫下我的不同意見書，斷然指出「一個暢銷歌曲為〈在下我好淫〉（*Me So Horny*）的不入流饒舌歌手，不配擁有白人（＋身價僅同一雙彪馬麂皮鞋的霹靂男孩[19]）尊重的任何權利。」

菸草灼燒喉嚨。我大喊：「**法律面前人人平等**。」並不針對任何人，只在證明大麻的威力以及憲法的渺小。在我們那個讜論滔滔、實踐闕如的鄰里有此一說——寧被十二人判刑坐監，不被六人抬棺而行。這是常見於饒舌歌詞的格言，垂死掙扎前的兩難算計，表面上尊崇體制，實則是先開槍再說，相信你的公設辯護人，然後感謝上帝你毫髮無傷。但是據我所知，在上訴法院裡，此說並無法理之必然。我還從未聽過街角雜貨鋪粗漢邊喝單一麥芽威士忌，邊說：「我寧被九人審判，不願生死操之一人。」為了爭取此棟建築外牆開心宣示的「**法律面前人人平等**」，人們不惜喪命，但是無論被告有罪或無罪，甚少能走到最高法院這一步。他們在法庭的上訴多半止於老母涕泗縱橫懇求上帝慈悲，或者阿嬤的房子做二胎抵押。如果口號可信，我早該獲得應有的公義，但是沒有。但凡人們覺得有必要在大樓或建築群外牆飾以「**勞動帶來自由**」（*Arbeit Macht Frei*）、「**最大的小城市**」、「**地球上最快樂的地方**」這類標語，就是欠缺信心，為自己佔據了世人有限的空間與時間巧織藉口。去過內華達州的雷諾嗎？那可是**全世界最爛的小城市**。而如果迪士尼樂園真是**地球上最快樂的地方**，最好是祕而不宣，否則就該門票免費，而不是貴33如底特律這類「撒哈拉以南」非洲小國百姓的平均年收入。

以前，我並非如此。幼時，我以為所有黑人的問題源自我們缺少格言。缺少類似簡潔的「自由平等博愛」，可以拿來掛在吱嘎作響的鑄鐵門上，鑲在廚房刺繡掛飾，或者儀式用旗上。這句格言該像最棒的美國黑人民間傳說或髮型，簡單卻深刻，**高貴**卻平等。召喚那些表面看似無膚色差異，實則眾人默知其內心黑到不行的族群。我不知道男孩們這種想法從何而來，但是如果你周遭的朋友都直呼老爸老媽其名，你便知道事情不對勁了。在這種恆常的歇斯底里

16 一八九六年的普萊西訴弗格森案（Plessy v. Ferguson）判決維護了種族隔離的合法性，使得美國南部各州在公共場合實施的「隔離但平等」的種族隔離法延續了半個多世紀，到一九五四年才廢除。

17 「天行者路克」路德・坎貝爾（Luther "Luke Skywalker" Campbell）在一九九四年遭Acuff-Ross唱片公司控告他所屬團體2-Live Crew侵犯版權，使用Roy Robison的歌曲〈*Oh Pretty Woman*〉。高等法院裁決商業用途的戲諷（parody）適用於版權法的合理使用範圍。

18 威廉・倫奎斯特（William Hubbs Rehnquist），美國保守派法學者，曾任最高法院首席大法官。

19 霹靂男孩（B-boy）泛指所有喜愛嘻哈文化的男孩。

危機時刻，還有什麼比得上一個破碎的黑人家庭齊聚爐火前，凝視壁爐檯，閱讀振奮人心的話語更棒？管他這句話是刻在可愛的手工紀念盤，還是你以刷爆的信用卡在深夜電視直銷節目買來的限量版金幣上。

其他種族都有座右銘。奇克索印第安人的格言是「未被征服且不可征服」，雖然它不適用於賭城牌桌，以及內戰時與南軍的對陣上。諸如真主至大、仕方がない[20]、永矢弗諼、哈佛大學九十六屆畢、服務人民保護人民等格言，並非僅是歡迎詞或者陳腐之言。它們是滿血復活的密碼、語意學的「氣」，可以壯大我們的生命原力，串連所有心意相同、膚色相同、皮鞋相同的人。地中海人是怎麼說的？同面同種（*Stecca faccia, stessa razza*）？每個種族都有座右銘。你不信？去問問人資室那個舉止像白人、說話像白人，卻有點四不像的黑髮傢伙。向前。問他為什麼墨西哥門將總是有勇無謀，或者外面卡車販賣的墨西哥捲餅能吃嗎？去啊。問他。挑釁啊。你去逆逆他那顆西班牙殖民地美洲土著的扁頭毛啊。看他會不會轉身回應你「為我族類，兩肋插刀；非我族類，一切免談！」（*¡Por La Raza—todo! ¡Fuera de La Raza—nada!*）

十歲時某個漫漫長夜，我躲在薄被下，與我的黃色活力熊相依偎。它的膨鬆身體充滿神奇語言感與布魯姆[21]教條主義，是舉世文學素養最高的愛心熊，也是我最嚴苛的批評者。在我的烏漆墨黑人造纖維洞穴裡，它以固定的肥胖黃色雙手勉力撐住手電筒照明，與我共同思索哪八個字（或者更少）可以拯救我們黑膚族群。我使出自學的拉丁文本事，擠出一句句座右銘，塞到它的心形塑膠鼻尖下爭取贊同。第一句是「黑色美國：炸雞，來之，見之，勝之」（*Black America: Veni, vidi, vici—Fried Chicken!*），黃色活力熊兩耳朝後翻，緊閉塑膠雙眼，以示失望。接著的「永遠忠誠，一生放客」（*Semper Fi, Semper Funky*）讓它塑膠頸毛直豎，開始怒擊床墊，高舉黃色肥腿，尖牙厲爪俱現。我努力回想幼童軍手冊說，如何面對一頭偷喝酒櫃藏酒，醺醺然又手操編輯大權的卡通玩具熊——「如果你遇見憤怒的熊，維持冷靜。語氣平和，堅持立場，膨脹自我，回應以清晰、簡單、振奮的拉丁語句。」

一體，一志，一心，一愛。

（*Unum corpus, una mens, una cor, unum amor.*）

不賴。有種車牌標語的味道。我能看到它以草字書寫，環繞妝點著種族戰爭榮譽勳章。活力熊覺得還可以，但是從它睡前聳聳鼻子來看，應該覺得我的口號略有團體迷思之嫌，我們黑人不就最討厭人家說我們大一統嗎？我不想擾它清夢跟它說，黑人啊千真萬確思想雷同，口頭

---

20 原文是Shikata ga nai，字面是無濟於事，一種「人生就是如此」的精神。

21 此處是指哈洛德．布魯姆（Harold Bloom），美國文學批評家，耶魯學派。

不承認，心頭卻覺得自己優於其他黑人。我始終沒接到全國有色人種協會和全國城市聯盟的回音，這句黑人座右銘只能深埋我心，焦躁等待某個運動、某個國家，或者某個商標的召喚，畢竟這年頭，品牌就是一切。

或者我們不需要座右銘。畢竟，我很常聽到「老黑，你知道我，我的座右銘是……」嗎？如果我夠聰明，我的拉丁文就該拿去幹別行。一字收費十元。非街坊，十五元。翻譯「人在江湖，身不由己」(Don't hate the player, hate the game.) 價格相同。不是有此一說，人的身體就是殿堂？果真如此，我鐵定賺翻。在大街開家小店，紋身客人大排長龍，等著把身體變成非宗教地的崇拜殿堂：古埃及生命之符、鑒往知來鳥[22]、十字架、阿茲特克太陽神，與大衛之星銀河裡的唯一一顆星激烈競爭肚皮的位置。中文字爬上光溜溜的小腿與脊柱，這是對已逝至愛的漢學致敬，而他們以為是「貝佛麗姥姥安息」的紋身，其實是「沒甜頭，沒雙邊貿易協議！」[23]天！這可是金礦呢。一字十元，不過一包菸的價錢，顧客將徹夜不停光臨，我則像加油站店員，坐在厚厚的樹脂玻璃窗後，把鐵製滑軌收件抽屜往外推，他們就會如囚犯遞送信件，偷偷把誓言遞給我。越是硬漢型顧客，字跡越整齊。越是心地柔軟的女性，紋身字句越凶狠。他們會說：「你知道的，我的座右銘是……」然後把鈔票連同摘錄了莎士比亞、電影《疤面煞星》、聖經章節、校園格言、幫派陳腐老調的字條扔進抽屜。書寫材料從鮮血到眼線筆，不一而足。紙張則有皺巴巴的酒吧餐巾、沾了ＢＢＱ醬或馬鈴薯沙拉的紙盤，還有某次少年感化院暴動時偷偷從祕密日記小心撕下的紙，誰幹的，我不能說，說了，屁股不保，*Ya estuvo*[24]（天曉得啥意思），可是小心為上。因為對此類族群來說，「要是你把槍抵在我頭上……」不是放狠話而已。如果真的有把槍頂住你紋了陰陽太極圖的太陽穴，而你居然還能活著轉述這個故事，你不必讀《易經》就能領悟宇宙平衡與下背部刺青的威力，除了「天道好還」（*Quod circumvehitur, revehitur*），你還能刺什麼？

生意清淡時，我的顧客會繞過來展示我的傑出手藝。街燈下，假掰古英文閃亮，吊嘎與平口小可愛下的肌群汗珠晶瑩，正體字清楚剖析。「有錢說了算，沒錢靠邊站」（*Pecunia sermo, somnium ambulo*）。與格、間接賓格刺印在他們的喉部。科學名詞加浪漫字眼的「純直女只愛屌」（*Austerus verpa*）在街坊女孩的豐乳肥臀上海湧，真是壯觀。歪抖的名詞變格像色帶橫跨額頭，這是他們唯一略似白人，閱讀能力接近白帶分級的時刻[25]。「挺身捍衛或束手就擒」（*criptum vexo*

22 原文為sankofa，是迦納阿香提的阿丁克拉符號，一隻回首看自己身體的鳥，意為「以古為鑑」。

23 此處原文用的是no tickee, no Bilateral Trade Agreement。源自no tickee, no washee的俚語，tickee是ticket的洋濱腔發音，這是對早期中國移民的刻板印象，他們許多開洗衣店，沒單據就不能取送洗的衣物。後來引申為如果你沒有他人想要的東西，你就得不到自己想要之物。

24 Ya estuvo是西班牙語，意指「就這樣」，有不屑之意。

25 原文為being white, to reading white。第一個white指白人。第二個white是書脊的白級（white band）標示，閱讀能力分級大約十歲。

vel carpo vex），這是非本質的本質主義（nonessential essentialism）。站在鏡前，凝視思索「入幫殺人，脫幫死人」（*Minuo in, minuo sicco*），這是一種滿足。凱撒如果是黑人，將會說「黑人，非偏執狂，即瘋狂」（*Ullus niger vir quisnam est non insanus ist rabidus*）。還有「長心智，別幼稚」（*Factio vestri aevum, non vestri calceus amplitudo*）。如果日益多元的美國決定委製新座右銘，歡迎隨時光臨，因為我鐵定有比「合眾為一」（*E pluribus unum*）更高明的句子。

譬如：

「打個盹兒，大勢已去」（*Tu dormis, tu perdis*）。

有人拿走我手中的菸斗。我的老友兼律師漢普頓・費司各說：「這玩意兒早燒光，老兄，該幹正活了。」他平靜揮散最後一團大麻煙霧，拿出噴劑，將我籠罩在祛除真菌的芳香濛霧裡。我嗨到沒法說話，只是抬抬下巴，與他點頭示意，心照不宣微笑，我們都認得這味道——熱帶微風。就是我們以前拿來蒙蔽父母的玩意兒，它的味道恰似天使塵[26]。如果老媽回家，踢開帆布鞋，發現我們的豬窩飄散蘋果肉桂、草莓，或者奶油味，就知道我們抽大麻了。如果聞起來像天使塵，她只能怪雷克叔叔那幫人來過，或者默然不語，太累了，沒法應付她唯一的寶貝兒子可能對雪樂門[27]上癮，只能盼望這問題會自己消失。

上最高法院辯論並非費司各的強項，他是老派的刑事辯護律師。打電話到他的辦公室，常需稍候。不是他生意興隆或者沒請接待員，也不是某個傻瓜在公車站看到他的廣告，或者瞧見他的某個短期客戶塗寫在牢房金屬收縮鏡、警車隔離玻璃上的1-800-FREEDOM[28]免付費電話，跟你同時間打電話進來佔線了。而是他超愛聽自己的答錄——長達十分鐘洋洋灑灑的法律勝訴與判決無效戰績案例。

「這裡是費司各法律事務所——任何律師都有本事為您的案件排程，只有我們能勝訴。謀殺——無罪。酒醉駕駛——無罪。襲警——無罪。性侵——無罪。虐待兒童——無罪。虐待老人——駁回。偷竊——駁回。偽造文書——駁回。家庭暴力（超過千件）——駁回。與未成年人性交——駁回。讓未成年人染上毒品——駁回。綁架——駁回……。」

費司各知道最絕望的被告才會耐心聽完他落落長、幾乎涵蓋他媽的洛杉磯郡所有罪行的刑事法規錄音，還英語、西班牙語、他加祿語[29]三聲道。這才是他喜歡擔任辯護的被告。他稱我們為「地球慘屄」。窮得訂不起有線電視，又蠢到以為自己什麼都不缺。他常說：「如果我是尚萬強的辯護律師，《悲慘世界》六頁就寫完了。竊盜麵包——駁回。」

我的罪行並未列在他的答錄機裡。聯邦地區法院初審時，我站在法官面前，他唸出我被控

---

26 天使塵（angel dust），LSD迷幻劑。

27 雪樂門（sherm），俚語，指大麻混合菸草再浸過天使塵迷幻劑，因其狀類似雪樂門香菸而得名。

28 英語系國家電話數字按鍵同時標有二十六個字母，F排在數字三。因此FREEDOM就是三七三三三六六。

29 他加祿語（Tagalog），菲律賓島上馬來西亞人所說語言。

的刑事罪名，包括褻瀆國土、圖謀顛覆安定現狀，問我如何答辯。我站在法庭，萬般困惑，想要找出「有罪」與「無罪」之間，可有哪種狀態適用我？為什麼我只有這兩種選擇？為什麼不可以是兩者皆是或者兩者皆非？

停頓甚久後，我終於面對法官席，說：「法官大人，我的答辯是：我是人。」他回以理解的嗤笑與蔑視法庭的罪名。費司各立即回說此罪已刑滿獲釋[30]。至於我的罪名，他的答辯是無罪，並開玩笑說考量罪名之嚴重，要申請易地而審，紐倫堡、麻薩諸塞州、賽勒姆都是理想地點。雖然費司各沒說，我猜想根據他原先的分類，我的案件不過是典型的貧民窟區黑人荒謬劇，後來卻靈光一現，翌日，便申請將本案轉往最高法院審理。

不過，那都是舊聞了。此刻，我置身華盛頓特區，命懸法律一線，因回憶與大麻茫到不行。我的嘴巴死乾，好像一整晚在聖莫尼卡碼頭狂飲狂追墨西哥妞兒未果而爛醉如泥，剛在七號公車上醒來，望向車窗外，受到大麻影響的腦袋緩慢發現自己坐過站了，不知身在何處，又為何大家都看著我。譬如這位傾靠木欄杆、坐在法庭前排、臉蛋憤怒扭曲糾結的女士，正將細心修剪過、戴著指甲貼片的修長中指對準我。黑人女性的手總是很漂亮，伴隨她用可可脂保養過的手不斷在空中揮舞「幹你媽的」手勢，她的手越顯優雅。這是詩人才有的手。還是那種髮質天然、手戴銅鐲的詩人老師，其輓歌式詩句將所有東西都比喻為爵士音樂。分娩像爵士。拳王阿里像爵士。費城像爵士。爵士像爵士。所有東西都像爵士，除了我。對她而言，我不過是一首盎格魯—撒克遜人挪用的黑人音樂，還重混過。我是假扮黑人的白潘，唱著摻水的胖子多明諾的名曲〈真是遺憾〉（*Ain't That a Shame*）[31]。我是披頭四合唱團名曲〈一夜狂歡〉[32]以撼人和弦開場以來，所有非龐克英式搖滾的每一個抓弦與刷弦音符。我想朝她大喊，那個唱〈為了愛，什麼都願意〉（*What You Don't Do for Love*）的巴比・考特威呢？傑瑞・穆利根、第三貝斯、珍妮絲・賈普琳呢？還有艾瑞克・克萊普頓呢？等等。我收回這話。操他的艾瑞克・克萊普頓[33]。這位女士豪乳打先鋒，跳過欄杆，蠻橫衝過法警，閃電撲向我，可悲亦復可笑的控訴絕望附驥於她那條模仿童妮・摩里森[34]的招牌、有如喀什米爾風箏尾巴拖曳在身後的高級羊絨長披肩上，彷彿在吶喊「**難道你看不出它有多長、多軟、多亮、多昂貴，狗娘養的，你最好把我當女王**。」

30 原文為time served，指此罪的刑期與被告出庭前的羈押時間已經相抵了。

31 白潘（Pat Boone），美國著名白人歌手。胖子多明諾（Fats Domino），美國黑人節奏藍調歌手、鋼琴家，搖滾名人堂人物。

32〈*A Hard Day's Night*〉原意為辛苦工作一天之後的晚上，是同名電影的主題曲，電影譯為〈一夜狂歡〉，此處譯同。

33 巴比・考特威（Bobby Caldwell）是白人歌手，卻擅長唱節奏藍調。傑瑞・穆利根（Jerry Mulligan）是白人爵士薩克斯風手。第三貝斯（Third Bass）是美國一個黑白混合的嘻哈樂團。珍妮絲・賈普琳（Janis Joplin）是白人女性靈魂歌手。艾瑞克・克萊普頓是白人吉他手，素有吉他之神封號，作者顯然不以為然。

34 童妮・摩里森（Toni Morrison），美國黑人女作家，一九九三年諾貝爾文學獎得主。

現在她指著我的鼻子喃喃，平靜胡扯著黑人驕傲、奴隸船、五分之三妥協[35]、雷根、人頭稅、向華盛頓進軍、二刀流黑人四分衛迷思[36]，就連三K黨披白袍的馬都是種族偏見者，還有最最重要的，人數日多、稱謂卻嫌累贅的「年輕黑人青年」（*Young* black *Youth*），他們的柔軟心靈必須善加保護。喂，哈囉，眼前這個罹患水腦症、雙手緊抱老師臀部、臉蛋埋在她下部的小男孩，他的心靈才絕對需要安全保鑣，至少也得打打心靈預防針。他抬起臉透氣，期盼看著我，希望我能解釋他的老師為何如此恨我。得不到答案，他又將臉蛋埋進濕潤的快樂鄉，完全無視黑人男性從不臉埋女陰的刻板印象。我該說什麼？「玩過蛇梯棋嗎？你知道你快要抵達終線，骰子卻扔出六，只能沿著長長的紅色曲道往下滑，從方塊六十七一路滑回到二十四嗎？」

他禮貌回答：「我知道，先生。」

我摸摸他的圓錐頭說：「我呢？就是那條長曲道。」

詩人老師重重甩我一巴掌。我知道為什麼。她，跟此間多數人一樣，希望我能顯露悔恨之色，崩潰痛哭，省去她與我同為黑人的尷尬，也省下國家公帑。我呢，也一直在等待熟悉的黑人罪惡感排山倒海而來，讓我頹然跪倒，等著一句句毫無意義的陳腐之言兜頭釘下來，直到我趴地向美國求饒，涕泗縱橫懺悔我對人種膚色及國家犯下的罪，乞求驕傲的黑人歷史原諒我。但是什麼也沒有。只有嗡嗡作響的冷氣聲，以及我的嗨茫。警衛護送她回座位，小男孩緊緊抓住她的披肩，尾隨於後。她希望我能永誌不忘的巨摑刺痛已慢慢消退，我卻擠不出一絲錐心罪惡感。

最幹的就是這點。這個審判，我命懸一線，卻此生首度沒有罪惡感。那個黑如速食店蘋果派、監獄籃球賽、無處不在的罪惡感終於消失，我幾乎覺得像個白人了，因為少了那種讓四眼田雞大學新鮮人畏懼現身學校餐廳「週五炸雞夜」的種族羞恥負荷[37]。我是學校輝煌文學藏書裡所吹噓的那種「多元」範本，但是給我再多獎學金，也無法讓我在一年級全部同學面前吸吮雞膝軟骨。就是這種黑人的集體罪惡感，讓樂團第三把小提琴手、行政祕書、倉管人員，以及「不算挺漂亮但她是黑人」的選美冠軍，不敢在週一上午現身辦公室，掃射白人王八蛋同事，但，我不在其中了。也是這種罪惡感，讓我以前必然為以下狀況喃喃說「都是我的錯」，包括失去準頭的地板傳球、接受聯邦調查的政治人物、一九六八年以降的黑人電影，以及師承雷司

---

35 五分之三妥協（Three-fifths clause）是指一七八七年，反奴與擁奴派在美國制憲會議上得到的妥協。反奴者希望只將自由公民算入人口數，擁奴者希望將奴隸算入人口數，因而可以獲得較高的比例代表數。最終妥協為黑奴人口數乘以五分之三作為稅收基準，並納入眾議員比例代表的分母。

36 原文為 drop-back quarterback，是指能退後精準傳球的四分衛。傳統上，大眾認為黑人足球員「善跑不善傳」，能傳能跑的黑人四分衛遂成迷思。

37 炸雞一向與黑人連結，一方面來自奴隸時代，炸雞是便宜的肉食蛋白質來源。二方面，在《國家的誕生》（*The Birth of a Nation*）這部種族偏見電影裡，特地刻畫黑人如果擁有參政權會如何，一群黑人議員在殿堂上吵鬧貪婪吃炸雞。從此，黑人與炸雞便形成羞恥的連結。

特司[38]講話方式、眼珠爆凸的喜劇演員。現在，我不再覺得有責任。我瞭解黑人唯有真正幹了壞事才沒有罪惡感，因為擺脫了「黑人」與「無罪」兩者的認知失調，鋃鐺入獄變成解脫。就像迎合取悅白人想像（crooning）是種解脫，票投共和黨是種解脫，與白人結婚也是種解脫——雖然很快就離婚。

這種舒坦讓我不舒坦，我最後一次嘗試融入我族。閉上眼睛，埋首桌面，寬扁的鼻子窩在肘彎。我專注於呼吸，將鑼鼓喧天、旗幟翻飛的歡樂場面摒於腦外，爬梳我龐大的黑人性（blackness）幻想貯藏所，撈出磨損的民權抗爭檔案影片，小心翼翼捏著它的脆弱邊角，移出神聖的膠片盒，放上我腦海裡的輪片齒輪與心靈放片門，穿過偶爾閃現像樣念頭的閃爍燈泡，我打開放映機。無須對焦，人類大屠殺永遠都是高畫素攝影，高清烙印於腦海。影像清晰，永恆銘感於記憶與電漿電視螢幕上。永不停歇的黑人歷史月[39]迴圈，警犬狂吠，水炮狂噴，廉價髮型下的腫塊湧出無膚色差別的血，汩汩滑過汗水與晚間電視新聞螢光照亮的臉龐，這些鏡頭打造了我們的十六厘米共同超我。但是今天我的腦袋只剩延髓，無法專注，腦海裡的影片開始跳動斷續。關掉音軌，只剩阿拉巴馬州賽勒姆[40]的抗議民眾如骨牌倒下，變成類似基斯通蠢警[41]的黑人，成群踩到積極平權法案的香蕉皮[42]，集體在街上跌個狗吃屎，交纏的雙腿與夢想形成糟糕的雙持[43]。「向華盛頓進軍」遊行民眾變成民權僵屍，數十萬大軍踏著因循舊習的夢遊步伐進入購物商場[44]，伸直僵硬飢渴的手指，要求屬於他們的一磅肉[45]。領頭者貌似累極，厭倦每次有人提及黑人應該如何、不該如何、有權如何、無權如何時，就要把他從死裡復活。他不曉得麥克風開著，小聲叨念當初他在南方黑白種族隔離的教堂吃午餐，如果灌下冒充紅茶的無糖劣酒，早就取消民權運動這碼子事，省卻後來的杯葛、毆打與殺戮。他把一罐低卡可樂放在講臺上說：「可口可樂誕生，境況好轉。可樂才是王道。」

---

38 雷司特司（Rastus）是白人黑臉走唱秀（minstrel）裡的角色，刻板印象的黑奴，愛吵鬧，以取樂白人為務。所謂的白人黑臉走唱秀是由白人塗黑臉扮演黑人。

39 每年二月是美國的黑人歷史月（Black History Month），用以尊崇黑人文化與貢獻。作者此處顯然是反諷。

40 一九六五年三月七日，約莫六百人從賽勒姆遊行至阿拉巴馬州省府蒙哥馬利，這是一次爭取黑人投票權、反種族隔離的和平示威，卻遭到警方強力鎮暴，十七人被打到住院，另有五十多人受傷，史稱「血腥星期天」。

41 原文用Keystone negroes。《基斯通蠢警》（*Keystone Kops*）是一九一二到一九一七年間連續出現於黑白電影裡的一群蠢蛋警察。

42 積極平權法案（affirmative action）又稱「優惠性差別待遇」，針對少數族裔的教育、就業提供優惠待遇。

43 原文用akimbo，在電玩術語裡，指左右手各持一種武器。此處作者是在嘲笑「夢想」與「交纏的雙腿」就是黑人無用的雙持。

44 僵屍與購物商場的典故來自僵屍電影大師George Romero在一九七八年推出的《活死人五部曲》的第二部《*Dawn of the Day*》，一群人逃避僵屍末日躲入大型購物商場，發現商場的一切足以支應生活。此部經典被視為是對資本主義消費社會的批評。

45 一磅肉（pound of flesh）典故來自莎士比亞的《威尼斯商人》，高利貸商人與窮途末路的安東尼定下契約，如到期末還借款，得割一磅肉賠償。後來被比喻為「極慘痛的代價」或者「雖合法卻不合理的要求」。

我還是一絲罪惡感都沒。如果我真的倒退嚕，把整個黑人美國拖下水，我也不在乎。民權運動的唯一實際成果是黑人不再怕狗，這難道是我的錯？不！

法警站起身，敲擊法庭槌，開始誦唸庭審開場：「可敬的首席大法官與美利堅合眾國最高法院大法官。」

大法官陸續進場，費司各拉我顫巍巍起身，與其他人一起立正，以示與會嚴肅。大法官們頂著艾森豪時代髮型、一臉「做一天和尚撞一天鐘」的上工表情，試圖看起來公正不倚。無奈，無效。因為他們罩著浮誇的黑色絲袍，一位黑人大法官還疏忽了脫下要價至少五萬美元的白金勞力士。如果我也擁有直到天荒地老的終身職，鐵定也會是個衣冠楚楚的王八蛋！

肅靜！肅靜！肅靜！

經過五年沒完沒了的判決、撤銷、上訴、延期審理、審前會議，我已經搞不清楚我是被告還是原告。我只知道這位大法官戴了象徵種族主義已經結束的天文臺錶[46]，不停看我。他的小眼珠眨也不眨，毫不寬宥。他氣憤我搞砸了他的政治權宜之計，曝光了他的位置。因為我就像首度造訪動物園的小孩，經過一個個空蕩蕩的爬蟲籠，萬般失望，到了某展區，突然興奮大叫：「在這裡！」

他就在這裡——非洲薩赫勒變色龍，躲在灌木叢後，黏糊糊的腳緊緊攀住法官樹幹，舒適麻痺，沉默噬齧不公不義的枝葉。黑人勞工的座右銘一向是「眼不見為淨」，現在這位可是暴露於舉國面前，我們萬分詫異，集體將鼻子貼近玻璃——他居然可以躲在紅白藍三色國旗後面，變色遮掩他的阿拉巴馬州墨黑屁股如此之久。

「美國最高法院現在開庭，肅靜勿語。天保佑美國與尊崇的最高法院。」

費司各捏捏我的肩膀，提醒我不要畏懼那個滿頭捲髮的法官或者他所代表的合眾國。這是最高法院，不是人民法院[47]。我什麼事都不必做。我不需要乾洗店收據影本、警方調查報告，或者保險桿撞凹的照片。在這個庭上，律師辯論，法官提問，我只需放輕鬆繼續嗨就行。

首席大法官提出案件。不帶感情的中西部舉止由來已久，旨在平息法庭的緊張氣氛。「今早我們要聽取〇九—二六〇六號案件的辯論……」他停住，揉揉眼睛，肅穆儀容：「吾訴美利堅合眾國案。」沒有哄堂大笑，只有咯咯嗤笑，翻白眼，以及某些人大聲吸氣說「這傢伙以為他是誰啊？」我承認：吾訴美利堅合眾國案聽起來有點自我膨脹，我又能怎樣？一如字面所示：我就是吾（Me）。我們是肯塔基州米氏（Mee）家族不甚光彩的後裔，也是最早在洛杉磯西南方定居的黑人家庭。我的家族可以遠溯至南方州政府授權鎮暴的時代，我們是最早搭上灰狗

46 天文臺錶（chronometer）是指得到瑞士C.O.S.C.機構認證的錶，每一隻機芯都必須在C.O.S.C.連續十六天二十四小時不間斷地接受三種溫度及四種位置的測試。

47 人民法院（*The People's Court*）是美國法庭真人秀節目。

巴士逃離的人。我出生後，老爸突然依據猶太演藝人員（我們啥撈子都不是的焦慮黑人特別崇拜他們）的扭曲傳統，砍掉原有的姓氏，刪**掉**不實用的e，就像傑克·班尼去**掉**班傑明·庫貝斯基、寇克·道格拉斯扔**掉**丹尼爾拉維奇、傑瑞·路易斯甩**掉**狄恩·馬丁、馬克斯·貝爾KO**掉**史麥寧、小山姆·戴維斯徹底拋**掉**猶太教、第三貝斯狂**掉**書袋一樣[48]。他決定不讓多餘的那個母音也拖我後腿，一如他的遭遇。老爸喜歡說，他不是將家族姓美語化了，或者非洲化了，而是「實現」，我一出生就已實踐了「吾」之潛力，可以直接跳讀四年級，逃過馬思洛需求層次理論[49]以及基督耶穌。

費司各知道最醜的電影明星、最白的嘻哈歌手、最笨的知識分子都是他們那一行裡最受尊崇的一員，身為這行最受敬重的辯護律師，他也長得像罪犯，自信地把牙籤放到桌上，舔舔包金門牙，拉拉西裝。那是一件乳齒白、寬大如束腰長袍的二排扣外套，鬆垮套在他骨瘦如柴的身上，好像空蕩蕩的熱氣球。至於這件西裝是否與他化學染燙、蝮蛇黑如埃及豔后的頭髮搭配，或者與他黝黑如「一回合放倒王」泰森[50]的肌膚衝突，端視閣下的音樂品味而定。我有點期待他的法庭辯論會是如此開場：「各位龜公與虔婆，你們可能聽說我的委託人不誠實，這是大事化小，我的委託人可是大騙棍。」這年頭，社會運動者擁有電視節目與百萬捐款，只有極少數費司各這樣的混蛋，支持波諾[51]的理念、相信體制與憲法，卻還能分辨修辭與現實的差異。我不知道他是否相信我，但是我知道當他開始為「無法辯護者」辯護，這一切都沒關係了，因為他的名片上格言寫著「對窮人來說，天天都是休閒星期五」[52]。他就是這樣的人。

費司各還來不及吐出「希望庭上……」，那位黑人大法官的身體已傾前一步，若不是他的旋轉椅輪子發出吱嘎聲，幾乎無法察覺。每當庭上提及某個少為人知的民權法案法條或者創先例的判決，他就耐不住移動身體，罹患糖尿病的肥臀左右變換重心，椅子承受不住他躁動的體脂肪，吱嘎得更大聲。他或許覺得自己與同僚無異，可是狂飆的血壓、額頭正中央憤怒勃起的血管，在在讓他露出尾巴。滿布血絲的雙眼惡狠狠瘋狂瞪我，我們那兒管這叫「柳溪道眼神殺」。一九六〇年代，柳溪道是我們狄更斯鎮的四線道「冥河」，分隔黑白社區，到了現在，

---

48 原文是like Jack Benny dropped Benjamin, Kirk Douglas dropped Danielovitch, like Jerry Lewis dropped Dean Martin, Max Baer dropped Schmeling, Third Bass dropped science, and Sammy Davis, Jr., dropped Judaism all together。這是嘻哈語法，以drop押韻。中文翻譯以「掉」押韻。Jack Benny 是喜劇演員，Kirk Douglas是演員。Jerry Lewis是演員與歌手，曾與Dean Martin組雙人組，此處drop是甩掉。Max Baer是拳王，此處的drop指「擊倒」（KO）。Third Bass是黑白混合嘻哈樂團，drop science是嘻哈俚語裡的賣弄學問。Sammy Davis, Jr. 是演員，曾皈依猶太教。

49 馬思洛（Abraham Harold Maslow），美國著名心理學家。他認為人有生理、安全、社會、尊重、自我實現五種層次需求。作者此處是說他老爸改家族名，直接讓他達到第五層次需求滿足。

50 此處指拳王泰森。

51 此處講的是愛爾蘭U2樂團的主唱波諾（Bono），他長年投入減免非洲外債的努力。但是近年也因逃漏稅備受爭議。

52 休閒星期五（casual Friday）是指上班族每逢週五可以穿便裝。但是對沒工作的人來說，天天都是穿便裝的。

進入後白人時代，但凡有兩個子兒的人早已大舉奔逃，柳溪道的兩邊就都是地獄了。不僅河岸危險，站在馬路口等紅綠燈也很危險，燈號還沒變，你的命運已改變，某個代表特定膚色、特定地盤的兄弟，或者正在經歷哀傷五階段任何一階段的老鄉，搭乘雙色轎車經過，從副駕駛座位伸出槍，用黑人大法官的那種眼神瞪著你，問：「你混哪兒的，蠢屄？」

標準答案當然是「**沒混哪裡**」。但有時他們聽不見你的回答，因為車子消音器拔掉了，引擎轟然巨響，蓋住你的聲音。有時是引起民意非論的任命聽證會上，自由派媒體質疑你的資格，某個驕縱的黑人悍婦指控你性騷擾，你的回答被淹沒了。有時，「**沒混哪裡**」不再是好答案。不是他們不相信你，因為人人都有來處，而是他們拒絕相信。現在這位坐在高背旋轉椅、臉色死臭的大法官，已經剝去貴族風範文明外表，跟坐在霰彈槍座、梭巡柳溪道、大聲發問的黑幫沒兩樣，因為他就是有一把啊[53]。

在他漫長的大法官生涯裡，首次有問題要問。以往他從未中斷聽審，此時，也不知該怎麼做。轉頭徵詢義大利裔大法官，他緩慢舉起雪茄菸燻過的肥手，卻氣到等不及同意，衝口說：「死老黑，你瘋了嗎？」以他這種身量的黑人來說，他的聲音顯得意外高亢。現在他完全談不上客觀或者沉著，大如豬腿的拳頭猛擊桌面，天花板懸吊而下、位於首席大法官頂上的巨大金邊豪華時鐘開始前後搖晃。黑人大法官靠近麥克風，衝著它大聲叫嚷，因為我雖與他相距僅數呎，實則兩人差異如光年遙遠。他要求我解釋為什麼在這個年代，還有黑人可以違反神聖的憲法第十三修正案，公然蓄奴，又如何刻意違背憲法第四修正案，公開主張種族隔離有時反而能凝聚人心。他就跟所有相信體制的人一樣，他想要答案，想要相信莎士比亞所有作品都是莎翁本人親書，林肯掀起內戰是要解放奴隸，美國參與二戰是為了拯救猶太人，以及保障民主世界的安全，還有，耶穌與兩片連映的時代必會重臨。但我可不是那種相信一切終將趨於至善的美國人。我的作為並不考慮不可剝奪的人權，也不考慮我族的驕傲歷史，我只考慮效果，況且，曾幾何時，小小的蓄奴與種族隔離又礙著誰啦，就算有礙，也去他媽的。

你如果像我一樣嗨，有時思想與語言的分際會模糊，從那位黑人法官口吐白沫來看，我可能真的脫口大聲說了「去他媽的」。他呼地站起，準備打架。原本唾沫積在他受過耶魯大學教育的舌根深處，此刻奔至舌尖。首席大法官大聲叫他的名字，黑人大法官連忙鎮定自己，頹然坐回椅上，就算沒吞下自尊，也至少吞回口水。「種族隔離？蓄奴？你這個狗娘養的王八羔子搞這齣幹麼？天殺的，我知道你爸媽鐵定不是這樣教你的！現在，就讓絞刑派對開始！」

53 霰彈槍座（shotgun seat），是指副駕駛位，因為黑幫火拚，通常是由這個位置的人持槍掃射。

你塞進嘴裡的東西

第一章

我想這正是問題所在——我不知何謂更好的家教。我父親（榮格[54]安息吧）是小有名氣的社會科學家。據我所知，也是解放心理學這個領域的創建者與唯一從業者，他喜歡穿實驗服在屋內（也就是他的史金納[55]實驗箱）踱步。我呢，則是他瘦小且心不在焉的實驗室「黑」老鼠，嚴格依據皮亞傑[56]認知發展理論在家自學。他不餵食；只給我半冷不熱的飲食刺激。他不懲罰；只是摧毀我的無條件反射[57]。他不愛我；只給我精心算計過的溫情氣氛，而我被要求百分百熱情投入。

我們住在洛杉磯南郊的狄更斯鎮，說來難以置信，我是在內城貧民窟農場長大的。狄更斯鎮創建於一八六八年，跟其他加州小鎮一樣始於農業（爾灣除外，那地方是創建來孕育蠢肥醜惡共和黨白人、奇娃娃，以及熱愛吉娃娃的東亞難民）。狄更斯鎮最早的城市憲章註明「中國人、各種膚色深淺的西班牙裔、方言、帽子、法國人、紅髮人、世故都市人、無專業之長的猶太人永不得入內。」不過，建鎮之父們以有限的智慧，也將緊鄰運河的一塊五百畝地劃為永久「住宅農業區」，因此我的街區——方圓十條街的「農場區」就此誕生了。要是你腳下的人行道、你的眼鏡、汽車音響、神經，以及進步取向的投票紀錄，突然間消失於飄散牛糞的濃濁空氣（風向對的話，還能聞到上好大麻）裡，你就知道你已經抵達「農場區」了。大人緩慢騎著沾滿泥巴的腳踏車與單速自行車，穿過鵝群散步的馬路，運送各式家禽，從雞到孔雀，不一而足。他們雙手放開車把，點數小疊鈔票，偶爾短暫抬眼，聳眉發問：「哈囉（Q'vo），啥事？」釘在前院大樹下或農舍圍籬旁的篷車輪，讓此地增添一絲拓荒時代風味，大異於家家戶戶的窗子、入口通道和小狗出入門，都加裝鐵條與鐵鎖，嚴密勝過監獄食堂。老人以及看慣一切的八歲小孩坐在破舊的前廊椅上，玩弄彈簧刀，等著看熱鬧，因為熱鬧一定發生。

我與老爸相處的短短二十年間，他是西河岸社區大學的心理系代主任。對他來說，農場是鄉愁，因為他是馬廄管理員之子，成長於肯塔基州列星頓的小牧馬場。當他來到西部擔任教職，有機會住到一個純黑人社區，還能養馬，這機會怎能錯過？儘管他負擔不起貸款與維修。

如果他是個比較心理學家，我們農場的某些馬牛有機會活過三歲，番茄蟲害也會比較少，

---

54 榮格（Carl Gustav Jung），瑞士心理學家，分析心理學創始人。

55 史金納（Burrhus Federic Skinner），美國行為學者。史金納箱是他的實驗器材，將老鼠放入其中，老鼠觸及按桿就有食物掉下來。幾次之後，老鼠學會用此法取得食物。史金納稱為「條件式刺激」。

56 皮亞傑（Jean Piaget），瑞士發展心理學家。他認為認知發展分為1.感知運動2.前運算3.具體運算4.形式運算四階段。

57 無條件反射，人與生俱來的反射功能，無須學習，譬如碰到燙物，手會縮回。

但是他的一顆心對黑人自由的興趣遠大過害蟲管理與動物國度。在他追尋解開心靈枷鎖的旅程裡，我是他的安娜·佛洛伊德[58]，他的小小個案研究，沒在教我騎馬時，他便在我身上複製知名社會實驗，我既是實驗組，也是對照組。我就像所有僥倖能熬到形式運算期[59]、未受文化薰陶的「原始」黑人小孩，逐漸明白我的爆爛教養方式，一輩子難以擺脫。

當然，我老爸那個時代，教養方法學不受倫理委員會監督，開始的動機都很單純。二十世紀初，行為學者華特生與雷納[60]企圖證明恐懼是學習而得的行為，將九個月大的「小艾伯特」暴露於白老鼠、猴子、一捆燃燒的報紙諸種中性刺激中。一開始，這個嬰兒實驗對象並不懼怕猿類、老鼠與火焰，之後，華生不斷將老鼠與霹靂聲響連結，久而久之，「小艾伯特」不僅對白老鼠而且對所有毛茸茸的東西都產生恐懼反應。當我七個月大，老爸把玩具警車、冰冷的藍帶啤酒罐、尼克森的競選徽章，還有一本《經濟學人》放到我的柳條搖籃裡，他不是以震耳聲響制約我，而是拿家傳點三八手槍對天花板連續射擊，撼動窗戶，一邊大喊：「黑鬼，滾回非洲！」聲音大到連起居室裡落地四聲道音響播放的〈甜蜜老家阿拉巴馬〉樂聲都遮蓋不住，我也從而對上述物件產生畏懼。直到今日，我還是無法看完一集最普通的電視犯罪片，對尼爾·楊[61]有莫名好感，失眠時我不是聆聽雨聲或海浪的唱片，而是水門事件錄音帶。

家族傳說我一歲到四歲，老爸將我的右手綁在身後，長大才會成為左撇子，偏向右腦思想，得到完美平衡。八歲時，老爸想知道「旁觀者效應」適不適用黑人社群。他複製惡名昭彰的基蒂．吉諾維斯事件，讓青春期的我擔任厄運的吉諾維斯小姐，後者在一九六四年於紐約的冷酷無情大街遭搶劫、強暴、刺殺。數十位路人與當地居民完全忽視她悽慘如《初階心理學》的呼叫聲。因此，「旁觀者效應」指越多人可以救援就越少人伸出援手。老爸的假設是「旁觀者效應」不適用黑人，因為這個充滿愛的種族就是依靠彼此的協助度過難關得以求存。因此，他讓我站在最繁忙的十字路口，口袋塞滿一元鈔票，最閃亮時新的電子器材掛在兩耳，一條嘻哈大金鍊垂在脖子，還有莫名其妙的，兩張喜美轎車客製腳踏墊像擦碗布掛在我的雙臂，在我淚珠汪汪之刻，老爸搶劫了我。當著旁觀人群痛毆我。我臉上還挨不到兩拳，這些人立馬停止旁觀，不是幫我，而是助老爸一臂之力，加入圍毆，踢我的屁股，手肘與電視格鬥秀的摔角齊飛。某個女人使出近乎完美的裸絞，事後回想，還算是仁慈。當我恢復神智，老爸正在審視她與其他攻擊者，他們的臉蛋滿是汗珠，胸口仍因「利他之舉」激烈起伏，我猜想他們跟我一樣，耳裡還迴盪著我的高亢尖叫與他們的瘋狂笑聲。

58 安娜．佛洛伊德（Anna Freud），心理學家佛洛伊德的女兒，學說的繼承者，也是傑出心理學家。
59 形式運算階段（formal operational stage）開始會類推，有邏輯思維和抽象思維，約莫十一至十六歲。
60 此處指美國心理學家 John B. Watson 與他的研究生助理 Rosalie Rayner。
61〈甜蜜老家阿拉巴馬〉（*Sweet Home Alabama*）是南方搖滾樂團 Lynyrd Skynyrd 的作品，寫來反擊加拿大歌手尼爾．楊（Neil Young）對阿拉巴馬州的貶抑。

「你對自己的無私之舉有多滿意？」

一點也不滿意　　有點滿意　　非常滿意

1　2　3　4　5

回家路上，老爸伸出安慰的手，攬住我的疼痛肩膀，發表一篇充滿歉意的演說——他忘了把「一窩風效應」算進去。

還有一次，他想測試「嘻哈世代的奴性與服從」。那時我大概十歲吧。老爸戴上雷根的萬聖節面具，在實驗室服上別了兩枚已失效的環球航空機長徽章，說他是「白種權威人物」，要我坐在鏡子前。他用那種有色人種喜劇演員戲諷白人的尖銳油滑聲音說：「鏡子裡的黑鬼是個笨蛋。」之後把兩條電擊線貼在我的太陽穴，電線連接到一個恐怖邪惡的面板，上面有按鈕、指針跟老式的伏特表。

「你要依據桌上這張表，詢問鏡中男孩有關黑人歷史的問題。答錯了或者回答時間超過十秒，就按下紅色按鈕電擊，答錯越多，電擊量越高。」

我知道哀求無用，因為他的回答會是咆哮我活該，誰叫我看那本我僅有的漫畫書蝙蝠俠二○三期《蝙蝠洞的神奇祕密大揭露》。那是不知何人棄置我家農場、發霉且折痕處處的過期刊物。我把它帶回家，像照料受損文物，將它細心復原到可堪閱讀。這是我第一次接觸外面書籍，某次老爸給我上課，休息期間，我掏出它來，被老爸沒收。從此，不管是我不知道某個答案，或者與街坊小孩鬧不愉快，他就會在我面前揮舞那本封面半毀的漫畫說：「瞧，要不是你浪費生命讀這狗屎，就會明白蝙蝠俠不會拯救你或你的族人！」

我唸第一個問題。

「在一九五七年宣布獨立前，西非洲的迦納是由哪二個殖民地組成？」

我不知道答案。我豎耳聆聽火箭驅動的蝙蝠車發出隆隆聲響，車輪刺耳摩擦街角地面，卻只聽到老爸的碼錶滴答響，我緊咬牙關，手指放在紅色按鈕上，等待時間到。

「答案是多哥蘭和黃金海岸。」

一如父親的預測，我順從按下按鈕。指針與我的脊椎同時挺直，鏡中的我劇烈抖動了一、二秒。

天。

我問：「多少伏特？」雙手止不住顫抖。

老爸冷淡地說：「受試者只能詢問紙上的問題。」他伸手將黑色按扭朝右邊轉動幾格，指針現在停留在ＸＸＸ。「現在請唸第二題。」

我開始視線不清，應是身心症表現，但是眼前一切模糊，好像用舊貨交易市場買來的螢幕播放五塊錢的盜版錄影帶。我必須把顫抖的紙張放到鼻前，才有辦法唸出第二題。

「兩萬三千名報考紐約最頂級公立高中史岱文森的八年級生中，有幾個黑人跨過入學門檻？」

唸完，我已經開始流鼻血，紅色血滴從我的左鼻孔以完美的一秒間隔滴落桌面。父親轉碼錶，開始倒數計時。我狐疑看著他。這問題太偏向時事。顯然他早餐時面前擺了一碗脆米花，一邊閱讀《紐約時報》，尋找種族素材作為今日實驗問題。他快速憤怒地翻報紙，尖銳的紙張邊緣在早晨的空氣中發出啪啪脆響。

要是蝙蝠俠此刻衝進廚房，看到父親以科學之名電擊兒子，會怎麼做？他當然會打開腰帶裝備，釋放他的催淚氣囊，讓老爸在煙霧中嗆咳，如果蝙蝠俠身邊有足夠的蝙蝠繩綑綁我老爸的肥豬屁股與熱狗脖子，就會停止窒息他，以雷射槍挖掉他的眼珠，用迷你相機拍下照片，印製蝙蝠俠海報，然後拿出骷髏鑰匙，偷走老爸那輛唯有光臨白人社區才開的福斯經典卡門天藍色敞篷車，帶我遠颺。蝙蝠俠會這麼幹。但我只是個怯懦的蝙蝠俠迷（現在也還是），只能質疑這問題充滿方法學瑕疵。譬如，到底有多少黑人學生報考？史岱文森高中的班級多大？

就在第十滴鼻血快要掉落桌面，老爸還來不及咆哮答案（七個），我已經按下紅色按鈕，自行將震碎神經、阻礙我生長的電擊傳送到體內，電擊量之高足以震懾雷神索爾，摧毀已被麻醉的知識額葉層，因為此刻我也好奇了。我想知道把十歲黑人小孩獻給科學能獲致什麼。

我的收穫是「清空腸胃」這個詞彙基本為謬，因為正好相反，是我的腸胃清空了我。我的屎尿大撤退規模堪比歷史事件。敦克爾克。西貢。紐奧良。迥異於英國佬、越南資本主義者、遭受洪水衝擊的第九區居民，我的腸胃道住客無處可逃。我的熏臭屎尿浪潮並未停駐屁股，而是滾落我的雙腿，在球鞋蓄積成灘。老爸不想破壞實驗的完整性，只是捏緊鼻子，揮手叫我繼續。感謝上天，我知道第三題「武當共有幾房」[62]的答案，因為如果我不知道，我腦袋的顏色與質地必定會焦灰如七月五日的烤肉架[63]。

我的兒童發展速成班兩年後叫停，老爸想要重複克拉克博士夫婦[64]的黑人小孩人種膚色自覺研究。前者使用的是黑白兩種洋娃娃，老爸的革命性版本時髦些。克拉克夫婦用兩個真人大小、天使一般可愛、穿著鞍背鞋的娃娃，一白一黑，要學童選出他們喜歡哪一個。老爸則是弄了兩個複雜的娃娃景觀，問我：「兒啊，你喜歡何者的社會文化潛文本？」

---

62 此處的武當是指嘻哈團體「武當派」（Wu-Tang Clan），他們的首張錄音室專輯叫《三十六房》，典故來自他們深信九是存在的神聖數字，而他們共有四個成員，每位成員有四個心室，九乘四，共計三十六房。這是向邵氏經典武俠片《少林三十六房》的致敬。

63 七月四日是美國國慶，美國人習慣烤肉。

64 克拉克夫婦是Kenneth Bancroft Clark與Mamie Phipps Clark，美國黑人心理學家，民權運動者。

第一個娃娃景觀主角是肯尼與馬里布芭比[65]，兩人穿搭配的泳裝，戴了浮潛蛙鏡與配備，在夢幻屋游泳池逍遙。娃娃景觀二的主角是馬丁．路德．金恩博士、麥爾坎．X[66]、哈莉特．塔布曼[67]，以及一個棕色皮膚的蛋形不倒翁，正在沼澤灌木叢跌撞逃命，追逐他們的是一群塑膠德國牧羊犬，後面跟著一群配備武器的私刑暴民，由我的玩具美國大兵以三K黨床單蒙面假扮。我指著一顆懸吊於沼澤上方、緩慢旋轉、狀似聖誕樹白色掛飾、閃亮如午後陽光下的迪斯可舞廳彩球燈問：「這是什麼？」

「這是北極星。他們朝北極星方向逃。奔往自由。」

我拿起馬丁、麥爾坎、哈莉特，笑問我爸：「這是啥？不可動人形玩具？」金恩博士看起來還可以，穿著有型有款的閃亮緊身黑西裝，手上黏著一本甘地自傳，另一手拿麥克風。麥爾坎的穿著類似，戴了眼鏡，手中的汽油彈正慢慢融掉他的手。面帶笑容，種族不詳的不倒翁看起來有點像是老爸的童年版，完全符合廣告所言：不管是歪斜放在我的掌上，或者後有白色霸權騎士追兵，它搖搖晃晃，卻始終不倒。哈莉特女士模樣有點不對，穿著緊身麻布袋，我可不記得有哪本歷史初級讀物將這位被奉為「摩西」的女士描寫成三圍36-24-36、沙漏型身材，有著柔絲長髮、細挑眉毛、藍色雙眸、善於吹簫雙唇、高聳乳頭激凸的雕塑。

「老爸，你把芭比塗成黑的。」

「我要維持相同的美貌門檻。建立可愛的基準線。免得你會說一個娃娃比另一個娃娃漂亮。」

農園芭比背後有條帶子，我一拉，她嘰嘰唱道：「數學太難，咱們逛街去吧。」我把黑人角色娃娃放回餐桌上的沼澤，擺放他們的四肢，維持逃命的模樣。

「我選擇肯尼與芭比。」

老爸頓失科學客觀性，抓住我的襯衫大聲叫嚷：「什麼？為什麼？」

「因為這些白人配備比較好。我是說，你看，哈莉特有的是煤油燈、手杖與指南針。肯尼與芭比則是沙灘車跟汽艇！沒得比。」

第二天，老爸把所有「研究成果」扔進火爐。就算是在初級大學教書，也是「不出版就死亡」。他因而得不到專用停車位，無法減少排課量，更重要的，我是一個失敗的社會實驗，統計學上無顯著差異的兒子，毀了他對我及黑人一族的期望。他勒令我交出夢幻以求的書。不再稱我的零用錢為「正向刺激」，而是「賠償」。雖然他從未放棄督促我讀書，卻在不久後買了我的第一把鏟子、叉子與羊毛剪。輕拍我的屁股，在我的牛仔工作服上別了布克・華盛頓的

---

65 馬里布芭比（Malibu Barbie），一九七一年推出的芭比娃娃，奠定她是居住在加州熱愛陽光與水上活動的女孩形象。
66 麥爾坎・X（Malcolm X），美國黑人伊斯蘭教士，民權運動者。
67 哈莉特・塔布曼（Harriet Tubman），美國黑奴，廢奴運動者。

名言「就地放下水桶」[68]以資鼓勵，然後打發我去農地。如果真有一個人們值得鑽營前往的天堂，為了我老爸，我希望那裡有天國心理學期刊，願意刊登失敗實驗的結果，因為承認「找不到支持根據的理論」和「悖反假設的結論」，就跟刊登紅酒是萬靈丹的學術研究一樣重要。我們不是一直假裝後者為真？

我對父親的記憶不全是壞的。雖然，理論上我是他唯一的孩子，但是老爸跟許多黑人一樣，子嗣遍布。狄更斯鎮民都是他的孩子。他不善養馬，鎮民卻普遍視他為「黑人善說者」[69]。每當哪個黑人崩潰起肖，得哄騙爬下樹或者高架橋，我爸就會被徵召，夾著他的社會心理學聖經——華倫．班尼斯．肯尼斯．班恩與羅伯特．錢合著的《策劃改變》——出門。羅伯特．錢是慘被低估的華裔美國心理學家，我爸從未見過，卻奉為心靈導師。多數孩子睡前有床邊故事與童話故事；我則是聆聽〈從業者系統環境模式的有效性〉這類章節入眠。我父親堪稱從業者無誤。我記不清多少次跟著他一起去說服黑人。前去的路上，他會吹噓黑人社群跟他超像——ABD。

「萬事俱備，只欠論文？」(All but dissertation?)

「萬事俱可，獨拒挫敗。」(All but defeated)

抵達後，老爸讓我坐在迷你休旅車的車頂，或者站在巷口垃圾箱蓋上，給我一本黃色拍紙簿做筆記。在警車燈閃耀、哭聲與吶喊中，他的鹿皮靴輕輕踩在碎玻璃上前行，我極端擔心他的安危。但是老爸有本事接近無法接近之人，滿臉同情與肅穆，掌心朝上如儀表板上的耶穌像，走向揮刀的瘋子，後者的瞳孔放大如一夸特軒尼詩XO加上十二瓶淡啤酒後水[70]撞擊過的原子。他無視鬧事者沾滿腦漿、排泄物、血液的工作服，像歡迎老友般擁抱他。人們認為老爸能夠接近這些人，純因他散發的無私態度，我則認為是他的嗓音讓他通行無阻。老爸的嗓音是升F調，深沉如嘟喔普[71]歌曲的男低音。充滿共鳴的低音讓你安心自在，就像穿女短襪的青少年聆聽五絲合唱團演唱〈靜寂夜裡〉[72]，安撫野蠻怪物的不是音樂本身，而是系統化的減敏。老爸的聲音能讓憤怒者鬆弛，在無焦慮的狀態下面對自己的恐懼。

---

68 布克・華盛頓（Booker Taliaferro Washington）是美國黑人教育家、作家，曾任總統顧問。「就地放下水桶」（Cast down your bucket where you are）典故來自小說《白鯨記》，一艘船在大西洋迷航，遇見另一艘船，跟船上的人索水喝，該船的人說你們把水桶放下去就有了。迷航的人訝然發現水桶打上來的水是淡水，原來他們靠近亞馬遜河了。布克・華盛頓在一八九五年的演講引述此例，鼓勵南方黑人在南方以現有資源求存，也鼓吹白人店家多多雇用黑人。南方的資源應該足夠自給自足。

69 原文為Nigger Whisperer。Whisperer這個字原指善與動物溝通，安撫動物的人。所以，作者才會說，他老爸不善養馬，卻仍被視為whisperer。中文「善說者」翻譯典故出自《瑜伽經》八十三卷七頁——言善說者：謂諸文句、善圓滿故。

70 酒後水（chaser），喝過烈酒後，添加的冰水、蘇打水或啤酒類淡酒，可以緩和味道，維持味覺新鮮。

71 嘟喔普（doo-wop），一九五〇年代崛起於美國的音樂形式，四到五名人聲編制，大量使用和聲與哼音，只使用很少量的伴奏（甚或沒有），於六〇年代初退流行。

72 五絲合唱團（Five Satins）是美國嘟喔普樂團，〈靜寂夜裡〉（*In the Still of Night*）是他們的暢銷曲。

小學時，我便知道加州是個特殊地方，因為石榴好吃到令人落淚，夏日陽光讓我們的非洲爆炸頭紅如血橙，而老爸提起道奇球場、金粉黛白酒，以及他最近在威爾森山看到夕陽綠光閃現，便忍不住眉飛色舞。仔細想想，讓你覺得在二十世紀還能活下去的發明都誕生在加州的車庫：蘋果電腦、電子手寫板，還有幫派饒舌歌曲。感謝老爸的黑人善說者事業，我得以目睹後者誕生。那是某個黑暗寒冷的貧民窟清晨六點，離我家兩條街，卡爾「一公斤古柯鹼」賈菲德[73]在丁尼生令人沉思的詩詞藝術裡尋找歌詞靈感，狂嗑自己的貨，嗨翻了，衝出車庫，斜盯Moleskine那牌筆記本，指間夾著冒煙的快克菸斗。那是快克古柯鹼的高峰時代。他爬上精心布置、改裝過的黃色豐田皮卡後車廂，車尾的TO與TA都被塗掉，只剩YO[74]。他開始大聲朗誦自己的歌詞，口音含混的五步抑揚格扣合了鍍鎳點三八的槍擊聲，以及他娘懇求呼喚他快點夾著光屁股回家。那年，我十歲。

淡膚黑鬼的衝鋒[75]

半公升，半公升
半公升全部衝鋒
殺進死亡陋巷

英倫老八百衝鋒
他說，淡膚黑鬼！
為鮮血幫衝鋒
進入死亡陋巷
英倫老八百衝鋒

當特種警察部隊終於抵達現場，以巡邏車車門和梧桐樹做掩護，突擊步槍舉在胸前，全止不住咯笑，無法瞄準。

別問他媽的啥屁
只管轟他娘個屄

---

73 此位人物名為 Carl "Kilo G" Garfield。Kilo-G 是一公斤，黑話裡特指一公斤古柯鹼。

74 豐田英文名 Toyota，前後塗掉，只剩 YO，正好是黑人口語裡的「你」，「嗨」。

75〈淡膚黑鬼的衝鋒〉（*Charge of the Light-Skinned Spade*）是模仿詩人丁尼生的〈輕騎兵的衝鋒〉（*Charge of the Light Brigade*）。spade 是貶抑的黑人稱呼。丁尼生詩裡的輕騎兵共六百名，仿作詩以英倫老八百（Olde English 800）啤酒對應。

黑鬼在他們的右邊
黑鬼在他們的左邊
黑鬼在他們的面前
狂歡作樂彼此衝撞
雷管與空尖彈擊發
兜帽落下混混倒下
痛快地幹暢快地打
穿過死亡之顎
閃過地獄之口
僅剩
喝剩的英倫老八百

這時我老爸——**黑人善說者**——滿臉天使微笑，穿過警戒封鎖，伸出花呢夾克下的手，擁抱這位崩潰的藥頭，對著他的耳朵呢喃深刻話語，「一公斤古柯鹼」茫然眨眼如賭城秀裡被印度催眠師催眠的笨蛋自願觀眾，平靜繳械，自動交心。警察圍上來逮捕，老爸要求他們退後，懇求「一公斤古柯鹼」唸完他的詩，甚至在每句結束時加入，假裝他也知道那些詞句。

整個狗日世界都在問
他們的閃亮金飾與酒醉嗨茫何時才退？
噢，多麼瘋狂的衝鋒！
尊敬他們的衝鋒
尊敬淡膚黑鬼的衝鋒
高貴的英倫老八百己空

警用廂型車、巡邏車消失於晨霧，老爸獨自站在街頭，沉浸於人道光輝，仿若神祇。他得意轉向我說：「你知道我剛剛說什麼讓那個王八蛋放下槍嗎？」

「爹地，你說了什麼。」

「我說：『老兄，你得問自己兩個問題：我是誰？怎樣才能成為我自己？』這是基礎的個人中心治療法。你讓個案覺得自己重要，他或她才是治療過程的主導者。你牢記這些狗屁啊。」

我想問他，為什麼他從未用對待「個案」的安撫口吻跟我說話，但是我知道，得不到回答，只會被抽皮帶，治療過程則包括紅藥水，懲罰不是禁足，而是至少三至五星期的榮格積極想像法。遠處，警車燈有如急速遠颺的遙遠螺旋星河，紅藍兩色靜默美妙旋轉，像某種貧民窟北地極光，照亮清晨的海洋近地大氣層。我撫摸樹幹上的彈孔，心想我就像埋進十個年輪深處的蛞蝓，一輩子也沒法離開這個街區。我會上本地的高中，以中等成績畢業，成為另一個履歷表只有寥寥六行卻錯字連篇的蠢屄笨蛋，奔走於就業輔導中心、脫衣舞酒吧、停車場、公務人員考試補習班。我會結婚，幹炮，殺掉瑪佩莎・黛里薩・道森，隔壁的那個婊子，也是我唯一愛過的人。我會生兒育女，威脅送他們上軍校，發誓他們如果被逮，我絕不會去保釋。我會是那種在脫衣舞俱樂部打撞球的黑鬼，劈腿國家街與西塢大道交口「缺德舅」[76]店裡賣乳酪的金髮女孩。我不再纏著老爸問老媽的下落，終於承認母性就像藝術裡的三部曲，極度被高估。一輩子因為沒讀完《魔戒》、《樂園》[77]與《銀河便車旅行指南》、沒喝到母乳而自責，終於像所有低下階層加州人一樣，望著六八年大地震後便有的灰泥天花板裂縫，死在從小長大的房間。因此，諸如「我是誰？怎樣才能成為我自己？」的問題與我無涉，我早就知道答案。跟整個狄更斯鎮一樣，我是老爸的兒子，環境的產物，如此而已。狄更斯鎮就是我。我就是我老爸。問題是，現在兩者都從我的生活消失。先是我老爸，然後我的家鄉，突然間，我不知道自己是誰，該怎麼成為自己。

---

76 缺德舅（Trader Joe's）是知名有機食品店。缺德舅是留美學生的戲謔翻譯。

77《樂園》（*Paradise*），諾貝爾文學獎得主童妮・摩里森的小說。

第二章

城西區，黑鬼！啥？

第三章

貧民窟三大自然律：敢叫陣的老黑絕不會撤陣；有人問時間，管他太陽照到哪個方向，答案永遠是「自己買個錶」[78]；第三，你愛的人被槍殺，一定正好是你大三放寒假返家，下午騎馬蹓躂，之後去本地智庫「達姆彈甜甜圈讀書人」跟你老爸會面時。在那裡，他跟街坊學者們會大肆招待你蘋果汁、肉桂捲與轉性治療（老爸不認為你是同性戀，只是你總是十一點前回家，而「尻」這個字居然還不在你的詞彙裡）。夜色已冰涼，你忙著想自己的事，舔吮最後的香草奶昔，看到一群警察圍著某個屍體。下馬，趨前，認出了鞋子、袖口或配飾。老爸面朝地趴在十字路口，我認得他的拳頭，緊握朝上，手背青筋暴凸血液飽滿。黏糊的黑人爆炸頭上有根棉絮，我拉拉他皺掉的牛津襯衫領，拂掉他臉頰上的碎石粒，拿走棉絮，破壞了現場的完整，而且根據警方報告，令人震驚的，我還伸手摸老爸身體下的那灘血。我很訝異血是涼的，沒因他身為黑人的憤怒而炙熱，也沒因為他雖有點瘋癲，畢竟是個好人，卻終究未能成就自己的挫折而沸騰。

「你，他兒子？」

刑警上下打量我。皺眉，眼神閃亮，來回掃描我的五官，一一核對。我幾乎能看到他篋笑背後的腦門正忙不迭比對我的疤痕、高度、身量，是否符合資料庫裡的通緝犯。

「是的。」

「你，大人物嗎？」

「啥？」

「讓我引述，涉事的警官說他邊衝邊喊：『我警告你們這群龜毛成性的權威主義原型，你們不知道我兒子是誰！』所以，你是什麼特殊人物？」

我是誰？怎樣才能成為那樣的人？

「沒。我沒啥特別。」

老爸過世，我理當哭泣，詛咒體制，因為他死於警方之手。哀嘆生為中下階層有色人種，住在只知道保護富有白人與各族裔巨星的警察國家，雖然我想不起有什麼亞裔美國巨星。但是我沒哭。我以為他的死是詭計，精心設計來教育我黑人一族的悲慘，鼓勵我成就自我。我有點期待他會站起來，撢撢身，說：「黑鬼，你瞧，如果這碼子事可以發生在全世界最聰明的黑人身上，想想你這個蠢屄會發生什麼？種族主義已死，不代表他們不會當場射殺黑鬼。」

---

78 原文是half past a monkey's ass and a quarter to his balls。俚語，意指自己去弄個錶看時間。

聽著，如果照我所願，我才不在乎黑人如何又如何。直到今天，收到人口普查表，我仍在「**種族**」一欄圈選「其他」，驕傲填上「加州人」。當然兩個月後，普查人員會現身我的門口，打量一眼後說：「你這個爛黑鬼。身為黑人，你如何自辯？」身為黑人，我總是無法為自己辯護。才會需要座右銘。如果我有，鐵定會揮舞拳頭，高喊我們的格言，砰地把代表政府的那張臉甩於門外。但是我們沒有。我只好喃喃說**抱歉**，在「黑人、非洲裔美國人、黑鬼、懦夫」一欄旁簽下我的姓名縮寫。

不。我生命裡如有丁點啟發，不來自種族驕傲。而是跟孕育偉大總統、大偽裝者、企業領航人、足球隊長的欲望一樣歷史悠久：伊底帕斯熱望。它會讓男人幹下平素不幹的狗屁倒灶事，譬如去籃球隊應徵，或者跟隔壁小孩赤手空拳打架，因為呢，在這個家族，我們絕不找碴，但是碴兒找上門，媽的，一定解決。我說的是最最基本的需求：取悅父親。

許多父親會在孩子襁褓起就隨意操縱，培育此種需求。沒事就把孩子抱高高坐飛機、冬天吃甜筒冰淇淋、週末探視時帶你去索爾頓湖或科學館玩。沒事就耍魔術，平空變出一元銅板。售房開放參觀日時，讓你相信就算你不能擁有全世界，也能坐擁你在小山丘頂那棟都鐸風格神奇洋房的二樓所看到的景觀。這些都是精心設計的心理遊戲，唬弄我們少了爹地與他們的愛護指導，餘下人生將是實打實的「不聽老人言吃虧在眼前」的無用存在。但是當你到了青春期，數不清多少次，老爸在家門口車道上跟你籃球鬥牛時讓你吃拐子、半夜酒醉捶你的腦門、朝你的臉噴冰毒煙霧、因為你說了「幹」（你不過是想效仿他罷了），就拿拗半截的墨西哥辣椒猛磨你的嘴巴，你逐漸明白那些冰冷的算計，以及帶著你一起去自動洗車，不過是誘導轉向[79]的教養法。是他們用來掩蓋性慾低落、薪水停滯不漲、辜負自己父親期望的詭計。取悅**父親**的伊底帕斯熱望是如此強大，即便在我們這樣的街區也是主流之道，雖說多數時候父職怠惰，到了晚上，孩子還是倚欄翹盼老爸回家。當然，我的問題出在老爸總在家。

拍完採證照片、做完目擊者訪問、聽完黑色的殺人案笑話，我把老爸彈孔累累的身體夾在腋下，一隻手還拿著我的奶昔，拖著他的屍身穿過粉筆畫線的身體輪廓圖、彈殼位置黃色標記、十字路口、停車場、雙層玻璃門，讓他坐在最喜歡的位置，為他點了「老樣子」——兩塊巧克力糖霜甜甜圈、一大杯牛奶，放在他的面前。由於他遲到了三十五分鐘又死了，會議已經展開，由老爸昔日的老友、現今的過氣電視人物佛伊．柴薛爾主持，這人還真是迫不及待要填補領袖空缺。氣氛短暫尷尬。狐疑的達姆彈成員注視胖大的佛伊。林肯被刺後，舉國也鐵定如此狐疑看著繼任的約翰遜。

我大聲吞下剩餘的奶昔。示意繼續，老爸也會希望如此。

79 誘導轉向（bait and switch）是一種商業銷售法。廣告說有哪樣產品打極低折扣，顧客上門後，卻說此貨已賣完，誘導顧客去買別的高價產品。

達姆彈甜甜圈革命必須繼續。

「達姆彈甜甜圈讀書人」是老爸創立的。他發現那次暴動，這家甜甜圈店是唯一非拉丁裔或黑人經營，卻未受劫掠或縱火的店家。事實呢，打劫的、警察、救火員都有志一同到這家二十四小時營業的得來速窗口補充元氣，購買炸麵包圈、肉桂捲，還有出乎意料好喝的檸檬汁，既可降火氣，還能消除疲勞，應付把麥克風硬塞到你面前的擾人媒體：「你認為此次暴動能改變任何事情嗎？」

「這不是讓我上了電視？是吧？賤人。」

達姆彈甜甜圈自創立以來從未被搶、被偷、蛋洗或者破壞過。直到今天，裝飾藝術風的外牆仍免於塗鴉與尿漬。客戶不會強佔殘障停車位。自行車客不鎖腳踏車，有如荷蘭騎士將車子整齊排在單車停車架內，好像是阿姆斯特丹火車站。這家貧民窟區的甜甜圈店氣氛寧靜，近乎修道院，乾淨，一塵不染。店員總是彬彬有禮，神智清醒。或許是因為不刺眼的燈光，或許是象徵楓樹覆蓋了七彩水珠的明亮裝潢。不管何者。老爸發現黑人只有在這家甜甜圈店才會循規蹈矩，會把奶精遞給你，陌生人會用國際通用手勢，禮貌地指指你的鼻頭，暗示「把臉上的糖粉抹掉」。在方圓七點八一哩、建築高聳的黑人區，這個八百五十平方呎的店面是你唯一能體驗「社群」兩字拉丁原文精神的地方，鎮民可在此沉浸和睦氣息。因此就在坦克與媒體撤陣不久後，某個下雨的週日午後，老爸進來點了他的「老樣子」。坐在靠近提款機的位置，並不針對任何人，大聲說：「你們可知道白人家庭平均每年的資產淨值為十一萬三千一百四十九元，拉美裔六千三百二十五元，黑人才五千六百七十七元。」

「真的？」

「老黑，你的數據來自何處？」

「皮尤研究中心。」[80]

從哈佛到哈林。每個王八蛋都尊敬皮尤研究中心，聽到這個名字，關心的顧客都在吱嘎響的塑膠椅用力轉身，雖說，這家店的旋轉椅最多只能左右轉六度。老爸禮貌要求店長調暗燈光。我旋開透明片投影機，把投影膠片放到玻璃臺上，大家集體扭脖子看天花板，一個標題為「種族決定收入差異」線條圖像某種黑暗、不祥的統計積雨雲飄在我們的頭頂，隨時要降雨到我們的集體遊行隊伍。

「我還在想你這個黑人小鬼拿個透明片投影機到甜甜圈店幹麼？」

接下來，老爸一下子秀總體經濟通貨流程圖、一下子放傅利曼[81]的素描，就這樣針對邪惡的放寬管制與制度性種族歧視展開即席研討會。他說並非銀行與媒體喜愛的凱因斯哈巴狗們預

80 皮尤研究中心（Pew Research Center），美國的獨立研究機構與智庫。

81 傅利曼（Milton Friedman），美國自由主義經濟學者。

測了最近的金融崩盤，是行為經濟學者，他們知道市場不受利率與國內生產總值浮動的影響，而是受貪婪、恐懼與財政幻覺左右。討論逐漸熱烈。達姆彈甜甜圈的顧客嘴裡塞滿點心，唇上沾了椰絲，大聲譴責支票戶頭利率過低，以及不要臉的有線電視八月才接通，居然七月就提前收費，還要你補繳逾期費。一位女士嘴裡滿滿的馬卡龍，問老爸：「老中賺多少？」

「嗯。亞洲男性賺得比其他族裔多。」

副店長大叫：「比基佬還多？你確信亞洲人賺得比基佬多？我聽說那些娘娘腔賺錢可容易囉。」

「是的，甚至比同志還多。但是請記住，亞洲男人無權。」

「那亞洲男同志呢？你做過控制年齡、性取向變數的迴歸分析？」高深的評論來自比老爸年長十歲的佛伊．柴薛爾，站在飲水機旁，雙手插在口袋，外面高溫近二十四度，還穿著羊毛衣。那時，名利尚未上門，他只是布倫特伍德大學都市研究學助理教授，跟其他洛杉磯知識階層住在拉奇蒙，到狄更斯鎮鬼混，為他的第一本書《黑人大都會：不妥協的非洲裔美國人都市貧窮與寬大潮衣》做田野調查。他說：「我想如果針對收入的自變數做統計合流分析，不難發現有趣的相關係數，老實說，顯著差異值落在點七五的範圍內，我也不訝異。」

儘管佛伊自大，老爸還是一下子就喜歡上他。雖說佛伊成長於密西根州，老爸在狄更斯鎮可是不容易找到明白「平均數差異檢定」與「變異數分析」的人。隔著一盒甜甜圈討論後，大家（佛伊與本地人）一致同意定期聚會，「達姆彈甜甜圈讀書人」於焉誕生。老爸視它為交換資訊、激發公共意識、商議社區事務的機會，佛伊卻視它為博取中年暴名的跳板。兩人一開始相當和睦，甚至一起擬定泡妞策略。幾年後，佛伊出名了，老爸沒。佛伊不是思想深刻之人，但是他的組織能力遠超過老爸。老爸的強項正是最大弱點——走在時代之前。當老爸忙著寫難以理解、無法出版的理論，試圖將黑人壓迫、博奕理論、社會學習理論連結起來，佛伊則主持電視談話秀，訪問二流名人與政治人物，替雜誌撰文，參加好萊塢會議。

有次，我看到父親在桌前奮力打字，問他靈感都來自哪裡？他轉身，因蘇格蘭威士忌而大舌頭，說：「真正的問題不是靈感來自哪裡，而是去了哪裡？」

「去了哪裡？」

「混混王八蛋如佛伊．柴薛爾之流者偷了它們，據為己有，大發其財，還若無其事邀請你參加他的新書發表會。」

佛伊竊自我老爸的靈感成為得獎的週六晨間卡通《黑貓與鬼混小孩》，全球授權播出，配了七國語言，讓佛伊在九〇年代中期累聚大筆財富，得以買下山頂夢幻豪宅。老爸從未對外說過什麼。也從未在聚會時跟他當面鑼對面鼓。據他的說法：「我們的族人處境艱苦，亟需一切，唯獨不需齟齬。」幾年後，佛伊把錢揮霍在毒癮與幾個滿臉雀斑的黑白混血洛杉磯女人身上，製片公司騙光他僅存的鈔票，國稅局又扣押一切，讓他僅剩房子與車子，洛杉磯人開始棄他如敝屣，將他打回小鎮流亡者的原形，老爸還是沒說話。當一窮二白、難堪消沉的佛伊拿槍頂著腦袋，打電話請老爸出任善說者，勸導他擺脫自殺抑鬱，老爸也保持醫病保密原則，隻字不提佛伊夜裡盜汗、幻聽、診斷出自戀型人格障礙、精神病院住院三星期的事。老爸生前堅決不信神，去世那晚，佛伊居然將他的屍身攬在胸前，說話祈禱，好像他那件雨果博斯閃亮白襯衫上的斑斑血跡是自己的。儘管佛伊尖銳慷慨的演講指出老爸之死象徵黑人所受的不義，你還是看得出來，他其實很高興，老爸死了，他的祕密安全了，而他對「達姆彈甜甜圈讀書人」抱持的羅伯斯比爾式白日夢幻想可能成真，它將成為黑人版的雅克賓[82]。

達姆彈成員熱烈討論討回公道的方法，我提早離會，拉著父親的屍體經過飲料冷藏櫃，將屍身面朝下對著馬屁股，雙手與雙腳懸空，就像牛仔電影。一開始，達姆彈成員想阻止我，因為我膽敢在他們有機會合照前，就把烈士移走。接著是警方，以警車擋道。我又哭又罵。拉著坐騎在十字路口繞圈，威脅誰敢靠近我，就等著額頭吃馬蹄子。最後，他們打算召喚**黑人善說者**，但是**黑人善說者**已經死了。

警隊長莫瑞．佛羅斯是危機協調人，多次在說服黑人場合與老爸合作。他熟知這項工作，知道說好話沒用。他抬起老爸的臉，正面看他，之後朝地面厭惡地呸一聲，說：「我能怎麼說？」

「你可以告訴我發生何事？」

「那是意外。」

「何謂意外？」

「非官方說法，你老爸的車子跟在便衣刑警歐洛斯可與莫蒂納的後面，他們正在等紅綠燈，跟一個女遊民說話。燈號變了好幾次都沒走，你老爸繞過去，做了右轉手勢，大叫了幾句，歐洛斯可警官開他罰單，嚴肅警告。你老爸說……」

「罰單或訓話，不能兩個都給。」這是我老爸偷師比爾．羅素[83]的話。

「沒錯。你知道你老爸的。警官起了反感，掏出手槍，你老爸就和所有腦袋靈光的人一樣，拔腿就跑，他們朝他的背開了四槍，讓他在街口流血至死。現在你知道了。你得讓我做事。讓法律制度將肇事者繩之以法。把屍體給我。」

我問佛羅斯隊長：「洛杉磯警局史上，有多少警官因值勤時殺人被判有罪？」這是老爸問過我多次的問題。

「沒有。」

82 羅伯斯比爾（Maximilien de Robespierre）是法國大革命時期雅各賓派最高領導人，倡議男性普選、食品價格控制、廢除奴隸制度，雅各賓派執政期間，讓農民可以分期買土地、制訂第一部共和制憲法，但也濫殺吉倫特派分子與支持者，共將七萬名「反革命分子」送上斷頭臺，而被稱為「恐怖統治」。

83 比爾．羅素（Bill Russell），NBA黑人球星，十二度入選全美明星球員，被視為最偉大的球員之一。

「答案是零，所以沒什麼繩之以法。我要帶走他的屍體。」

「去哪兒？」

「埋在我家的後院。你去忙你該忙的事。」

我好像從未見過警察吹哨子。至少真實生活裡沒見過。但是佛羅斯隊長吹起銅哨，揮手示意其他警察、佛伊、達姆彈甜甜圈抗議者退下。拒馬移開。我帶領一支緩慢的送葬隊伍前往柏納德道二〇五號。

打從一開始，老爸就想買下柏納德道二〇五號。他說：「這是我的龐德羅莎[84]。」他研讀房地產與「免頭期投資」類的書籍時喜歡說：「笨蛋才搞分成佃農、跨種族領養、先租後買。」一邊用腦海裡的計算機盤算貸款計畫。他說：「我的回憶錄……隨便就可以拿個兩萬元預付版稅……你老媽的珠寶可以賣個五、六千元……雖說提前領出你的大學基金要罰錢，但是加上它，所有權狀立馬可得。」

哪來的回憶錄？只有他在浴室跟某個十九歲嚼口香糖的「大學同事」搞三捻七時隨口喊出的書名。濕答答的腦袋探出門外，水氣蒸騰，問我覺得《黑人的詮釋》如何？又或者我最喜歡的《我很好，你也很好》。珠寶，壓根沒有。我老媽以前曾當選《噴射》[85]雜誌的「本週美女」，根據我床頭板上那張雜誌撕下來的褪色海報，她未配戴任何閃亮飾品。她，髮型中規中矩，大腿豐滿，塗了亮唇膏，穿著金絲銀線比基尼，站在後院的跳板上打算跳水。我對她的所有認識來自海報右下角的詳盡小傳——「蘿瑞兒．賴斯庫克，佛州比斯坎灣大學生，喜歡騎單車、攝影與詩」。後來，我找到她的下落，她在亞特蘭大擔任律師助理，說，她跟我老爸素未謀面，七七年九月，她的海報出來後，老爸便不斷向她求婚，寫怪詩，還用柯達傻瓜相機拍了勃起的陽具照片給她。鑑於我的大學基金僅兩百三十六點七二元（是我的猶太黑人受戒禮所收的禮金，只有寥寥數人參加），加上老爸的回憶錄書稿與老媽的首飾根本不存在，你會以為我們一輩子也無法擁有這棟房子，說是運氣吧，老爸遭警察誤殺，我後來收到兩百萬和解金，可以說，老爸跟我在他過世的那一天共同買下此地。

乍看，當天的兩筆交易裡，購買這座出名的農場更像一則隱喻。就在老爸決定對歐洛斯可警官爆粗口「移開你那輛老舊的狗屎福特維多利亞皇冠，不要阻塞他媽的十字路口」的那一天，我拿預定的民事賠償金跟法院基金辦公室抵押借錢（這案子後來以重大誤判為由，裁定賠償兩百萬元），搶在銀行拍賣那天，買下二〇五號這塊位於洛杉磯郡最惡名昭彰的貧民窟區、永遠面對月亮這一面的兩畝肥沃土地，上面只有一輛空蕩蕩的七三年溫尼巴戈酋長露營車房充作穀倉、一個過度擁擠如退伍軍人精神病院的破損雞寮，上面牢牢站著一個連聖嬰現象、八三

84 龐德羅莎（Ponderosa），俚語，家。

85 《噴射雜誌》（*Jet*），美國一家針對黑人讀者的雜誌。

年颶風都無法吹走的生鏽風標，還有兩叢地中海果蠅飛舞的檸檬樹、三匹馬、四頭豬、一頭只剩兩條腿改以購物車輪充當後肢的山羊、十二隻流浪貓、一群牛，以及蒼蠅終年如積雨雲盤旋於沼氣與鼠糞已經液化發酵、號稱魚池的塑膠充氣水池。即便以加州食品農業廳早期草率的年度評估調查，要將這樣一塊未經土地細分、不宜黑人從事農作的貧民窟土地稱為「農場」，簡直就是挑戰字面意義的極限。就算詹姆斯鎮屯墾區是我跟老爸而非朝聖者創建的[86]，印第安人也只要瞧瞧我們這塊枯乾、曲折、迷宮一樣的玉米田與金錢桔田，就會說：「今日的玉米種植課取消。你們這些老黑根本沒務農本事。」

當你成長於貧民窟的農場，你將明白老爸在你每日晨活時說的話一點不假：你塞什麼，人們就吃什麼。我們就跟豬一樣，埋首飼料槽。雖說豬不信上帝、美國夢、文字力量勝過武器，但是牠們的確相信餵食，迫切程度一如我們相信報紙週日版、聖經、黑人都會電臺與辣醬。不上課的日子，老爸常邀請鄰居過來看我忙活。此處雖是農業區，多數人家早就放棄辛苦勞動的農家生活，改建廣達數畝的後院，附有籃球場、網球場，或者在角落蓋獨棟客房木屋。少數人家還保有雞寮，養頭牛，或者為危機少年辦馬術學校，只有我家是全面務農。希望實踐早已被人們遺忘的後內戰承諾「四十畝與一個傻瓜」[87]。老爸會一手放在褲襠、一手指著我大聲說：「這個小黑鬼將跟你們這些黑鬼不一樣。我的兒子會成為文藝復興黑鬼。憑藉媽的農耕，成為現代伽利略！」然後打開一瓶施格蘭琴酒，分發紙杯、冰塊，以及檸檬萊姆蘇打。他們站在後廊看我採草莓、雪豆，或是什麼狗屁當季產物。採棉花最累了。先不論你得一直彎腰，飽受荊棘與保羅．羅比森[88]的靈歌之苦（老爸放得啵大聲，用來壓過隔壁羅培茲家放送的墨西哥鄉村歌曲），也不論種植與灌溉之勞，採收棉花純是浪費時間，因為我們家唯一的「金恩」[89]就是老爸保麗龍杯子裡的琴酒。採棉花爛透了，老爸會酩酊大醉，因琴酒與果汁催化的驕傲而緬懷之情大作，跟黑人鄰居吹噓我沒上過一天托兒所，也沒有沙坑遊戲場玩伴。他隆重發誓，我是被一頭名叫蘇西Q的母豬奶大的，而且在「豬仔黑仔手足對抗賽」裡敗給有蓋世之才的小豬「熟練」。

老爸的朋友會看我熟練地從乾枯棉花梗採圓莢，一邊期盼我拱起豬鼻，推翻歐威爾[90]式的社會秩序，好確認我的成長與豬密不可分。

---

86 詹姆斯鎮（Jamestown）是英國移民在美國建立的第一個屯墾區。早年移民美國的英國人，多數是清教徒，有的是分離教派，這些人被稱為「朝聖者」。

87 原來應該是「四十畝與一頭驢」。美國內戰後重建期間，不少黑人相信他們可以分得奴隸主的土地，成為自耕農，當時的口號是「四十畝與一頭驢」。此承諾後來未實現，改以黑人應有薪勞動，土地還是在白人間重分。

88 保羅．羅比森（Paul Robeson），美國黑人歌手、演員、社會運動者。

89 原文是gin。除了琴酒之外，它也是軋棉機的意思。

90 此處是指歐威爾的小說《動物農莊》。

1. 兩腿站立者都是敵人。
2. 四腿站立、六翼翅膀、擁槍自重者都是朋友。
3. 小豬秋天不能穿短褲，冬天更不必說。
4. 小豬幹活不得打瞌睡。
5. 小豬不能喝摻糖的酷愛牌飲料。
6. 所有小豬生而平等，但有些小豬啥屁也不是。

我不記得老爸把我的右手綁在背後，或者叫母豬當保母，但是我記得「熟練」。記得我兩手抓住牠因漲奶而變得敏感的後腿，推上木斜板，進入拖車。老爸是全世界唯一還在用交通手勢的人，慢慢轉彎，一邊教我為何秋天最適合宰豬，因為蒼蠅少、屠體可以放在戶外一段時間不壞，放進冷凍庫，肉質就差了。我就跟嬰兒座椅與安全氣囊誕生前的所有小孩一樣，跪在前座，從小小的後車窗看「熟練」，這頭氣數已盡的四趾天才像隻四百磅的賤貨，全程尖叫到屠宰場。我說：「哈哈。你再不能在屏風四子棋贏我，也不能媽的再把鼻涕抹到棋子上、炸沉我的戰艦，或者在拚命當王[91]遊戲裡幹掉我，你這個賤貨！」碰到暫停標誌，老爸手伸窗外，手肘彎曲，手朝下，掌心朝車後。他會在收音機樂聲中大喊：「你塞什麼，人們就吃什麼！」還一邊換檔、轉方向盤、打方向燈、做交通手勢、左轉、跟著哼唱艾拉・費茲潔拉[92]的歌，同時閱讀《洛杉磯時報》的暢銷書排行榜。

你塞什麼，人們就吃什麼！

我很想說：「我把父親埋到後院，那天起，我成了男人。」或者這類美國狗屎玩笑，但是那天我只感到如釋重負，老爸在市集跟人搶車位，我再也不必假裝事不關己。他會因為某個比佛利山三寶企圖把日產四門大車擠進「限停小車」的車位而大叫大嚷：妳這個嗑藥過量的臭婆娘。如果妳不馬上把狗屎爛車退出我的車位，我向天發誓，我會一拳打扁妳抹了抗老面霜的臉，永遠逆轉五百年來的白人優越史，以及妳的五十萬元整容手術效果。

你塞什麼，人們就吃什麼。有時我騎馬停到得來速窗口，或者看到一整個敞篷車的外來客（vato）不敢置信地望著我，因為居然有老黑牛仔（vaquero）在西樹葉大道旁、高壓電線如艾菲爾鐵塔聳立、滿地垃圾的草地放牧。就是這樣的時刻，我回想起老爸如何把沒完沒了的狗屁塞進我的喉嚨，直到他的夢想也成為我的夢想為止。磨犁頭、剪羊毛時，我覺得此生的每一刻都不是我的，而是老爸的即視感。不。我不想念老爸。只是懊惱沒膽問他，我真的是一手綁在

91 拼命當王（King Me!）是一種桌游。

92 艾拉．費茲潔拉（Ella Fitzgerald），美國爵士女歌手。

背後，度過感知運動階段與前運算階段期嗎？別跟我講什麼生來有缺陷。什麼生為黑人實在很幹。你們試試看單用一隻手學爬、騎三輪腳踏車、捉迷藏時遮眼，或者創建有意義的心理學理論。

第四章

你在地圖上找不到加州狄更斯鎮，因為就在老爸過世五年、我完成學業一年後，狄更斯鎮消失了。狄更斯不像長崎、索多瑪、蛾摩拉，或者我老爸那樣轟烈消失，沒有輝煌的告別，而是靜靜地從地圖移除，像冷戰期間蘇聯的某些小城，在一個又一個原子意外後消失於地圖上。狄更斯鎮的消失並非意外，而是源自明目張膽的陰謀，是鄰近那些日趨富有、家家戶戶擁有雙車庫的社區居民，為了保住房價上漲、血壓下降的手段。當本世紀初房地產起飛，洛杉磯郡許多中等收入社區都做了「美容變臉」。一度舒適快活的勞動階級飛地[93]開始充斥假奶、假學歷、造假犯罪率、頭髮移植、樹木移栽、脂肪與膽汁抽取。深夜，社區管理委員會、住戶聯合會、房地產大亨聚會討論，為面目模糊的社區想出活靈活現的名字，在電線桿豎起巨大閃亮的

---

93 飛地（enclave），本國境內隸屬另一國的土地。放在都市人類學裡，有時是指新移民形成的聚落。此處是指都市逐漸仕紳化過程裡，原本內城的中下階層突然被周遭的富裕社區包圍，形成飛地。

地中海藍招牌。當晨霧消退，即將被仕紳化[94]的社區居民醒來，赫然發現他們所住之處已改名「山巔之景」、「高地之泉」或者「西谷」，雖然方圓十哩內找不到什麼山巔、景觀、高地、山谷地形。以前洛杉磯郡居民只分為東區、西區、南區，現在卻打起冗長官司，好確定自己那棟迷人的兩房鄉村木屋到底屬於比佛利塢，還是比佛利塢近郊。

狄更斯鎮經歷的是另一種變化。一個清朗的南中區清晨，居民醒來沒發現改名，但原來「**歡迎光臨狄更斯鎮**」的牌子不見了。沒有官方聲明，沒有媒體報導，也無晚間新聞專題。沒人在乎。某種程度，多數狄更斯居民反而鬆了一口氣，因為省卻聊天時的尷尬，譬如「您府上哪裡啊？」回以「狄更斯鎮」，對方馬上連退幾步滿懷歉意說：「真是遺憾啊，別殺我！」傳言，郡方駁回我們的自治城市許可證，因為政治貪腐惡名在外。警局與消防隊關門。你打電話到以前的鎮辦公室，一個滿口髒話的年輕人羅貝卡會拿起話筒說：「這裡沒有叫狄更斯的黑鬼，甭再打來！」自主校董會解體。上網搜尋，你只會找到「狄更斯，查爾斯・約翰・霍夫曼」[95]，或者德州某個塵爆區小郡依狄更斯命名，紀念某個可能（也可能沒有）死在阿拉莫戰役的大笨蛋。

老爸死後，鄉里要我接棒黑人善說者。我真希望自己是出於家族榮耀或者社群關懷而扛起此職，事實呢，我願意擔任善說者，是因為我完全沒有社交生活。善說工作至少讓我走出家門，暫離牲口與莊稼。我會遇見有趣的人，說服他們不管嗑了多少海洛因，聽了多少R・凱利[96]的歌，他們絕對不可能飛。老爸做善說工作看起來很輕鬆。我呢，不幸沒有他那種宏亮、高級汽車廣告的低沉聲音。我聲音尖銳，說話氣度就像你喜愛的花美男樂團裡最「遜」的那一咖。瘦小、輕柔，音樂錄影帶裡，永遠坐在敞篷車最後面，把不到女孩，更甭提撈到獨唱。所以，他們發了一個大聲公給我。你試過用大聲公溫言說服人嗎？

狄更斯鎮消失於地圖前，我的工作量不算太大。兩個月應召做一次危機協調，算是農夫兼點善說者小差事。狄更斯消失後，每星期至少一次，我只穿睡衣，赤腳站在公寓社區的中庭，大聲公在手，抬頭望著某個頂著電棒燙頭髮的懊惱母親隔著二樓陽臺，晃盪手中的嬰兒。老爸還是善說者時代，週五晚最忙。那是發薪日。一堆罹患躁鬱症、薪水全部在某地揮霍光的窮鬼，卡在痴肥的沙發馬鈴薯家人與賣不完的雅芳直銷化妝品間，受夠了晚間黃金時段爛到遠近皆知的卡司，拔身而起，關掉廚房的收音機，因為它不斷放送關於週五夜店美好生活的歌曲（什麼開瓶、開槍、開苞啦，依此順序），打電話取消第二天與心理健康專業人員的會面（那個話匣子，做了N年的美髮師，還是只會一種髮型，燙、染、側梳）。週五是所謂的金星（愛

94 仕紳化（gentrification）又稱中產階級化，指一個舊社區原本聚集低收入人士，重建後地價及租金上升，吸引較高收入人士遷入，並取代原有低收入者。

95 作家狄更斯的全名。

96 R．凱利（R. Kelly），美國嘻哈歌手。〈我相信我能飛〉（*I Believe I Can Fly*）是他的暢銷曲。

與美與帳單女神）之日，這些人會特意挑這天自殺、殺人，或者殺人後自殺。輪到我做善說者，人們常在俗稱的駝峰日週三崩潰。我呢，既無咒語、符咒，也完全不知該說什麼，壓下大聲公按鈕，刺耳的轟然迴響嗡嗡打破靜止的生活。圍觀的非上帝選民半數期盼我會說些神奇的話，挽救一切；另一半暗自期待鬧事的媽媽浴袍敞開，袒露漲奶的雙峰。

有時，我以小幽默開場，從馬拉尼紙大信封取出一張小紙條，盡力模仿午間煽情談話秀的主持人宣布：「至於八個月大的科比・喬丹・賈霸・詹皇・梅威瑟三世，我不是他的生父……但我希望是。[97]」要是我跟小鬼的老爸一點都不像，那位母親可能放聲大笑，兩手一鬆，還在流口水、尿片裡都是屎的小娃兒就會掉到我手裡。

通常沒那麼簡單。多數時刻，濃濃的妮娜・西蒙〈天殺的密西西比〉[98]絕望感瀰漫夜間空氣，難以專注。鬧事者臉上與手臂有深紫色瘀青。毛巾布浴袍終於誘惑地滑落肩頭，揭露此女原來是男子；打過賀爾蒙的乳房、剃光的陰部、凹凸有致的臀部線條，「她」的另一半揮舞輪胎十字扳手，寬大的運動衫搭配歪戴一邊的棒球帽，可能是男人，或者男人婆，在停車棚瘋狂疾走，威脅我如果說錯話，腦袋立馬成糨糊。小貝比裹在代表瘸子幫（這是他們的地盤）的藍色包巾裡，不是太瘦就是過肥，不是大聲哭鬧到你恨不得他閉嘴，就是安靜到毛骨悚然令你懷疑他已經死了。此種場景少不了的是半開的拉門窗簾後輕柔飄揚妮娜・西蒙的歌聲。老爸警告過我這些女人。被毒品與爛人搞廢的女子，坐在暗處，亟欲愛情，狂抽香菸，聽筒壓在耳朵，撥快速鍵到專播老歌的 K-Earth 一〇一調頻電臺，點播妮娜・西蒙或者雪莉兒合唱團的〈獻給我愛〉，亦即〈獻給把我揍到不省人事然後一走了之的老黑〉。老爸說：「遠離那些喜歡妮娜・西蒙或者好朋友是男同志的婊子，她們討厭男人。」

奶娃兒的小腳被抓住，在空中以快速壘球姿態轉風輪，畫出大大的拋物線。而我站在那裡，一臉茫然，無啥鳥用，一個無法呢喃祕密、甜言蜜語的黑人善說者。圍觀者開始低語我屁也不懂。我是。

「老兄，你別磨蹭了，那小鬼要瓜點了。」

「掛點。」

「管他的，老黑，你倒是說點什麼啊。」

他們都以為老爸死了，我又上了大學，鐵定主修心理學，返鄉，繼承父業。但是我對精神分析理論、墨跡測驗、人性弱點、回饋鄉里毫無興趣。我之所以就讀加州大學河濱分校是因為他們有個頗像樣的農業系。我主修動物科學，希望把老爸的地變成鴕鳥養殖場，可以推銷給

97 科比、喬丹、賈霸、詹皇是ＮＢＡ球星，梅威瑟是拳王。「不是生父」是在譏諷有些午間煽情秀會幫人鑑定親子關係。

98 妮娜・西蒙（*Nina Simone*），美國黑人女歌手，民權運動者。〈天殺的密西西比〉（*Mississippi Goddam*）是寫來紀念發生於密西西比州兩件黑人謀殺案，她說這是她的民權運動歌。

九〇年代初如過江之鯽的饒舌歌手、職業運動聯盟第一輪選秀、大製片電影裡的配角，他們急著投資「血汗錢」，生平首次搭頭等艙，放下財經專頁折了一角的機內雜誌，告訴自己：「媽的。鴕鳥肉就是未來！」投資鴕鳥聽起來根本就是不容錯過。美國食品藥物管理局通過、富含營養的鴕鳥排二十元一磅，羽毛一根五元，滿是疙瘩的棕色皮革兩百元。我這頭的財源其實是販賣種鳥給老黑新貴，因為啊，一頭鴕鳥的平均可食部位才四十磅，又因為王爾德已經駕崩，除了年過四十的扮裝皇后、巴伐利亞吹低音大喇叭的、模仿馬可斯．加維[99]的表演者、在德州賽馬啜飲薄荷朱利酒、押注三重彩的南方佳麗外，沒人戴羽飾帽子了。後者啊，就算你賣青春永駐防皺面霜或九吋大雕祕方，也絕不跟黑人買東西。我知道鴕鳥難養，也沒創業基金。但是，這麼說吧。大二那年，河濱分校的「小農學科」急缺兩足動物相關博士論文，而且就像某個藥頭說的「你不幹，別人就幹了」。相信我，直到今日，你還可以在聖蓋伯爾山看到破蛋與棄巢，那是「一夕致富」的幻滅。

「我不知道該說什麼。」

「你不是跟你爹一樣主修心理學？」

「我懂一點牲畜學。」

「屎啦。這些娘兒們當初就是嫁給畜生才這樣，你最好跟這雛兒說點什麼。」

我副修農作科學與管理，因為帶領我進入作物學的法黎教授說我是天生的園藝家。只要我願意，我可以成為第二個喬治．華盛頓．卡佛[100]。我只需要選讀，並找到我的「花生」。她把一粒菜豆放到我掌心笑著說，或者找到我自己的「豆莢」。但是你只要去過「叔叔墨西哥捲餅」（Tito's Tacos），喝過一杯他們熱燙、多油、濃郁、上面覆蓋厚達半吋融化切達起司的菜豆泥湯，就知道豆子的基因已達完美。我狐疑為什麼是喬治．華盛頓．卡佛。為什麼我不可以是孟德爾第二，或者發明奇亞籽的那個XXX第二。還有就算大家早忘了《袋鼠船長》，我為什麼不能是「綠牛仔褲先生」[101]第二。因此，我選擇跟我最具文化相關意義的植物——西瓜[102]與大麻。說好聽的，我是糧食作物農夫，一年三或四次，我會套匹馬拖車，達達行遍狄更斯鎮，叫

---

99 馬可斯．加維（Marcus Garvey），出生於牙買加的黑人運動者、記者、創業家，是「世界黑人進步協會」（UNIA）創建者，鼓吹黑人民族主義與泛非主義，他還成立自己的軍隊（回非洲清掃白人），設有服裝公司，提供軍隊一應所需。他出席遊行時打扮成大將軍，上有羽飾。他也鼓勵「跟黑人買東西」（buy Black）。因此，作者才會說那些南方佳麗根本不跟黑人買東西。

100 喬治．華盛頓．卡佛（George Washington Carver），美國黑人教育學者、農業化學家、植物學家，他用花生與地瓜開發出三百多種產品。對土壤與病蟲害的研究深深影響美國南方經濟。

101《袋鼠船長》（*Captain Kangaroo*）是美國兒童節目，「綠牛仔褲先生」（Mr. Green Jeans）是其中一個角色，穿綠色牛仔工作服。

102 美國南北戰爭末期，許多已經是自由人的黑奴種植販賣西瓜維生，西瓜一度具有自由的意思。但是南方地主以西瓜營養價值低、容易種植為由，將黑人與西瓜連結起來，意指「懶惰」。西瓜遂和炸雞一樣，成為黑人的一種羞恥連結。

賣我的商品，用手提音響放送蒙哥．山塔馬利亞的〈西瓜小販〉[103]。遙遠的樂聲曾讓夏季聯盟籃球賽的快攻為之暫停，亂按門鈴遊戲與花式跳繩馬拉松賽草草結束，也讓康普頓、火石街口等候公車的婦孺舉棋不定，不知道要不要搭上最後一班車前往洛杉磯郡監獄週末探監。

方形西瓜不難培植，我也賣了許多年，人們看到還是趨之若鶩。就像黑人總統，你總以為連續兩屆看到這傢伙穿西裝發表國情咨文，你會習慣，方形西瓜也該一樣，其實不。金字塔形西瓜也很受歡迎，復活節左右，我會賣基因改造的兔子造形西瓜，你只要瞇瞇眼，西瓜皮上的黑線就會出現「基督拯救世人」字樣。這類西瓜就不能擺在車上賣。不過，讓顧客不斷回頭的是西瓜的滋味。想像你吃過最好的西瓜，再加上一絲大茴香跟黃糖就對了。你捨不得吐掉西瓜子，因為它有種沁涼感，好像泡過可樂的冰塊在嘴裡融化的甜滋滋。我雖然沒見過，但是人們說有人咬了一口我的西瓜就暈了。救護人員剛施行完心肺復甦術，救下差點淹死在後院藍色六吋深塑膠泳池的病患，關心的不是患者是否中暑，以及家族病史。他們的臉上殘留嘴對嘴人工呼吸沾到的西瓜甘露，兩頰散布黑色西瓜子，不住舔舌，勉強抽出時間開口，問的卻是「你哪兒弄來的這西瓜？」有時，我在哈里斯道陌生的拉美裔區尋找走失的山羊，一群從西班牙學校出來的小東西，剛剃過的腦袋在陽光下閃耀，走過來攬住我的肩頭，異常尊重地說：「感謝你的西瓜（*por la sandía… gracias*）。」

即便在陽光普照的加州也沒法整年種西瓜。此地冬夜比人們想像的冷。二十磅西瓜要搞到天荒地老才熟，還狂吸土壤裡的硝酸鹽，活像那是鈉製快克。所以我主要種植大麻，卻很少拿來賣。大麻不能算經濟作物，只能賺點零用錢，更何況，我也不希望混蛋們半夜來找麻煩。有時，我會拿出八分之一盎司招待毫不知情而且正在戒除高級大麻的兄弟，結果他就趴在我的前院草坪，渾身泥巴雜草，笑到瘋了，腿兒纏成麻花，卡在他早已忘記怎麼騎的腳踏車裡，驕傲高舉那根始終沒掉落地面的菸問：「這玩意兒叫啥？」

我說：「肌無力。」

或者大型家庭派對上，我小學二年級就認識的「咯咯笑」站在舞池，終於停止注視粉餅鏡子裡那張她很喜歡卻不認識的臉，問我三個問題：我是誰？那個磨蹭我的屁股還舔我耳朵的老黑是誰？我抽的究竟是啥鬼？答案分別是：布姬特．「咯咯笑」．桑切斯，你的丈夫，臉盲症。有時，人們狐疑我為什麼總有上等貨。碰到這種狀況，我都聳聳肩，回以一本正經的「哦，我認識幾個白人孩子……」。

點一根。噴口煙。聞起來越臭的大麻越好。噴出來的大麻煙霧味道如果像杭廷頓海灘紅潮、死魚，加上熱日熏臭的海鷗，可以讓一個女人停止甩動手中的嬰兒。你先提議來一口，給她菸屁股，她會點頭同意。這是你剛剛培育出來的「恐白症」品種，但是她沒必要知道。任何

103 蒙哥．山塔馬利亞（Mongo Santamaria）是美國黑人歌手與打擊樂手，擅長拉丁爵士。

讓我可以接近她的東西都是好物。我平靜上前，攀上爬滿長春藤的鐵架，或者站上某個魁梧老黑的肩頭，直到我的手可以碰到她。以前在學校策馬急馳或挽韁緩走一日後，我就是如此安撫純種馬的，揉揉她的耳朵，對著她的鼻孔輕輕噴氣，鬆緩她的關節，梳理她的毛髮。對準她噘起的飢渴雙唇吐出二手菸，她會將手中的嬰兒交給我，我則在觀眾的歡呼聲中踏下鐵架。心想孟德爾、喬治・華盛頓・卡佛，甚至我老爸都會以我為傲，有時，醫護人員把她們綁上擔架，焦慮的阿嬤安撫她們時，我會問：「為什麼挑星期三？」

第五章

狄更斯鎮的消失對某些人的打擊勝過其他人，最需要我服務的是老人「玉米粥」・詹金斯。「玉米粥」一向不穩定，我老爸卻從未處理過他。我想他可能覺得失去一個白髮蒼蒼、取悅白人、過氣的湯姆叔叔[104]，不算社區大損失，因此便輪到我「承接這個黑人傻瓜」。某個程度，「玉米粥」是我的第一個善說對象。數不清多少次，我得用毯子裹著他，因為他企圖假黑幫之手自殺，故意在藍色地盤穿紅衣、紅色地盤穿藍衣，或者在棕色地盤大喊：「我就是個偉大的黑鬼基佬僕人，凱撒・查維斯是個大混蛋。」（*¡Yo sou el gran pinche mayate! ¡Julio César Chávez es un puto!*）[105]他還會爬上棕櫚樹背誦泰山與土著的對白：「我，泰山，妳，桑妮卡。[106]」我必須

---

104 湯姆叔叔（Uncle Tom），泛指取悅白人、背叛黑人社群的人。

105 此處指「玉米粥」跑到「南方人幫」（Sureños）的地盤大肆侮辱。南方人幫的代表色為藍色、有時也用黑色、棕色，看場合而定。Mayate是糞金龜，西班牙黑幫俚語裡特指「男同志」。凱撒・查維斯（César Chávez）是墨西哥裔美國勞工運動者。

106 桑妮卡（Shaniqua）貶抑用語，特指來自貧民窟的黑人女性。

懇求街坊女人放下槍，拿著電影公司假合約哄騙「玉米粥」爬下樹，合約有無限供應啤酒與燻杏仁保障條款，開立合約的電影公司早已倒店。某年萬聖節，「玉米粥」扯下起居室電鈴線，接到自己的睪丸，那些「不給糖就搗蛋」的小鬼一按門鈴，拿到不是糖果或簽名照，而是令人血液凝結的尖叫，直到我推開那群扮裝仙女教母、超級英雄的虐待狂，扯下八歲女浩克死按門鈴的綠手指，才有辦法說服「玉米粥」穿上褲子拉下窗簾。

狄更斯鎮雖貴為世界謀殺之都，卻罕有遊客。偶爾，一群首度到洛杉磯度假的大學生會駐足我們最忙碌的十字路口，足夠他們拍攝二十秒的手震錄影帶，上下跳動，狂嘯如野人：「看啊！我們在加州狄更斯。想得到嗎？傻瓜！」然後把他們都會遠征之旅貼到網路上。敝鎮既無布拉尼堡的巧言石[107]可供親吻，「**歡迎光臨狄更斯鎮**」標誌被移除後，都市窺奇客便不再光臨。偶爾還是有幾個真正遊客，多半是靠養老金過活的老人家，開著外州車牌的旅行房車緩駛街頭，尋找他們與年輕歲月的最後一絲聯繫。那是富饒的時代，所有政客的選舉口號都允諾帶領美國再度強大，廣受尊重，重新成為充斥美德、善行與便宜汽油之地。偶爾他們會攔住本地人問：「對不起，哪裡可以找到『玉米粥』？」這簡直像詢問一個賭小錢的酒吧駐唱歌手知不知道如何去聖荷西。[108]

「玉米粥」．詹金斯是《小淘氣》[109]的最後成員，從咆哮的二〇年代[110]到雷根經濟的八〇年代，這群瘋狂的街頭調皮鬼戲弄啤酒肚警察，天天逃課，每週兩次出現在電影院的日場，亮相全世界放學後時段的電視上。據說，郝洛區電影公司在三〇年代中期，以週薪三百五十元聘請「玉米粥」擔任「蕎麥」．湯姆斯[111]的臨時替角。「玉米粥」兌現了支票，枯候等待演出一些小角色：譬如老媽去監獄探望老爸時，必須有人照料的沉默小弟弟，譬如追著逃跑驢兒屁股的黑人小鬼。偶爾他會坐在教室最後一排，只有一句詼諧對白，演出還算稱職。碰到會說話的嬰兒、婆羅洲野人，或者「苜蓿牙」[112]獨唱時嘴吐肥皂泡，「玉米粥」就會誇張翻白眼，大喊他獨門的「哎喲喲」[113]。他的黝黑俏皮未獲重用，但是一切值得，因為他終有一天會踏上偉大前

---

107 愛爾蘭名勝布拉尼城堡內有顆巧言石是觀光景點，傳說，親吻了這顆石頭便可巧言雄辯。

108 〈你可知道前往聖荷西之路?〉（*Do You Know the Way to San Jose*）是Dionne Warwick的暢銷歌曲，常被翻唱。

109 《小淘氣》（*Little Rascals*）是早年黑白童星合演的短片，前身叫做《我們這一夥》（*Our Gang*），由郝洛區電影公司製作，在一九二二到一九四四年間共出版二十部短片，一部長片，後來《我們這一夥》商標權轉賣給米高梅公司。一九五五年後，郝洛區公司陸續又以《小淘氣》之名拍攝同概念的八十部短片，一直到一九九四年都還有同名彩色長片。《小淘氣》系列主要角色都是用綽號，包括玉米粥（Hominy）、蕎麥（Buckwheat）、苜蓿牙（Alfalfa）、小豬（Porky）、啪啪打（Spanky）等。

110 咆哮的二〇年代（Roaring Twenties）是指二十世紀經濟持續繁榮，藝術、文化、社會活動勃興的二〇年代，主要集中在柏林、芝加哥、紐約、洛杉磯、巴黎、雪梨幾個城市。

111 「蕎麥」湯姆斯（Buckwheat Thomas）是《小淘氣》的重要角色。

112 「苜蓿牙」（Alfalfa）是《小淘氣》裡的角色，在課堂獨唱前會喝水，唱到一半便吐出肥皂泡。

113 哎喲喲原文是Yowza，黑人口語，轉化自yes sir，表達吃驚。

輩的步伐，穿上超大號尖頭精靈鞋，與「熱麥片」、「瞎子」[114]、「蕎麥」等人躋身俏皮話萬神殿，擁有自己的一席之地，把圓頂大禮帽、衣衫襤褸的種族歧視傳統延續到五〇年代。「玉米粥」尚未等到他的時機，古怪黑臉人偶與單盤影片[115]便已死亡。半黑不白的哈洛・貝拉方提與薛尼・鮑迪、帶著黑人沉鬱自傲感的詹姆斯・狄恩[116]，以及瑪麗蓮・夢露挑戰地心引力、散發愛神騷力的碩圓屁股，就已經提供了好萊塢足夠的黑。

當他們找到「玉米粥」的家，他會露出大大的潔牙膏笑容，以罹患關節炎的手指比暗號，邀請他們入內喝 Hi-C 水果潘趣酒，如果來客夠幸運，還能嚐到一片我的西瓜。我懷疑他是否也跟年邁影迷分享他告訴我們的故事。很難說我與瑪佩莎・黛里薩・道森的愛情如何開始的？她比我大三歲。自小長於農場區，老媽在自家後院經營「日出到日落」馬術與馬球學校。有時他們缺場地障礙賽手，或者他們的「少年矛刺隊」少一名後衛，就會叫上我。我在這兩項都不行，因為阿帕盧薩馬是超爛的障礙賽馬，而馬球禁用左手。小時，我跟瑪佩莎等鄰居小孩經常下課後直衝「玉米粥」家，還有什麼比跟《小淘氣》成員一起看一小時的《小淘氣》更酷呢？那時代還沒有遙控器。所謂的遙控就是老爸大叫「尚恩！唐！馬克！你們哪個小王八蛋下樓給我媽的換臺。」要在缺了一根兔耳天線、少了全部按鈕的手提老舊黑白電視微調出「五十二臺」、「洛杉磯可羅納 KBSC-TV 臺」這類特高頻跑來跑去的臺，需要血管手術的精細觸感；得拿水管鉗扭轉僅剩的頑固金屬鈕頭，尋找可以造成換臺效果的正確扭力，並保持水平與垂直畫面。但是當片頭伴隨著《我們這一夥》的瘋狂喇叭主題曲迸現螢幕，我們就會圍著白髮蒼蒼的「玉米粥」與火紅的小型電暖器而坐，像奴隸小孩圍著老雷穆斯[117]與他的火爐。

「雷穆斯叔叔，再跟我們說個故事。我是說『玉米粥』。」

「我說過二十週年見面會時，我在《男人痛恨女人俱樂部》片場狠狠地上了妲拉嗎？」

那時，我不明白「玉米粥」早就瘋到不像樣，跟許多影藝事業已經停頓卻依然緬懷聚光燈的童星一樣。我們只覺得他滑稽：隔著衣褲，猛磨蹭螢幕上以低角度攝影、彎腰露出蕾絲內褲的妲拉。「現實生活裡，這騷貨根本不像電影裡那樣辣。」他對著螢幕衝刺下體，大叫：「這是為苜蓿牙、米奇、小豬、肥肥、霧霧、老粗、自以為高人一等的混蛋小百科，以及其他《我們這一夥》成員幹的！」伴隨著他一一喊出名號，發青的睪丸也逐漸加速猛力衝刺。不用說，「玉米粥」很憤怒。原因之一是他自認應該功成名就，結果沒有。

不緬懷肉體征服時，「玉米粥」就吹噓他精通四國語言，因為每部短片都要拍四遍，一次

114「熱麥片」（Farina）與「瞎子」（Stymie）都是《小淘氣》裡的角色。
115 單盤影片（one reel）十分鐘長的短片。
116 哈洛・貝拉方提（Harold Belafonte）是出生於牙買加的黑人歌手與影星。薛尼・鮑迪（Sidney Poitier）是黑人影帝。詹姆斯・狄恩（James Dean）好萊塢白人影星，被視為叛逆偶像。
117 老雷穆斯（Ol' Remus）是Joel Chandler寫作的一系列民間故事，雷穆斯為解放黑奴，是敘述故事的人。

講英語，其他三次講法語、西班牙語、德語。當他第一次這麼說，我們都笑了，因為他的師父「蕎麥」只會露出門牙縫特大的笑容，口齒不清地說他的黑人過去完成式——「O太啦，怕怕答」。他是要講「OK，『啪啪打』[118]」，媽的，不管是哪國語言，「OK，『啪啪打』」唸出來都該是「OK，『啪啪打』」。

有次播放我最喜歡的一集《廢話與牛奶》，「玉米粥」為了證明不是吹噓，把電視音響關掉。他們一夥頑童圍坐「慘澹山寄宿學校」早餐桌，老師「老好人蓋普」數饅頭等退休金，滿臉皺紋的宿監脾氣壞如狗圈裡的沙皮狗，對他們咆哮吐痰。其中一個孩子搞砸了晨間活兒，對另一個街頭頑童耳語。無須打開聲音，那句話我們牢記在心，已經聽過百萬遍了。

我們大聲說：「別喝牛奶。」

一個黃髮白人小鬼僅以嘴形表達：「為什麼？」

我們齊聲低語：「壞掉了。」

別喝牛奶。往下傳話。「玉米粥」照辦，為每位傳話的小淘氣配音，不同語言。

"No bebas la leche. ¿Porqué? Está mala."

"Ne bois pas le lait. Pourquoi? C'est gate."

"Trink die Milch nicht! Warum? Die ist schlecht."[119]

別喝牛奶？為什麼？壞了。

牛奶不能喝。因為那是液體熱石膏尚未凝固成無需語言就能意會的啞劇，而童星年代則毀了「玉米粥」。有時，我們看到顧及政治正確而重新剪輯的劇集，他就會跳腳，噘嘴不樂：「我有在那一幕裡。他們把我剪掉了。『啪啪打』找到一個阿拉丁神燈，摩擦之後說：『我希望「玉米粥」變成猴子！我希望「玉米粥」變成猴子！』媽的噗地，瞬間我就變成狗日的猴子。」

「猴子？」

「精確一點說，一隻卷尾猴。而且他媽的，我專擅表演方法學的猴屁股奔上街，碰到一個照看冷飲櫃的老黑正在與他的娘兒親熱，他閉上眼睛，臉兒靠過去；那娘兒看到我，一溜煙跑了，傻老黑就朝著我大大的粉紅色人猿雙唇來一記潮濕響亮的熱吻。大家都笑翻了。《神燈裡的小孩》是我露臉時間最長的一集。我一個人單挑所有警察，片尾，媽的，『啪啪打』跟我全城亂跑，吃蛋糕之類的。告訴你，『啪啪打』可是我見過最酷的王八烏龜白人小孩。哎喲！」

現在無由判斷，「玉米粥」在劇集裡變成一隻真猴子，還是向來不以炫人特技聞名的郝洛區電影公司打開歷久不衰的「**美國經典刻板印象**」食譜，撈出僅需一步驟即可搞定的黑人鬧

118 啪啪打（Spanky）是《小淘氣》裡的角色。
119 第一句西班牙文，第二句法文，第三句德文。

劇——給演員裝上一條尾巴。無論何者，從堆滿剪接室地板、未能通過審查的種族偏見鬧劇賽璐珞片段可以得知：「玉米粥」是《小淘氣》裡某種取樂白人的黑人特技演員。他的演藝生涯簡而言之就是各種被剪掉的「白化」片段：不是被半熟荷包蛋砸在臉上，就是被潑白漆，或者麵粉雪崩灑身。他的眼珠因恐懼與甲狀腺亢進而暴凸，有時是在廢屋見到鬼，有時是看到一群剛受洗的靈恩派黑人集體夢遊穿越地方森林、嘴裡說著方言[120]，或者晾衣繩的白色睡衣詭異飄動，好似不祥鬼魅活躍如生，都會讓「玉米粥」嚇得魂不附體，臉色白如白化症，非洲爆炸頭嚇得又直又長，拔腿就跑，一頭撞上沼澤樹木，衝破木籬笆，或者窗玻璃。因為自身的無能加上上帝的意旨，「玉米粥」經常遭到電擊，閃電隨機劈下，每次都會殛中他穿著吊帶褲的屁股。《老實說，班傑明．富蘭克林》那集裡，牛頭犬比提啃爛了原本的風箏，猜猜看是誰自願擔任四眼田雞「啪啪打」的人體風箏啊？「玉米粥」。他呈大字形縫在巨大的貝西．羅絲[121]國旗上，渾身上下只有破爛的奴隸褲子，戴著上方有根金屬棍的三角帽，脖上掛著一塊以滑稽字體墨汁淋漓書寫的牌子——「**值此正是燒烤人類靈魂時——納罕．海爾**」[122]。「玉米粥」有如黑色飛天鼠，在刺骨的狂風暴雨與劈啪不停的雷電中飄盪於空。一聲巨響，緊接著連串火花，「啪啪打」檢查黏在風箏骨架上的一串閃亮通電骷髏鑰匙，正準備說「萬歲」，就被頭頂上方一個聲音粗暴打斷，「玉米粥」夾在樹幹間，一團黑灰，七竅冒煙，眼睛與牙齒一貫雪白，吐出演藝生涯裡最長一段的臺詞：「哎喲喲！我法名了電。」[123]

漸漸，大家放學後不再直奔「玉米粥」家，最後只剩瑪佩莎與我，因為有線電視與電玩誕生了，而瑪蘭妮・普萊斯的乳房在八年級時高竄，並且總跟《小淘氣》同一時段在自家臥房窗口上演脫衣秀。我不知道瑪佩莎為何留下來，因為無肩帶小可愛下，她也有十五歲乳房可資炫耀。有時大男生會來敲門，要她出來聊一聊。她總是叫那些老鄉在「玉米粥」家門廊等著，直到《小淘氣》播完。我大可想像瑪佩莎那時就喜歡上我。但是我知道她可能是出自同情，或者基於安全感，才會在三點半到四點間流連於此。大啖葡萄，看那群聲音刺耳的七歲小鬼與有色人種孩童大跳踢踏舞，上演輝煌的後院綜藝秀。畢竟一個在家自學的十三歲農場男孩與一個耄耋老黑能幹麼？

「瑪佩莎？」

「啥？」

「擦擦妳的下巴，濕了。」

---

120 說方言是宗教名詞，意指信徒發出不明聲音，旁人無法理解，卻是與造物主的直接溝通。

121 貝西・羅絲（Betsy Ross）是傳言中第一個設計縫製美國國旗的人。

122 原文是these are the times that fry men's souls，轉變自美國思想家湯姆斯・潘恩（Thomas Paine）的名言「值此正是試煉人們靈魂時」（these are the times that trail men's soul）。納罕・海爾（Nathan Hail）為美國獨立運動愛國者。

123 此處「玉米粥」使用了白字。翻譯同。應為「我發明了電。」

「我告訴你，還不夠濕，不足顯示這些天殺的葡萄有多好吃。真是你種的？」

「是。」

「為什麼？」

「家庭作業。」

「你老爸真是他媽的瘋子。」

我猜我當初愛上瑪佩莎就是因為她「毫不靦腆地大鳴大放」。當然，我大概也很愛她的乳頭。雖然，誠如她每次逮到我偷瞄時所言：給我機會，我也不知道該怎麼辦。最後，大男孩與他們的毒品錢、精蟲數超越了「苜蓿芽」戴牛仔帽、扯大嗓門唱〈山脊之家〉的魅力，很長一段時間，只剩我、「玉米粥」與葡萄。我從不後悔沒跟朋友去看偷窺秀。我總想只要瑪佩莎繼續吃我的葡萄，瓊汁玉露繼續滴落她的豐滿胸膛，遲早她硬如鑽頭的乳頭會穿破T恤濕漉漉的那兩點。

悲哀的是直到十六歲生日前夕，我才有幸看到3D立體乳房，半夜醒來，發現老爸的某個「助教」塔莎坐在我的床邊，裸體，散發性交後的氣味與麝香葡萄酒味，正在大聲朗誦南西．雀朵若[124]：「當然，母親是女人，因為母親是女家長……一個男人是小孩的主要照護者，或者以慈愛態度呵護孩子，我們會說他扛起母職。我們絕不會說一個女人照顧孩子是『扛起父職』。」直到今天，寂寞時自慰，我還是想起塔莎的乳頭，以及佛洛伊德詮釋學完全不適用狄更斯鎮。此地，多數時候是孩子在照顧父母，戀母情結或戀父情結太過簡單，因為管他的兒子、女兒、繼父母，或者自小一起長大有如親人的朋友，都會互相傷害，而「陽具欣羨」根本不存在，因為有時啊，老黑啥都沒有，就是傻屌太多。

不知為什麼，我總覺得我與瑪佩莎在「玉米粥」家混了那麼多下午，實在是虧欠他點什麼。他的瘋狂也讓我維持某種程度的神智清醒。三年前，某個颳大風的星期三，我正在午覺補眠，夢中聽見瑪佩莎的聲音，她只說了「玉米粥」。我連滾帶爬出門，看到「玉米粥」紗門上有一張匆促寫就、以膠帶黏貼的字條在風中抖動：「我在後邊」。他的字跡是典型的小淘氣，潦草卻易辨識。所謂的「後邊」是十五呎見方的加蓋屋，他的紀念品收藏館，一度塞滿《我們這一夥》的道具、戲服、大頭照，現在已多數典當或拍賣，包括「啪啪打」在〈顫抖的莎士比亞〉那集裡一邊躲避「苜蓿牙」的招牌豆子槍砲火，一邊朗誦馬克·安東尼獨白時所穿的盔甲，還有「蕎麥」在〈一九三八年我們一夥鬧劇〉裡，指揮「啪啪打俱樂部大樂隊」賺得金山銀庫時，所穿戴的燕尾服與禮帽，以及他用來贏回珍妮美人心的超長雲梯車，他的情敵可是擁有貨真價實救火車的富二代呢。此外，「國際銀線管弦樂隊」節奏部門與管樂部門所使用的短

124 南西·雀朵若（Nancy Chodorow）是美國女性主義社會學者。

笛、笛子、湯匙也賣掉了。

如字條所示，「玉米粥」果然待在後邊，光屁股懸梁。兩呎外，有一把寫著「保留座」的摺疊椅，上面放著絕望獨幕劇〈謝幕〉的演出戲單。他用來吊脖子的橡皮捆繩長度僅夠綁自行車架，因此，他只要穿八號以上的鞋子就可兩腳著地。他的臉蛋發青，弄堂風吹動身體。有那麼一下子，我很想讓他死了算了。

他用肺部僅存的空氣嘎嘎說道：「切斷我的老二，塞進我嘴裡。」

顯然，窒息讓他勃起，棕色陰莖聳立於一團毛茸茸驚人雪白的陰毛中。他像個古董陀螺在空中亂動掙扎，源於自焚欲望，也可能是稀薄的氧氣無法運送到他早已罹患阿茲海默症的腦袋。管他的「白人的負擔」[125]，「玉米粥」是我的負擔，我打掉他手中的煤油罐與打火機。慢慢走回家（不是跑）找花剪跟乳液。不慌不忙，因為我知道《小搗蛋》[126]之類的黑人種族歧視原型人物不會死，只會不斷繁殖。也因為潑在我襯衫上的煤油聞起來像吉馬酒精飲料，更因為街坊鄰居有人上吊，老爸從不驚慌，他說：「就算天快塌下來，黑人都綁不好繩結。」

我剪斷繩索，把這個一哭二鬧三上吊、自我私刑的傢伙輕輕放到人造纖維地毯上，細心撫摸他頭髮稀少的腦袋，為他磨破皮的脖子擦可體松，他則用鼻涕眼淚塗抹我的腋窩。我翻翻那個戲單。第二頁是「玉米粥」與馬克斯兄弟的攝影棚宣傳照，他們正在拍始終沒有發行的《賭馬風波》續集《賭馬風波2》。馬克斯兄弟坐在椅子反轉、上書**格魯喬**、**奇科**、**哈珀**、**澤波**[127]

的導演椅上，遠處有一張高腳椅，椅背寫著「**濃縮憂鬱**」，上面坐著年僅六歲的「玉米粥」，兩腿交叉，上唇塗了格魯喬那種白色大鬍子。照片寫著「送給玉米粥，家族的吵鬧黑人[128]。來自馬克斯家族的祝福——格魯喬、卡爾、史基德等」下面有「玉米粥」的簡介，列出他少得可憐的演出，讀起來像自殺遺書。

「玉米粥」．詹金斯（本名賀明尼．詹金斯）——很高興他的處女秀與退休演出都在「密室倉庫戲院」。一九三三年，「玉米粥」首度善用蓬亂的非洲黑人頭，在原始《金剛》電影裡扮演哭哭啼啼、被人拋棄的土著小貝比，僥倖逃過金剛在「骷髏島」的踩踏。之後，他便擅長扮演八歲到八十歲之間的各式黑人男孩，包括《黑神駒》裡的馬廄男孩（未列名）、《鐵血船長》裡的船艙服務員（未列名）、《陳查理加入三K黨》裡的餐廳雜役（未列名）。一九三七年到一九六四年間於洛杉磯拍攝的電影都有他，擔任擦鞋童（未列名）。他還演過送信男孩、旅館侍者、雜役男孩、保齡球館置

125 吉卜林所寫的詩，指白人有義務統治其他文化的人民，直到他們達到相同水平。

126 《小搗蛋》（*Bebé's Kids*）是一九九二年的一部喜劇動畫電影。

127 馬克斯是美國著名喜劇家庭，共五名兄弟奇科、哈珀、格魯喬、甘默與澤波。

128 此處用 Shvartze Sheep，意第緒俚語。吵鬧的黑人。

瓶員、泳池清潔工、男僕、超市幫忙顧客打包的人、送稿生、送貨員、男孩玩偶（色情短片）、跑腿男孩，以及在榮獲金像獎的《阿波羅十三號》裡擔任象徵性的黑人太空工程師[129]。他感謝影迷多年來的支持。真是漫長奇特的演藝人生。

在我膝頭哭泣的這個老人如果生在他處，譬如愛丁堡，早就封爵了。「全體起立，狄更斯鎮玉米粥爵爺。吉卡普爵士。波佐爵士[130]蒞臨」。如果他是日本人，熬過了二戰、泡沫經濟，以及少年刀樂隊，他很可能是年逾八十的歌舞伎演員，在《時翫雛淺草八景》第二幕出場時，演出會暫停致敬，主持人以官方讚詞隆重介紹他為「扮演名妓尾草、京人偶的日本活國寶玉米粥．黑鬼．詹金斯八世」。可惜他生於加州狄更斯鎮，在美國，「玉米粥」無啥傲人之處，反而是「活國恥」。是非洲裔美國人文化遺產上的羞恥污記。跟模仿黑人說話的雜耍演員、《阿莫斯與安迪》廣播劇、戴夫．查普爾崩盤記[131]，以及錯把情人節講成「情人姊」的人一樣，統統都該從種族紀錄除名。

我對準「玉米粥」滿是耳屎的耳朵說：「『玉米粥』，這是為什麼？」

我不確定他聽懂了嗎？因為他只對我露出巨大、閃白、卑微諂媚的黑臉秀笑容，眼神茫然。說來奇怪，童星似乎永遠不老，面容裡總有一絲東西拒絕老去，未必讓人永誌不忘，卻青春永駐。譬如加利．高文的兩頰、秀蘭．鄧波兒的翹鼻，艾迪．蒙司特的美人尖、布魯克．雪德絲的貧乳，還有「玉米粥」的燦爛笑容。

「主人，你問為什麼？因為狄更斯鎮不在，我也就跟著消失了。我不再收到影迷的來信。過去十年，我都沒有訪客，大家不知道去哪兒找我。我只希望自己有一絲分量。主人，對一個取悅白人的年邁老黑來說，這要求很過分嗎？我只希望自己有分量。」

我搖頭表示「不」，但我還有一個問題。

「為什麼挑星期三？」

「你不知道？你不記得？你老爸最後一次在達姆彈甜甜圈聚會時說，多數農奴暴動都發生在星期三，因為傳統，星期四是鞭笞的日子。紐約農奴暴動、洛杉磯暴動，友誼號奴隸船叛變等都是星期三。」「玉米粥」咧大嘴露出僵硬笑容，活像腹語術木偶，繼續說：「打從我們踏上這塊土地以來就是如此。不管你有沒有做錯事，總是被鞭打、搜身、阻擋。既然星期四要吃鞭

129 原文裡以上各種職稱都以boy結尾。所以作者才說他擅長扮演各種年齡層的boy。保齡球館置瓶員（pin boy），「置瓶機」誕生前，是以人工排球。

130 這兩句原文為Sir Jig of Boo, Sir Bo of Zo。Jigaboo是對黑人的貶抑稱呼。Bozo是笨蛋的意思。

131《阿莫與安迪》（*Amos 'n' Andy*）是美國早年廣播劇，由兩個白人擔任黑人角色。節目經常呈現低俗與智障趣味，被認為是「醜化黑人」，而遭到示威抗議。戴夫・查普爾（Dave Chappelle）是美國著名喜劇演員，二〇一三年八月三十日演出時，受到觀眾挑釁與種族侮辱，演到一半就憤而離去。

子，何不在星期三鬧他一鬧。對吧，主人？」

「『玉米粥』，你不是奴隸，我更不是你的主人。」

「玉米粥」笑容隱匿，搖頭，露出他們逮到你自認比他們高一等的憐憫表情，他說：「主人。有時人得認命接受自己的角色，並依此行事。我是奴隸。這就是我。我生來就要扮演的角色。只是這個奴隸恰巧也是個演員。生為黑人不是表演方法學。李．斯特拉斯伯格[132]可以教你如何扮演一棵樹，卻無法教你如何做一個黑人。這是技巧與目的的最終關連，以後我們不會再討論。我一輩子都會是屬於你的黑人，就這樣。」

「玉米粥」無法分辨自己與「我欠你一條命，就該做你的奴隸」的比喻差異，終於瘋了，當時我就該送他住院。我應該報警，讓他們發出五一五〇[133]。但是，我們曾在某日午後造訪好萊塢電影中心的「老人、善忘者與被遺忘者之家」，「玉米粥」逼我發誓絕不把他送去那裡，免得跟老友狡猾．史密斯、查塔奴塔．布朗、碧拉「媽咪」麥昆妮[134]一樣被剝削，進入天堂的演員休息室前，還在追逐列名電影，垂死躺在病榻，還要接受加州大學洛杉磯分校「提前就學」計畫的電影系新鮮人訪問，後者只想為自己的畢業論文增添「星光」，即便這顆星已經老年失智也沒關係。

第二天（星期四）上午，我醒來，發現「玉米粥」打赤膊赤腳站在前院，綁在路邊的信箱，要求我鞭打他。我不知道誰綁了他的手，卻知道「玉米粥」讓我綁手綁腳。

「主人。」

「『玉米粥』，少來。」

「我要謝謝你救我一命。」

「你知道我願意為你做任何事。因為有你的《小淘氣》，我的童年才變得差堪忍受。」

「你想讓我快樂嗎？」

「是的。你很清楚。」

「那就鞭我。往死裡打，打到我這條沒用的黑命僅剩一口氣。打我，但是不要殺我，主人。打到讓我能夠感覺此生缺少什麼。」

「還有其他方法能令你快樂嗎？」

「恢復狄更斯鎮。」

「你知道這是不可能的。一個城鎮消失就不會回來。」

「那你就知道該怎麼做。」

---

132 李．斯特拉斯伯格（Lee Strasberg）是出生於波蘭的表演方法學大師。

133 五一五〇是警方代號，代表有瘋子逃出來。

134 上述三者是美國早年廣播劇與電影裡的黑人角色。

人們說，足足出動了三個鎮警察才把我拉開來，我簡直把「玉米粥」鞭得屎尿齊流。老爸如果還在世，會說我出現「解離性反應」。他以前揍我都是如此說。他會打開神聖、老舊、落伍到把同性戀歸類為「慾望障礙」的《精神疾病診斷與統計手冊Ⅰ》，翻到「解離性反應」，擦擦鏡片，慢慢解說：「解離性反應有如精神上的斷電器。當心靈體驗排山倒海的壓力與狗屎，它就自動斷電，關掉所有感知，然後你整個茫掉。雖仍行動，卻不自覺。你看，雖然我不記得解離了你的下顎，但是……」

我想說我對這一切都無記憶，從神遊狀態醒來時，只記得背部刺痛，「玉米粥」拿浸了雙氧水的棉球塗抹警方拉扯我時造成的挫傷。事實是我這輩子也忘不了解開李維牛仔褲腰間皮帶的聲音。忘不了棕黑雙色兩面可用的皮帶在空中揮舞的哨響聲，以及鞭如雨下落在「玉米粥」背上的噗噗爆響。他並未躲避鞭笞，反而趴爬靠近，流下喜悅與感激的淚水；他抱住我的膝蓋，懇求我打得更用力點，他在為數世紀的壓抑憤怒，以及數十年來非自願的奴顏婢膝尋找一個了結。他的黑色身體歡喜承受嘶嘶作響的鞭笞，報以卑屈的興奮呻吟。我永遠也忘不了「玉米粥」血濺街頭，卻跟史上所有奴隸一樣，拒絕對主人提起告訴。我永遠忘不了他溫柔陪著我進屋，請圍觀者不要批判我，畢竟，要找什麼樣的善說者，才能對一個黑人善說者做善說工作呢？

「『玉米粥。』」

「怎的，主人？」

「如果你是善說者，會對我說什麼？」

「我會說你格局太小。拿著大聲公，拯救一個又一個老黑，無法成就大事。你得比你爸格局大一些。你聽過見樹不見林嗎？」

「當然。」

「那你必須停止將我們當作單一個體。因為主人啊，你沒瞧見壓迫我們黑人的大農園。」

第六章

人們說「拉皮條不容易」。嗯，蓄奴也一樣。奴隸就像小孩、狗、骰子、亂開支票的政客，以及想也知道的妓女，都不聽你指揮。而如果你的黑奴年逾八十，每天只能幹活十五分鐘，還超愛被鞭笞，你實在撈不到電影裡所描繪的農園附加利益。沒人講「可憐的俺」，農地裡也沒《去吧，摩西》[135]一書描繪的農耕歌。沒有軟如枕頭的黑色胸膛可供磨蹭。沒有雞毛撣子。沒人說「隨來」。沒有枝狀燭臺照耀的高檔晚餐、無限量供應糖漿火腿、滿滿一匙又一匙的馬鈴薯泥，以及史上最健康的綠色蔬菜。我從未感受過主人與奴隸間不容置疑的互信，只是擁有一個年邁衰老、唯一本事就是「自知本分」的黑奴。「玉米粥」不會修理馬車輪。不會犁他媽的田。不會搬運或者扛燕麥。但是他會大張旗鼓地卑躬屈膝，每天下午一點到一點十五分，拎著帽子現身，幹他想幹的事。有時他的工作包括穿上祖母綠配粉紅色的閃亮褲子，手伸直，拿著煤油燈，現身我的前院，假裝他是真人大小的庭院裝飾玩偶。其他時候他想做人肉踏腳凳，奴性發作時，他會蹲趴在馬邊或者皮卡旁，要我踏著他的背部上去，逼我去酒店買酒，或者去安大略參加牲口拍賣。但是多數時候，「玉米粥」的工作就是看我工作。一邊啃咬我花了六年時間才培育出來酸甜度、皮肉比例適中的伯班克李子，一邊驚嘆：「幹，主人，這些李子可好吃了。你說它們是日本種？你鐵定是把手伸進哥吉拉的屁眼了，否則哪來的天殺綠手指。」

所以當我說人際枷鎖[136]是一種特別挫折的約束，相信我，絕非虛言。我並未自動承擔什麼，眼前這名顯現臨床憂鬱症狀的奴隸，我如有任何統治權，也是被強加的。在此特別聲明：數不清多少次，我試圖解放「玉米粥」。僅僅說你是自由人，沒用。我向天發誓，有一次，我差點像棄養寵物般把他扔在聖伯納提諾山，但是我看到一頭流浪鴕鳥，尾巴上綁著嘻哈團「遠處」的車牌宣傳貼紙，頓失勇氣。我甚至請費司各起草一份解放文書，全文工業時代用語，還花兩百元請公證人擬定合約，謄寫於我在比佛利山文具店買來的古董羊皮紙上。顯然有錢人這年頭還在使用羊皮紙。作何用途？天知道。或許觀諸當今銀行體系，藏寶圖又開始大行其道了。

合約寫著：「敬啟者，憑此文書，吾解放、開釋、放生、永久除役蓄養三週之奴『玉米粥』．詹金斯，還其自由。上揭身材中等、智力平庸、容貌無奇。茲此奉告，『玉米粥』．詹

135《去吧，摩西》（*Go Down, Moses*）是福克納的小說，講述農園故事。

136 此處作者用 human bondage，是借用毛姆的名著《人性枷鎖》（*On Human Bondage*），一語雙關，bondman 也當作奴隸。

金斯已是有色人種自由人。立此為證。一八三八年十月十七日。」此計無效。「玉米粥」只是脫下褲子，在我的天竺葵上拉屎，拿自由文件揩屁股，遞給我。

他抬起一條灰色眉毛說：「智力平庸？第一。我知道現在是西元幾年。第二，真正的自由是一個人有權做奴隸。」他拉起褲子，端出那種米高梅電影公司的農園臺詞：「俺知沒人強迫俺，但是這個奴隸，你擺脫不了的。自由啊，可以親親俺的後內戰屁股說掰掰。」

蓄奴顯然非常有利可圖，因為你必須忍受這麼多心理折磨。但是偶爾某個炎熱下午，我剪完山羊角，綁好鐵絲網，在前廊納涼，看夕陽為鬧區天空染上紅色厚重的霧霾。這時「玉米粥」會捧著冰檸檬汁出來，濃縮果汁從特百惠塑膠水壺慢慢倒進我的杯子，冰塊一顆顆噗通落下，然後會替我搧涼，趕走臉上飛舞的馬蠅，實在是非常滿足的經驗啊。在涼風與汽車音響傳出的吐派克[137]歌中，我感受南方邦聯地主們必定都感受過的主宰快感。幹，如果「玉米粥」願意天天好好配合，我也會對薩姆特堡[138]發動攻擊。

星期四，「玉米粥」會故意在續杯時，不小心把檸檬汁傾倒我腿上。送出不容置疑的訊息，就像狗抓紗門，該採取行動了。

「玉米粥。」

他會滿懷期待說：「是的，主人？」撫摸屁股做準備。

「你要選諮商師嗎？」

「我上網查過，所有的諮商師都是白人。站在樹林中或者書架前拍照，誓言讓你事業有成、性慾滿足、人際關係美好。我從未看到他們秀全家福照片，曬曬他們的高成就小孩，也從未看過他們讓性伴侶欲仙欲死的照片。證據呢？」

檸檬汁漬從大腿擴散到膝蓋了。我說：「好吧，上卡車。」

奇怪的，「玉米粥」並不反對我為他找的支配御姐都是白種女性。我在城西區找到一家搞皮繩愉虐的俱樂部「石棍齊來」，幫我分攤體罰重責。「玉米粥」最喜歡的酷刑室是「巴士底監獄」一房。桃樂絲女士渾身赤裸，僅戴南軍帽，棕髮，蒼白，塗抹了媚比琳口紅的嘴唇露出揶揄笑容，連郝思嘉[139]都得靠邊閃。桃樂絲將「玉米粥」綁到車輪上，打到他神智不清。把某個特殊裝置綁到「玉米粥」的生殖器上，拷問南軍的行進路線與軍火機密。之後，桃樂絲女士會探頭卡車，親吻「玉米粥」臉頰，把收據遞給我。一小時兩百大元，外加「種族花招」，要價不菲。前四個辱黑字眼「討好白人鬼」、「黑鬼」、「瀝青娃娃」、「黑炭」免費。之後每一個新詞要價三元。不管是「黑鬼」一詞的變形、衍生詞，或是不同發音，均是十元。不二價。

137 吐派克（Tupac），嘻哈歌手。

138 薩姆特堡（Fort Sumter）南北戰爭時受到南軍砲轟。

139 郝思嘉（Scarlett O'Hara），《飄》（*Gone With the Wind*）的南方佳麗女主角。

「玉米粥」每次經過「治療」都快樂極了，幾乎讓人覺得這錢花得值得。但是「玉米粥」的快樂不是我的，也不是狄更斯鎮的。我一直想不到恢復狄更斯鎮的方法，直到某個春天傍晚從「石棍齊來」返家途中。

「玉米粥」與我卡在一一〇高速公路上，不耐地穿梭車道間。原本車速尚可，直到四〇五與一〇五立體交叉口，車速變慢了。老爸有一理論，他說窮人是最棒的駕駛，因為負擔不起汽車保險，因此開車就如過日子，提心吊膽面對。我們卡在一大堆緩緩前進、沒保險的生鏽老車與小車間，擋風玻璃以垃圾袋取而代之，在風中啪啪飛舞，全部時速五十五。「玉米粥」的受虐狂喜逐漸沉澱，身體的疼痛與療程記憶隨著一個個高速公路出口過去，也漸漸消去。他摳摳手臂的瘀痕問這是怎麼來的。我從前座置物箱撈出一根大麻，醫療用途。

他拒絕，說：「你知道誰是大麻毒蟲嗎？小史考特．貝奇。」史考特是個大眼「小淘氣」，「啪啪打」的小跟班。他穿寬鬆針織毛衣，球帽歪戴，但是這白人小孩空有美貌卻無病態，因此只演了幾集。我問：「是嗎？那『啪啪打』呢？他用毒品嗎？」

「『啪啪打』不用毒，只搞妞。那是他的絕招。」

我搖下車窗。車速依然很慢，大麻煙霧停滯，昭告罪行。傳說《小淘氣》就像戲劇《馬克白》，被詛咒了，演員全恐怖早逝。

小淘氣一夥	得年	死亡原因
苜蓿牙	42	因鈔票起爭執，被人朝臉上開了三十槍（每槍各代表一顆雀斑）。
蕎麥	49	心臟病。
喘噓噓	19	陸軍訓練機失事。
妲拉．胡德	47	根據「玉米粥」的版本，她是被他「幹」死的，其實是肝炎。
胖子烏比斯	21	鬱鬱寡歡。單戀科貝翠小姐不可得，僅僅五呎高卻重達三百磅。
霧濛濛	16	被卡車撞死。
小狗彼得	7	誤吞鬧鐘。

「玉米粥」在座位上蠕動，抓抓背上依然紅腫的鞭痕，不解自己為何流血。媽啦，我該讓他死。或者把他推出車外，讓他倒斃於「海港高速公路」龜裂出油的柏油路面上。可是，這又有什麼好處？現在，車流完全停頓。一輛醜惡的美國版捷豹汽車翻倒在內車道，穿套頭毛衣的駕駛毫髮無傷，倚著公路護欄，閱讀那種只有機場書店才看得到的精裝小說。被追撞的本田轎車躺在中間車道，屁股扁爛冒煙，駕駛躺平於地，前者等著拖去汽車墳場，後者等著進墓園。捷豹汽車的款名聽起來像火箭：XJ-S、XJ8、E-Type。本田汽車款名則像和平運動者

與人道主義外交官設計的：喜美、雅哥、洞察者。「玉米粥」走出車外，開始指揮疏散打結的交通，呈現本色，瘋狂揮舞手臂，依照顏色疏散車流，不是汽車顏色，而是駕駛膚色。「如果你是黑人，退回去！白人，靠右行。棕色人種，繞一圈。黃種人跟著白種人走，放輕鬆。紅膚者，全速前進！黑白混血，油門踩到底！」如果目測無法判斷駕駛膚色，他會問駕駛。「墨西哥裔（Chicano）？那是什麼膚色？混蛋，你不能隨便捏造一個種族。男同志（put）？王八蛋（pendejo），我讓你當場被肛。黑鬼，你選定一個車道，不准換。找出最適合你的位置。」

當警車鳴笛而至，車流終於順暢起來，「玉米粥」爬回卡車，拍拍手，好像完成偉大工程。「『陽光山米』說，辦事就該這樣。他曾說：『時光不等候，但是只要兩毛五小費，老黑什麼都伺候。』」

「『陽光山米』又是啥鬼？」

「你甭煩惱不認識『陽光山米』。你們這些新黑鬼有黑人總統、黑人高球手，我們有『陽光山米』。他是最原始的小淘氣成員，也就是最早的。我告訴你，當『陽光山米』拯救整夥人倖免危難，那才是不分膚色的領袖特質。」

「玉米粥」朝後傾，雙手枕頭，望向車外，墜入歷史。我打開收音機，讓道奇隊比賽趕走沉默。「玉米粥」懷念過去的好日子與「陽光山米」。我懷念溫・史考利[140]以客觀不偏、優雅動聽的聲音轉播比賽。我是棒球純粹主義者，所謂的過往好時光是指定代打、跨聯盟比賽、類固醇誕生前。那個時代也沒有王八觀眾躲在外野看臺，歪戴著快要掉下來的球帽，在全美最愛的消遣運動裡，飛身搶接每一記漏接的轉傳球以及消失於豔陽的高飛球。美好時光是我跟老爸兩名看臺黑佬兼瘋狂信念球痴，塞了滿嘴道奇隊熱狗與汽水，與飛蛾共享六月晚間熱氣，一邊咒罵第五名墊底爛隊，一邊懷念道奇隊還擁有加韋、賽伊、柯法斯、達斯蒂、德萊斯戴爾、拉索爾達的年代[141]。對「玉米粥」來說，凡能讓他具體呈現美國原始主義的都是過往好日子。這代表他還活著，要知道，就算是在園遊會裡被摔進灌籃池的老黑也會想念大家的注目。所謂的美國就是同志高中生不敢出櫃、黑白混血冒充白人、笨如尼安德塔人的傢伙整天拔一字眉。這樣的美國需要「玉米粥」。它需要朝人扔觸身球、海扁同志、狠踹黑鬼、侵略A國、禁運B國。這個國家需要棒球，以及任何讓你欣然攬鏡卻看不清自我，憶不起屍骨堆積如山的東西。那晚是道奇隊的三連敗。「玉米粥」坐直身體，在起霧的車窗抹出一個洞。

他問：「我們到家沒？」

我們還在第二大道與羅斯克蘭斯大道間的出口匝道，我突然想到以前這裡有塊牌子寫「**下個出口——狄更斯鎮**」。「玉米粥」想念過往好時光，我想念父親開車載我從波莫納州市集回

140 溫·史考利（Vin Scully）棒球播報員，為道奇隊播了六十七年。

141 以上是道奇隊球星 Steve Garvey, Ronald Cey, Sanford Koufax, Dusty Baker, Don Drysdale, Tommy Lasorda。

家，用手肘頂我醒來，收音機在播報道奇隊賽後講評，我揉揉睡眼，正好看見「**下個出口——狄更斯鎮**」的牌子，知道我快到家了。幹，我超想念那塊牌子。畢竟，少了標誌與武斷的疆界線，何以定義城鎮？

做個白綠色招牌不花什麼錢。只需要加大雙人床尺寸的鋁板、兩支六呎高金屬桿、幾個閃光燈、道路三角椎、兩頂頭盔、兩件反光橘色背心、兩罐噴漆，以及一夜不睡。感謝網路即可下載的《道路交通管理標誌統一守則》，我知道設計的所有細節，包括必須使用彩通三四二號綠漆、六十吋乘三十六吋的鋁板、級數八號的聯邦高速公路字體。我們花了一整晚油漆、裁切標誌正確大小，再把我們的卡車塗上可除式油漆「**陽光山米工程公司**」，就出發上高速公路了。除了倒水泥與等待水泥凝固，立高速公路管理標誌跟種樹差不多，就在遠光燈的照明下，我開始工作了。剷掉路邊的長春藤，挖洞，埋下標誌，「玉米粥」則在ＫＬＯＮ電臺的爵士樂中昏睡於卡車裡。

當太陽升上第二大道的天橋，晨間交通開始繁忙，「玉米粥」跟我坐在路肩，在汽車喇叭、交通直昇機螺旋轉動，以及大卡車的磨地聲中欣賞我們的作品。它跟你每天通勤時看到的真正交通管理標誌一模一樣。雖然只花掉我幾小時，我卻覺得自己像是米開朗基羅凝視花了四年時間才完成的西斯汀教堂壁畫，或者像班克斯[142]凝視他花了六天時間瀏覽網路竊取靈感，再花三分鐘完成的破壞市容之舉。

「主人，標誌真是個有力的東西。你感覺狄更斯真的存在於某個霧靄濛濛的地方。」

「『玉米粥』，你覺得哪個更爽？看這個標誌或者被抽鞭子？」

「玉米粥」想了一會回答：「抽鞭子是背部爽，這標誌是心頭爽。」

那天上午回到家，我開了一瓶餐用啤酒，打發「玉米粥」回去，從架上抽下最新版的《湯姆斯指南》[143]。四千零八十四平方英里的洛杉磯郡就跟海底大陸一樣，多數地方無人探勘。雖說你需要測繪學學位才能完全讀懂八百多頁的《湯姆斯洛杉磯郡指南》，但是它就像線圈裝訂的莎卡嘉薇亞[144]，能讓大膽的冒險家探索零綠洲的城市。就算是GPS與搜索引擎的時代，它依然踞坐計程車、拖吊車、公司車的副駕駛位。有哪個南方幫（Sureño）混混搞「加州停」[145]時被活逮，車上沒這本書的？老爸每年都會買新版《湯姆斯指南》，我拿到手的第一件事就是翻到七〇四—五頁，指出我家柏納德道二〇五號的大約位置。在這本皇皇巨著找到我的家，給我

142 班克斯（Banksy），著名塗鴉畫家。

143 《湯姆斯指南》（*Thomas Guide*）是線圈裝訂書，有城鎮詳細街道圖。

144 莎卡嘉薇亞（Sacagawea）是原住民著名嚮導，曾為開拓美國西部蠻荒的劉易斯與克拉克遠征隊擔任嚮導及翻譯。

145 加州停（California Stop）是指看到「停」標誌不停，反而猛踩油門向前衝。

一種安身立命感，覺得這個世界愛我。但是這次我打開《湯姆斯指南》，柏納德道二〇五號座落在沒有名字的粉色十字交叉格裡，兩旁是高速公路。看了想哭。想到狄更斯鎮被貶到陰曹地府，躋身洛杉磯無名社區之一，我就心痛。某些祕密黑人堡壘如紳士區與大道區無須在《湯姆斯指南》列名，也不需要疆界線，或者寫著「歡迎來到……」、「您已離開……」的廉價招牌，因為你的腦海自有一個聲音（我發誓絕無種族偏見與歧視）警告你搖起車窗，鎖上車門，你正進入叢林幫或水果鎮幫的地盤，駛離這兩區，你就可以不再屏息了。我撈出藍色簽字筆，憑記憶，在七〇四－五頁地圖上彎曲勾出狄更斯鎮的輪廓，再以道奇隊的藍色標準字寫下「**狄更斯**」三個大字，補上我剛剛架起的出口標誌小圖。如果我還能鼓起勇氣，改天該再豎兩個標誌。如此一來，將來你飛車南下一一〇高速公路，掠過兩團黃黑物，上書「**留心房價下滑**」與「**留心：前方是黑人加害黑人區**」，你就知道那是誰的功勞。

達姆彈甜甜圈讀書人

第七章

豎立交通標誌之後的那個星期天，我想正式宣布我的狄更斯鎮復活計畫。還有比「達姆彈甜甜圈讀書人」下次會議更合適的嗎？那是最接近代議政治的東西。

美國黑人生活裡最悲哀的諷刺之一：任何陳腐無奇、失能的社交聚會都稱作「開會」[146]。而黑人開會永遠不準時，你很難掐準何時現身才算時髦而又不會錯過整個會議。我不想聽會議記錄報告，一直等到突擊者隊比賽中場才露面。老爸死後，「達姆彈甜甜圈讀書人」已經降格成追捧明星的雙月會，是外地中產黑人與學界人士大事吹捧「類」名人佛伊的所在。儘管黑人器重蒙塵英雄，卻很難判斷他們是敬佩他的韌性，還是拜服他經歷各種磨難，居然還有本事開一九五六年經典款賓士300SL。儘管如此，人們圍聚他身邊，希望自己對貧困黑人社區的洞見能得到他的讚許。只是這些人如果願意拿掉種族眼罩一秒鐘，應該知道這個社區早已是拉美裔天下。

與會人士分兩種。一種是每兩星期露面一次。一個是每兩月露面一次。露面目的在爭執「雙月一次」究竟是什麼意思。我進入甜甜圈店時，他們正在分發最新一期的《滴答》，那是有關狄更斯鎮各種最新統計的印刷物。我站在藍莓餡餅旁，拿起《滴答》，先聞聞甜膩的油墨味，之後才隨便瀏覽一下內容。《滴答》是老爸設計的社會量表，刻意讓它看起來像道瓊指數報告，只是社會疾病與災難兩個項目取代了商品與績優股。一向成長的指標如失業、貧窮、社會失序、嬰兒死亡率繼續往上漲。一向下探的指標如高中畢業率、識字率、平均壽命更形下滑。

佛伊站在時鐘下方。十年過去，他除了胖了七十五磅，一切沒變。他年紀跟「玉米粥」差不多，卻無一根白髮，也只有幾條笑紋。他的背後是兩張海報大小的照片，一張是各式甜甜圈，全都瘋狂肥胖豐滿新鮮濕潤，一點也不像我身後陳列架上擺的那些皺縮、粗糙，就在我們眼前變硬的「新鮮」甜點。另一張彩色照片是我老爸，驕傲展示「美國心理學會」的領帶夾，波浪狀的頭髮幾近完美。我繼續隱身人後，照現場的嚴肅氣氛判斷，今日議程討論事項頗多，還要好一會兒才會進入附屬事項。

佛伊掏出兩本書，將它們攤成扇形，好像魔術師打算表演紙牌戲法。選個文化，任何文化都可[147]。他高舉其中一本，雖然他是經由大急流城[148]落腳好萊塢山，卻以富含感情的南方衛

---

146 此處作者用了失能（dysfunctional）與開會（function）雙關語。

147 這是作者仿魔術師玩紙牌戲法會說的：挑一張牌，任何一張都可以。

理公會派信徒口吻對與會者說話：「不久前一晚，我打算讀《哈克歷險記》給孫兒聽，唸到第六頁就打住了，因為書裡充斥『黑鬼』這字眼。雖然我兩個孫兒是難得一見、思想深刻、富含戰鬥性的八歲與十歲小孩，我也確知他們無法領略《哈克歷險記》本身的優點。因此，我擅自改寫了馬克・吐溫的經典名著。凡出現可憎的『黑鬼』之處以『鬥士』取代。『奴隸』則以『黑膚志工』取代。」

與會者高喊：「正該如此！」

「我還改善了吉姆[149]的臺詞，更動些許劇情，將此書重新命名《非洲裔美國人吉姆與他的年輕門徒白人哈克貝利・費恩尋找失散黑人親人的靈性與知性冒險之旅——無貶抑詞彙版》。」

佛伊拿起修訂版端詳，我的眼力雖不是挺好，卻敢向天發誓那書皮畫著哈克貝利・費恩在壯闊的密西西比河划木筏，而非洲裔「美國隊長」吉姆負責掌舵，留著騷包山羊鬍，穿博柏利牌格子花呢運動夾克，就跟佛伊身上的一樣。

我不喜歡參加這個聚會，但是父親死後，除非農場有重大事情，我都會露面。在佛伊扛起「首席智庫官」之前，鄉民曾希望培養我作接班人。貧民窟概念主義的金正恩[150]。何況，我不是接任了黑人善說者工作？但是我拒絕了，堅稱我對黑人文化瞭解不深。我唯一能確定的非洲裔美國人現況就是我們老黑沒有「死甜」與「死鹹」的概念。十年來，我不曾在會議裡發言，雖然加州的黑人、窮人、有色人種經歷各種殘酷對待，包括第八與第一八七提案[151]、社會福利人間蒸發、保羅・哈吉斯的電影《衝擊效應》[152]，以及戴夫・埃格斯那種「做好事」[153]的高高在上。點名時，佛伊從不叫我本名，而是大喊「背叛者」，帶著輕蔑的敷衍微笑看著我說：「到。」在我的名字打勾。

佛伊雙手擱在胸前，十指指尖輕觸，這是國際通用手勢，代表現場最聰明的人要說話了。他越講越大聲越快越激動：「我提議我的政治尊重版《哈克歷險記》應列入中學指定閱讀，」他敲敲原始版的《哈克歷險記》說：「因為年輕一代黑人無緣接觸這本超級生動有趣的經典，簡直太可惜了。[154]」

---

148 大急流城（Grand Rapids）是密西根州第二大城。此處指佛伊與南方素無淵源。

149《哈克歷險記》裡的黑奴。

150 此處是指「父死子承」。

151 二〇〇八年，加州提出第八號提案，主張「婚姻只限異性」，基本上牴觸憲法第十四修正案，在二〇一〇年被聯邦地方法院法官裁定無效。一九九四年的加州第一八七號提案主張無證移民不得享有加州公民的公共服務，包括就讀公立學校。後被裁定違憲。

152 書上此處寫的是David Cronenberg 的電影《超速性追緝》（*Crash*），經去信查證，作者說是筆誤，應為保羅・哈吉斯（Paul Higgs）的電影《衝擊效應》（*Crash*），該片勾勒許多種族偏見與衝突。

153 戴夫・埃格斯（Dave Eggers）是美國著名作家，主持許多非營利性、獎助文學的機構。

154《哈克歷險記》因為屢屢出現黑鬼字眼引來頗大爭議，曾被許多圖書館與中學列為禁書。

「你是說黑人，還是黑人們？」這是我數年來首度發言，我跟佛伊都嚇了一跳。不過我既然是要來發言的，不如趁機暖暖聲帶。我咬一口大膽夾帶入店的奧利奧餅乾說：「我總是無法分辨哪個文法才正確。」佛伊喝一口卡布奇諾咖啡，平靜心情，全然漠視我。他跟其他外地與會人士屬於恐怖的「黑人變狼妄想症」智庫子集團，我喜歡稱他們「曾為黑人」。白天，這些「曾為黑人」者是博學都會人士，到了月圓日、會計季度日、終身教職核審日，便背毛直豎，套上及地毛外套與貂皮披肩，長出獠牙，從學術象牙塔、公司董事會一躍而下，探索內城貧民窟，以便在酒精與平庸藍調音樂聲中，對著滿月狼嚎。「曾為黑人」的佛伊現在就算財富仍在，盛名卻已衰，狄更斯鎮就是他選中的貧民窟迷霧荒原。通常我迴避「曾為黑人」唯恐不及，我最害怕的不是他們的豐富學識會將我撕成碎片，而是受不了他們堅持互稱「XX兄弟」與「XX姊妹」，越是受不了對方越是如此親熱。以前我常帶「玉米粥」來化解煩悶。他會衝口說出我腦海所想之事：「你們這些老黑幹麼這麼黑，平日講話，動名詞都要去掉g，在公共電視小露臉一下，講話卻像X的凱西．葛雷莫[155]被捅了屁眼。」有次他聽到廣為流播的傳言，佛伊拿這些年來領的數百萬元版稅買下《我們這一夥》裡最具種族歧視的影片。自此，我必須要求「玉米粥」不要跟來，因為他會尖叫跺腳，以戲劇口吻打斷所有提案：「黑鬼，我的《小淘氣》影片呢！」「玉米粥」堅稱他最棒的表演都在那些盤裡。如果傳言屬實，絕不能原諒哪個自以為是的黑人文化捍衛者窖藏起來，永遠剝奪世人以藍光、杜比環繞音響欣賞美國種族偏見顛峰之作的機會。但是大家都知道佛伊擁有這些影片的傳言，就像下水道有鱷魚、聽流行搖滾與喝汽水會致死，純屬都會傳說一則。

佛伊一向反應很快，以一袋高級義大利起司捲回應我的侮辱與奧利奧餅乾。我們太高檔，店裡的甜甜圈配不上我們。

「我是講真的。馬克・吐溫兄弟一共用了兩百一十九個『黑鬼』，平均一頁出現零點六八次。」

我喃喃說：「照我看來，馬克・吐溫使用『黑鬼』次數還不夠多。」由於我嘴裡最起碼塞了四片美國人最愛的餅乾，大家應該聽不懂我說些什麼，但是我還想補充：你自己沒耐性與勇氣跟兒孫解釋「黑鬼」這個字眼的確存在，他們的一生就算備受呵護，免不了有一天會被人叫「黑鬼」，或者更糟，侮辱他人為「黑鬼」，就別怪到馬克・吐溫頭上。沒有人會稱呼他們為「小小黑ＸＸ（任何委婉說法）」，所以歡迎面對美國國罵——**黑鬼**！我忘了點牛奶來沖下嘴裡的餅乾，始終沒機會告訴佛伊與他的封閉思想跟班：馬克・吐溫著作裡的真理是無論道德或智商層面，一般黑鬼都優於一般白鬼。但是達姆彈甜甜圈的老黑只想禁用黑鬼一詞、讓西瓜從世間消失，不准早上擤鼻，不准在洗手槽洗雞雞，還要抹去黑人陰毛的顏色與質地都像山胡椒的

155 凱西・葛雷莫（Kesley Grammer），美國白人演員。

奇恥大辱。全世界最受壓迫的族裔跟美國黑人大有區別，前者不容許遺忘，而我們只想抹除紀錄，貼上封條，歸檔，永遠埋藏。我們需要佛伊之流者代表我們向世人陳述，附加一堆指示，陪審團才會忽略數世紀以來對黑人的鄙夷與刻板印象，假裝眼前的悲愁黑鬼乃嶄新人類。

佛伊繼續遊說：「我相信『黑鬼』是英語裡最卑劣可憎的字眼。殆無疑義。」

「我想得出比『黑鬼』更可憎的字眼。」我終於吞下甜膩的巧克力奶油夾心餅，閉上一眼，拿起咬了一半的奧利奧遮在眼前，黑棕色的半圓正好扣住佛伊巨大的腦袋，好像一頂梳理整齊的納貝斯克[156]非洲爆炸頭，上面寫著「奧利奧」。

「譬如？」

「任何以『女』開場的字眼。女黑人、女猶太、女詩人、女演員、女通姦者、女事實查核員。我寧可人家叫我『黑鬼』也不願被稱為『女恐龍』。」

某人喃喃道：「容有疑義。」黑人「思想家」最喜歡召喚這個符碼，用來概括令他們感到不舒服、無力、找不到答案之事，或者我這類混蛋。「你如果沒有建設性意見，來幹麼？」

佛伊舉手要求大家安靜，說：「『達姆彈甜甜圈讀書人』歡迎任何意見。你們有人可能不知道，這位『背叛者』的父親是這個組織的創始者。」然後一臉悲憫看我：「背叛者，說吧，想說什麼就說。」

多數時候，與會者想在「達姆彈甜甜圈讀書人」做簡報，都得用「賦權圖片軟體」[157]，這是佛伊自己開發的「非洲裔美國人軟體」。跟微軟的簡報圖形軟體沒有太大差異，只有字形命名的差異，佛伊的版本有廷巴克圖、哈林文藝復興、匹茲堡信使報[158]三種字體。我打開店裡的打掃用具間，那臺舊式透明片投影機就放在拖把與水桶間，玻璃面與描圖紙已經髒得跟監獄玻璃窗一樣，但差堪可用。

我拜託副店長把燈光轉暗，然後將下面這張圖投影至軟木磚做成的天花板上。

我解釋邊界標記應當用噴漆噴在人行道，疆界線則該以鏡子與強力綠色定位雷射組成，如果成本太高，可以改為三吋寬的白漆，環圍十二哩邊界。雖然我的簡報是臨

白種人美國

狄更斯鎮

西班牙裔街區

最爛的時代

街區

¿?

不管多少次它們被稱為街區，其實並不是

最美好的時代

156 納貝斯克（Nabisco）是奧利奧餅乾（Oreo）的製造商。

157 原文是Empowerpoint，改自微軟的簡報圖形軟體PowerPoint。賦權（empowerment）是社會學術語，個人、組織與社區藉由學習、參與、合作等過程或機制，獲得掌控自己本身相關事務的力量。

158 廷巴克圖位於非洲馬利共和國，非洲古文化中心。哈林文化復興運動是二十世紀二〇年代發生於紐約的黑人文化運動。《匹茲堡信使報》是以黑人讀者為主的雙週報。

時起意隨便掰，但是居然用到「疆界」「環圍」這樣的字眼，我突然明白我是認真的。是的，「我要讓狄更斯鎮回來。」

哄堂大笑。一陣又一陣隆隆的黑人低沉笑聲。就像《飄》那類電影裡，好心農園主人希望聽到的笑聲。就像籃球隊更衣室與嘻哈演唱會後臺的那種笑聲。就像全由白人組成的耶魯大學黑人研究所的研究室裡，某個頭髮毛茸茸的客座講者居然說法蘭茲．法農[159]與存在主義、弦理論、咆勃爵士有關時，你所聽到的轟然笑聲。當嘲諷笑聲逐漸變小，佛伊抹去眼角狂樂的淚珠，吃完最後的義大利起司捲，快步走向我的背後，把老爸的照片面朝牆壁，免得他目睹兒子褻瀆家族智商。

佛伊打破無人提問的冷場面，說：「你要讓狄更斯鎮回來。」

「是的。」

「我想我可以代表在座者多數人發言，只有一個問題：為什麼？」

我備受傷害。我原以為與會者會在乎，但是沒。我回到座位，開始發呆。心不在焉聆聽他們咒罵黑人家庭的解體，以及我們多麼需要黑人自營企業，等著佛伊說「諸如此類的事情」，這代表這場黑人智慧交流告一段落，散會。

「……諸如此類的事情。」

終於會議結束。與會者散去，我正剝開最後一片奧利奧餅乾，不知哪兒竄出一雙長繭的黑手，奪走我的餅乾，扔進緊閉的雙唇。

「老黑，你可帶了足夠我們黑人一族吃的餅乾？」

鮮粉紅色的髮捲纏著一撮撮燙直的頭髮，上面罩了一頂透明浴帽，兩耳垂著巨大圓形耳環，這位餅乾掠奪者看起來像白蘭琪或瑪丹娜[160]，而不是惡名昭彰、綽號為國王（讀音為砍）．表兄的幫派分子。「表兄」伸舌舔掉牙橋上金屬鑲邊齒的巧克力，我在心裡暗幹他，非常非常低聲。

「以前我如果在課堂嚼口香糖什麼的，老師會說：你帶的足夠全班吃嗎？」

「那肯定是，老黑。」

打我認識「表兄」以來，從未有過真正的對談，我只會說「那肯定是」。因為「表兄」雖已屆中年，可是非常敏感，你如果說錯話，他可會跑到你的靈堂放聲大哭，以示情感脆弱。所以人們從不跟他對話：每當他跟你說話，不管他講的是什麼內容，男人，女人，小孩，你都儘管放低嗓門，回以：「那肯定是，老黑。」

159 法蘭茲．法農（Frantz Fanon）是法屬馬丁尼克的作家、心理學家，他的作品啟發了反帝國主義解放運動。

160 原文為Blanche, Madge，前者是俚語裡甜蜜可愛的女孩，後者是俚語瑪丹娜，從女王殿下（her majesty）簡稱而來。

自從老爸說服並搶救了他臥軌自殺的母親，國王．「表兄」便定期參加「達姆彈甜甜圈讀書人」聚會。當年他老媽用跳繩綁住手腳，跳到地鐵的通勤鐵路上，一邊尖叫：「當白人婊子碰到困境，人們說她是落難閨女，當一個黑人婊子碰到困難，人們就說她是社會負擔，社會福利寄生蟲。怎麼沒有黑人閨女這說法？長髮姑娘，長髮姑娘，放下妳的辮子！」平交道柵欄降下的噹噹聲與藍線火車駛近的咆哮聲都蓋不住她的自殺抗議。國王．「表兄」那時叫克蒂斯．巴斯特。我記得列車駛過的強風吹歪了他臉龐上的淚珠，老爸摟著他的母親安慰。我也記得生鏽的鐵軌發出鳴響，觸手仍熱。

所以，你帶了足夠我們黑人一族吃的餅乾？

克蒂斯長大後變成國王．「表兄」，以智勇雙全聞名，他的支派「捲煙紙追逐幫」首創幫派幹架配備受過訓的急救人員。舊貨交易市場爆發槍戰，你會看到急救人員用擔架抬走傷者，送到戰線後方的野地醫院。目睹此景，真是不知該悲或喜。就在這個創新之舉後，「表兄」申請加入北大西洋公約組織。阿貓阿狗都是北大西洋公約組織成員，瘸子幫咋不行。我不行痛揍愛沙尼亞哦？

那肯定可以，老黑。

「我得跟你商量件事。」

「那肯定是，老黑。」

「不在這裡。」

他拉著我的袖子起身，走出門外，進入宛如《巴斯克維爾的獵犬》[161]的霧濛夜。每次看到白日轉黑夜，我卻缺席整個過程，總是很震驚。我們靜靜站著，讓溫暖的濕氣與靜默撲面。有時很難分辨何者更頑強不滅？偏見與歧視，還是這些該死的會議。「表兄」半握拳，檢視細長且修飾完美的指甲，聳眉露出揶揄笑容。

「第一件事是：讓狄更斯鎮回來。不要管那些外地的老黑怎麼說。我完全站在你這邊。雖說與會的本地人不多，但是他們都沒笑。所以你儘管放手去做。想想看，有啥道理老黑不能開自己的中國餐館？」

「那肯定是，老黑。」

然後我幹了一件匪夷所思的事，我居然跟國王・「表兄」「對話了」，因為就算是賠上一條小命，或者損了我在鄰里間的「沉默混蛋」威信，有件事，我非知道不可。

「國王・『表兄』，我得問你一件事。」

「叫我『表兄』，『表兄』。」

「好吧，『表兄』。你幹麼參加這些聚會？你難道不該是出去叫陣或打炮？」

161 柯南・道爾寫的福爾摩斯系列小說之一。

「以前我是衝著你爸去聽的。祝他安息。那老黑可真的是思想深刻。現在我參加是預防那些達姆彈老黑興起插足街坊的念頭，惹來不必要的注目。果真如此，我可以像保羅・李維[162]一樣通知大家。不是開我的豐田陸地巡洋艦就是賓士C-Class，挨家挨戶喊：老黑來了！老黑來了！」

佛伊問：「誰來了？來到哪裡？」聚會結束，他跟那群「曾為黑人」爬入座駕，準備梭巡本鎮。克蒂斯・國王・「表兄」・巴斯特懶得回答佛伊，穿著匡威球鞋的腳跟一轉，踏著皮條客步伐，遁入模糊夜色。身體嚴重右傾，好像罹患內耳感染的酒醉水手。他對我大叫：「想想黑人開的中國餐館。還有搞個炮友。你他媽的太緊繃了。」

「別聽他的。炮友被高估了。」

當我解開馬繩，翻身上馬，佛伊打開兩個處方藥瓶子，倒了三顆白色藥丸到手裡。

「點零零一，」他邊說邊盤弄藥丸，好讓我可以清楚看見那是樂復得跟立普能。

「什麼？劑量嗎？」

「不。媽的，是我節目的尼爾森收視率。你老爸以前認為我有躁鬱症。但是我是誰由我定義。看起來你也是。」

他假裝要把藥丸給我，結果卻輕輕放到舌尖，拿出看似昂貴的銀色長頸瓶，飲了一大口，把藥沖入喉嚨。他的卡通早已停播，現在他主持一系列晨間談話性節目。播出時間一再往前提，見證他的連續失敗。就像鮮血幫不用字母C，因為C是瘸子幫（Crip）的第一個字母（所以，克朗奇船長甜麥片得改稱克朗奇川長天麥片）[163]，佛伊的幫派本性也顯露在他喜歡以「黑人」二字取代「事實」。他會主持《黑人與虛構》或《黑人圖騰》這樣的節目，訪問對象從世界領袖到瀕死藝人不等。他的最新節目是個胡說八道的種族論壇，取名《只是黑人，女士》，在公共近用頻道[164]星期天上午五點播出，那個時間只有兩個黑人還醒著，就是佛伊與化妝師。

假如一個人的西裝、皮鞋、配件等行頭加起來五千美元，你很難說他儀容不整。但是街燈下，你仔細觀察佛伊，就是如此。有形無款。他的襯衫起皺，沒漿燙。絲褲沒皺痕，沾了棕泥的褲腳卻快要抽絲。皮鞋磨損。渾身上下散發一股薄荷乳酒味。我記得拳王泰森曾說過：「只有在美國，你才可能破產還住在豪宅。」

佛伊蓋上長頸瓶，塞到口袋。左右無人，我等著他變身「曾為黑人」，長出利爪獠牙。不知道黑種狼人的背毛是不是也毛捲捲的？必須是，對吧？

「我知道你意欲何為。」

162 保羅．李維（Paul Revere），美國獨立戰爭時的愛國人士，於列星頓戰役時騎馬夜奔，通知家家戶戶「英國人來了」。

163 鮮血幫（Bloods）與瘸子幫是世仇。克朗奇船長甜麥片（Cap'n Cruch Cereal）的英文名字都以C開頭，鮮血幫提到時要改名。

164 近用頻道是保障一般民眾對頻道的使用權。

「何為？」

「你老爸死時跟你現在差不多年紀。過去十年聚會，你啥屁也不放。為什麼挑今天扯屁要讓狄更斯鎮回來？因為你想奪回達姆彈，奪回你老爸創建的東西。」

「我不會。任何會在甜甜圈店舉辦糖尿病預防演講的組織，你都可以放心保住。」

我早該看出來。老爸有一套鑑定瘋狂的系統，他說，很多明顯的精神崩潰徵兆往往被人們誤認為「強硬」與「個性」。譬如冷淡、情緒擺盪，自以為了不起。我可以分辨一棵樹是否瀕臨死亡，卻無法判別一個人是否如此，「玉米粥」除外，因為他就像科學館裡的紅木年輪，清晰可判。瀕臨死亡的樹木會有點內縮，樹葉變得斑駁，樹幹出現蛀孔與裂痕。樹枝變枯，或者軟塌如海綿。最好的方法是觀察樹根，樹根hold住樹木，讓它可以對抗狗屁地球旋轉，如果樹根龜裂，覆蓋了孢子與真菌，那就……我看看佛伊的根，昂貴的棕色牛津翼紋鞋已經磨損蒙塵。加上謠傳他老婆正在訴請離婚、他已破產，以及幾近零的電視收視率，我早該知道他……。

佛伊坐進車內，說：「我會嚴密監視你。達姆彈是我僅剩的東西，絕對不容許你惡搞。」兩聲短暫的喇叭以示告別，他走了。駕著他的賓士，貼近音速飛馳天空路，經過「表兄」，後者的步伐即便在遠處也清晰可辨。破天荒啊，「達姆彈甜甜圈讀書人」真有成員說出「黑人開的中國餐館」與「炮友」這樣的真知灼見。

我大聲說：「那肯定是啊，老黑。」

只是這次，我是說真的。

第八章

我決定用油漆。不是雷射太花錢（也的確很貴，要達到足夠亮度，每個至少數百元），而是我覺得幹油漆活，有種冥想效果。我一向喜歡機械化的工作。譬如給信件歸檔、塞入信封，公式化的重複動作給我一種生命很正向積極的感覺。我很適合做生產線工人、倉管，或者替好萊塢寫劇本。讀書時，凡是要記憶背誦的東西，譬如元素週期表，老爸會說，祕訣在不要埋怨此事多乏味，而是記取此事多重要。我問他如果奴隸把自己的工作想像成「園藝」，是否就減少心靈創痛。老爸痛扁了我一頓，昆塔．金提[165]也會疼到皺眉。

我買了一狗票白色噴漆，還買一臺畫球場碼數記號與罰球線的標線機器。趁晨活還沒開始，交通尚不繁忙，我來到預定地點，在路中間擺起我的工作檯，開始畫線。全然不顧線條直不直，也不在乎自己儀容不整，畫下邊界線。在「達姆彈甜甜圈讀書人」智庫眼中，這個標誌沒有絲毫效力，因此人們也不知道我在搞啥。多數人誤以為我是表演藝術家或瘋子。後者，我沒意見。

畫了數千碼歪七扭八的白線後，十歲以上的狄更斯鎮居民開始領悟我在做什麼。逃課青少年與街頭遊民不請自來，成群守護這條線。清理掉落濕漆上的落葉與垃圾，噓趕自行車騎士與胡亂穿越馬路者，免得弄糊了邊界線。有時，我幹完一天活，第二天回到現場，發現有人接手工作，延長了邊界線，通常是另一種顏色。有時線不是線，而是以點點血滴，或者筆跡連續不斷的塗鴉簽名——西區六十三街瘋狂幫王牌布納卡，以示附和我的想法，或者在「洛杉磯女同性戀、男同性戀、雙性戀、跨性別者、未出櫃者危機中心」大門轉角處以三呎寬、四百呎長的彩虹線取代，上面還點綴了金色保險套。該中心敞開雙臂庇護所有拉美裔、黑人、非同性戀、缺乏完善市民服務者、未得到充分支持者，以及被熱門有線電視秀剝削的人。維多利亞大道銜接跨溪哈佛大橋處，有人以紫漆噴上100 Smoots，切斷我的線。到現在我也還不明白那是什麼意思[166]。我想說的是有了大家的參與，沒多久，邊界線就畫完了。許多透過善說工作及西瓜認識我的警察，以巡邏車守護我畫線，並拿出舊版《湯姆斯指南》核對精確與否。曼德絲警官的友善打趣，我也毫不以為忤。

「你在幹麼？」

「尋找失落之鎮狄更斯。」

---

165 昆塔．金提（Kunta Kinte），電視劇《根》（*Roots*）裡的黑奴。

166 Smoot是指剃得精光的陰部。漆在邊界線上，不知想表達什麼。

「在一條已經畫了雙黃線的馬路加上一條白線，就可以了？」

「黑貓白貓，會抓老鼠的就是好貓。」

「那你該貼告示。」她拿出一張通緝海報，在背面草草寫了一則模擬啟事，交給我。

失物：家鄉

您可看見我的城鎮？

特徵：居民多數為黑人、棕色皮膚。部分薩摩亞人。

友善。喊它狄更斯鎮，會有回應。

獎賞天上領。

如有任何消息，請聯絡1-800-DICKENS。

我感激她的幫忙，用一顆嚼過的口香糖把告示貼在附近的電線桿上。對張貼失物布告的人來說，最困難的莫過選擇張貼位置。我選擇貼在電線桿下方。上面是一圈「詹姆大叔軍隊」的演唱會海報，地點在退伍軍人中心，海報寫著「詹姆大叔需要你！到加州拉斯阿富汗斯坦服役與作樂！九到十點於真主至大酒吧！」另外還有一張週薪千元的神祕事求人海報，還是在家工作的夢幻差事。我希望張貼這張告示的人去跟人力資源處談談，我懷疑他們的週薪能有三百元，更甭提在家工作哩。

我總共花了六週完成邊線繪製與標記，我不確定達成什麼效果，不過看到小孩在週六下午踏著邊界線繞行全鎮，小心翼翼前腳貼後腳，不致漏掉一吋線，實在很有意思。有時我看到老人家站在馬路中央，無法跨越那條白線。滿臉困惑，彷彿自問為何如此在意線這頭的狄更斯鎮，而不是線那頭的地方。兩邊都有未清理的狗屎啊。而狄更斯鎮綠地所存無幾，也他媽的絕對沒比另一頭蔥翠[167]。儘管老黑總是吊兒郎當，不知為何，他們就覺得屬於線的這一頭。為什麼？不過是一條線。

我必須承認畫完邊界線後的那幾天，我也難以跨越，因為圍繞市鎮遺跡的彎曲線條，令我想起警方為父親畫的遺體位置線，毫無必要。我的確喜歡這條線的手藝，表彰了它所代表的社群與獨立性。我雖沒能重建狄更斯鎮，卻將之隔離。社區＋痲瘋病隔離區是個不錯的開始。

167 這句話典故是俗語 greener on the other side。鄰居的草坪總是比較綠。看別人總是比自己好。

或者，搭公車的禪學與藝術，以及關係修補

嘟嘟好的零錢，

第九章

有時半夜你會被臭氣熏醒。芝加哥有**鷹風**[168]，狄更斯呢，雖有剛漆好的邊界隔離線，卻有**臭風**，無色，熏到辣眼。那是威明頓煉油廠的硫磺加上長島污水處理廠的屎尿味，被強風吹入內陸，升高為蒸騰惡臭，混合了紐波特海灘夜店客狂歡返家後散發的汗水味、狂飲龍舌蘭調酒之後撒尿上身的漬味，加上成噸成噸往身上噴灑的黑色達卡香水。人們說**臭風**一至，犯罪率陡降九成，但是如果你半夜三點被這味道一巴掌打醒，第一個念頭就是去殺了紀．拉羅什[169]。

畫完邊界線兩週後某晚，臭風特強，我醒來無法再睡，跑去清馬廄，希望新鮮馬糞氣味可以驅走鼻腔裡的惡臭。沒用。必須拿抹布浸醋蒙面。這時「玉米粥」一隻手臂掛著我的潛水衣、一手拿著菸斗進來。他裝扮成英國男僕，外套燕尾服俱全，滿口英國國家廣播公司「經典劇場」的拖曳口音。

「你幹麼？」

「我看到燈光。想說主人今晚可能想來口黑哈希[170]，以及一點新鮮空氣。」

「『玉米粥』，現在是清晨四點，你為什麼不睡覺？」

「跟你一樣。外面的空氣臭得跟流浪漢屁眼似的。」

「哪來的燕尾服？」

「五〇年代時，每個老黑演員都得有一套，應付管家或領班侍者的試鏡。片方看到你，會說：『老兄，你幫我們省了五十元租衣費。就是你啦。』」

來個睡醒一口與衝浪，不錯。不過，抽了，我就會嗨到沒法開車，正好有藉口去瞧瞧我的女孩。好幾個月沒見呢。捕捉浪頭與愛人芳香，這難道不是一石兩鳥？「玉米粥」陪我走到客廳，轉一下老爸的躺椅，拍拍椅背。

「坐下。」

瓦斯火爐馬上點燃，我拿乾木片取火，點燃菸斗，大大順抽一口，尚未吞入肺部，已經嗨了。我大概忘了鎖後門，因為一頭水亮烏黑、落地不足一週的小牛犢，不習慣狄更斯的吵鬧與臭味，正搖晃進來，大大棕眼與我相望。我對牠的臉噴一口大麻，感覺牠與我同時鬆弛了。闇黑從我倆的皮囊褪去，黑色素整個消散蒸發，就像胃乳片溶解於開水裡。

168 芝加哥是著名的風城，當地人管他們的刺骨寒風為「鷹」，凶猛。

169 紀・拉羅什（Guy Laroche）是黑色達卡（Drakkar Noir）設計師。

170 黑哈希是鴉片混合大麻樹脂哈希（hash）。

人說，一根菸讓你短命三分鐘，但是，上好哈希會讓死亡變得很遙遠。遠處斷續槍響。那是黎明前的最後槍戰。緊接著是警用直升機的螺旋槳聲。我跟小牛犢合喝濃烈的單一麥芽威士忌，放鬆。大隊救護車呼嘯而過。「玉米粥」站在門口把衝浪板遞給我，好像英國管家遞外套給紳士主人。我羨慕「玉米粥」的健忘，不管是不是裝出來的。他不像美國，他已經邁向新頁。這就是歷史的問題。我們喜歡將歷史比喻為書，幹，翻過這頁，即可向前行。問題是歷史不似文字印在紙上。它是記憶，而回憶則是時間、感情與歌。歷史緊緊跟著你。

「主人，我想你該知道我下星期生日。」

我就知道有事。他從未如此伺候我。但是，一個不在乎自由的奴隸，你能給他什麼禮物？

「好啊。我們一起去旅行或幹點什麼。能否幫個忙，把那頭牛放出去。」

「我不照料牲口。」

就算空氣不惡臭，穿著潛水服、夾著衝浪板走在貧民窟街頭，也沒人敢惹你。或許偶爾會有個好奇的攔路搶劫小鬼上下打量你，猜猜你那個「城鎮與鄉村」牌古董三鰭浪板可以典當多少錢。有時他們會在自助洗衣店門口攔住我，目瞪口呆看我這個穿夾腳拖的老黑，捏捏我那件黑色聚氯脂緊身衣。

「瞧瞧這個，老兄。」

「啥毛？」

「鑰匙要放哪兒啊？」

五點四十三分，前往埃爾塞貢多的西一二五號公車準時抵達。壓縮空氣門嘶一聲打開，是我喜歡的那種強勁有效率，駕駛以和善的聲音歡迎我：「混蛋傢伙，快點上車，臭氣跑進來了。」編號六三二的駕駛員以為她跟我早就說掰掰了。咋？就因為她數年前嫁給了過氣幫派嘻哈歌手ＭＣ「混合沙拉」（現在是小有名氣的電視警察演員兼單一麥芽威士忌推銷員）、生了四個孩子、還申請了一張禁止令不准我靠近她與小孩五百呎內，因為我尾隨他們放學回家，大叫：「你們老爸連半韻跟輓歌都分不清楚！還自稱詩人。」

我坐到平日位置，最靠近階梯那個，朝後躺，兩腳伸到走道，舉起衝浪板權充玻璃纖維非洲盾，抵擋猛噴過來的葵瓜子殼與辱罵。

「幹！」

「你才幹！」

遭到驅逐，滿懷傷心，我怯懦躲到車屁股，衝浪板靠著最後一排座位，躺到上面睡覺，好像備受傷害的托缽僧躺在刀床上，企圖以身體苦楚轉移心靈傷痛。公車沿著羅斯克藍司大道隆隆前行，我得不到手的生命至愛瑪佩莎特有佛心，沿途喊站名提醒，好像在親切照顧酒醉朋友。坐在我前三排有個瘋子不斷唱頌晨間經咒：我要幹死那個黑婊子。我要幹死那個黑婊子。我要幹死那個黑婊子。我要幹死那個黑婊子。

洛杉磯郡的汽車比全世界任何一個城市都多。但是大家絕口不提從蘭開斯特到長灘，半數車子停在號稱前院草坪實為泥巴地的煤渣磚上。這些行不得也哥哥的代步工具就像好萊塢標誌、華茲塔，以及艾倫・斯班林[171]廣達五萬六千五百平方呎的豪宅，是洛杉磯最接近帕德嫩神殿、吳哥窟、大金字塔、廷巴克圖古神殿的古老機械奇觀。這些兩門、四門的生鏽古物任憑風吹、酸雨澆淋與時光摧殘，就像史前巨石群，我們完全不知這些鋼鐵紀念碑有啥作用。是在證明它們曾是榮登客製車雜誌封面、超爽的改裝高速車與低底盤車嗎？又或者引擎蓋與尾鰭的裝飾正好對準星座與冬至。或許它們是車震客與駕駛安眠的陵寢？我只知道每增加一架這種金屬屍骨，路上就少一輛車，多一個羞恥公車族。丟臉啊，因為洛杉磯就是空間，一個人以何種方式行走空間代表了他的價值。走路幾乎等同沿街乞討。計程車是外國人跟妓女坐的。自行車、滑板、滑輪是健身狂、小鬼、沒事幹的傢伙專用。而車子，不管是豪華進口車或分類廣告上的小破車，都是身分地位的代表，無論座椅皮飾多破爛、開起來多顛、噴漆多剝落，有車，管他什麼車，都勝過搭公車。

瑪佩莎大喊：「阿拉米達！」一個女人匆忙上車，提了太多塑膠購物袋，手肘緊夾錢包。她沿走道尋找空位。一哩外，我都能認出洛杉磯新客。他們會朝乘客微笑打招呼，深信使用大眾運輸系統只是他們的短暫潦倒，實則大大不然。就是他們這類人，坐在有「安全性行為」廣告牌的候車亭，閱讀布萊哲·伊斯頓·艾利斯[172]的小說，抬眼，困惑他們為何沒被小說中的富有白人王八蛋包圍？他們是那種得知In N' Out漢堡有隱藏式菜單與雙重隱藏式菜單，立馬像電視遊戲節目贏家般開心蹦跳的人。「什麼？芥末烤餡餅？少來！」他們會報名參加「玩笑工廠」的素人表演，沿著海灘棧道跑步，說服自己上星期在瑞西達錄製的「雙插」A片，只是他們邁向美好大事的踏腳石。春宮乃新新浪潮（*La pornographie estla nouvelle nouvelle vague*）。

父母會吹噓小孩說的第一個句子。媽咪。爹地。我愛你。住手。不要。不合適。我爸呢，則喜歡吹噓他對我說的第一句話不是「哈囉」，或者祈禱文，而是每一本《社會心理學入門》第一章都會提到的感言：人人皆是社會科學家。我的第一個田野研究場域大概就是公車吧。

年輕時，我們的市公車系統叫RTD。縮寫代表「快捷運輸區」（Rapid Transit District），但是住在拉蓬特、華茲、南中區等屎坑地方的洛杉磯人、沒錢買車，或者不足齡開車者，管它叫「崎嶇難坐危險」（Rough Tough Dangerous）。我七歲時寫的第一份科學報告名為〈種族與性別的座

171 艾倫·斯班林（Aaron Spelling）美國知名製片人。

172 布萊哲·伊斯頓·艾利斯（Bret Easton Ellis），美國著名作家、劇作家、導演，著名作品有《美國殺人魔》（*American Psycho*）、《零下的激情》（*Less Than Zero*）。

位傾向：控制變因為階級、年齡、膽怯度與體味〉。結論很明顯。如果你被迫與人共坐，侵犯個人空間，優先對象是女人，最後一個是黑人。如果你是黑人男性，那麼沒人（包括其他黑人男性）願意坐到你身旁，除非萬不得已。當他們被迫噗通落座我身旁，必定會以下面三個問題測量我的威脅度：

1. 你住哪裡？
2. 你看（某個運動盛事或者黑人主題電影）嗎？
3. 老鄉，我不知道你來自哪裡。但是你看到這把刀／槍／會傳染的皮膚疹嗎？你別惹我，我也不惹你，OK？

這位洛杉磯新客的手沉甸甸垂向地面，看得出來袋子很重，她快要握不住自己的食品雜貨與夢想了。懸吊系統老舊造成的每一次顛簸、起伏、都讓她更加力竭與絕望，她還是寧可站著，不願坐在我身旁。他們來洛杉磯，就是渴望「白」。光是生理白人對他們來說，還不夠白。必須是拉古納海灘排球隊那樣的白。貝萊爾區的白。無菜單日式料理的白。電影《開放的美國學府》（*Spicoli*）的白。布萊哲．伊斯頓．艾利斯的白。單名雙名不夠，要三名的白。代客泊車的白。吹噓自己有北美印第安人、阿根廷、葡萄牙血統的白。越南河粉的白。狗仔記者跟拍的白。我曾被電話推銷公司開除、看看我現在混多好、多出名的白。卡拉巴薩斯市的白。我愛洛杉磯是因為一天內既可滑雪，泡海灘，又能探索沙漠的那種白。

她堅持自己的念想，不願坐到我身旁。我不怪她，因為到了菲格羅亞大道站，也上來了幾個連我都不想跟他們坐的乘客。譬如那個猛按停車鈴、大叫「停車！天殺的！我要下車！妳這是要開到哪兒去？」的王八蛋瘋子。就算是一大早，要叫公車在站與站之間停，就像叫阿波羅號太空人前往月球途中停下買酒一樣——不可能。

「我說，停下該死的公車。妳媽的，癡肥母牛，我上班遲到了。」

駕駛、獄卒、集中營指揮官都有他們的管理風格。有的喜歡唱歌，以振奮的爵士小曲〈兩人喝茶〉、〈我的滑稽情人〉安撫眾人。有的喜歡在駕駛座躲低低，讓犯人掌管監牢與車道，不繫安全帶，以應變可能發生、需要逃之夭夭的事。瑪佩莎不是紀律嚴格派，但也不是你可以隨便惹的。她的日常就是應付打架、扒手、從後門偷上車不買票、猥褻、公然狂飲、置小孩於危險處境、拉皮條的，以及公車行駛間老是在黃線站錯邊的老黑，還有拳打腳踢，更甭提偶一發生的殺人未遂。瑪佩莎的工會代表說，在美國，每三天便有一樁公車司機被毆事件。而瑪佩莎早早就決定這輩子絕不淪為以下兩種：統計數字、癡肥母牛。我不知道她怎麼解決的，是好言好語，還是撈出座位後方的專毆老黑的鐵棍威脅揮舞，因為我一直睡到埃爾塞貢多站才醒來。她高喊「終站」的聲音迴盪在空空的車廂。

我知道她希望我從後門下車，但是瑪佩莎就是胖了三十磅，身上灰撲撲的公車制服醜惡如列寧裝，仍是抵擋不住的俏啊。就像你會忍不住看高速公路上探頭出車窗的狗，我也忍不住猛瞧瑪佩莎。

「閉上嘴，蒼蠅都飛進去了。」

「想念我嗎？」

「想念你？曼德拉死後，我還沒想念過任何人。」

「曼德拉死了？我還以為他會壽與天齊。」

「隨便啦。下車。」

「瞧。妳這不是想念我嗎？」

「擦，我想念你的李子。我對天發誓，有時我夢到那些李子，還有多汁到要人命的石榴，都會半夜驚醒。我差點沒跟你分手，因為老想著，幹，我到哪兒才吃到滋味好得像多重高潮的哈密瓜啊？」

當初，我們就是在公車上重拾兒時情誼的。那年我十七歲，自由無拘，腦袋不清。她二十一歲，曼妙得足以讓剪裁糟糕、顏色有如海草黃的ＲＴＤ公車制服看起來像高級訂製服。徽章除外。約翰·韋恩也搞不定警徽的。那時她開四三四號線，從城中到祖瑪海灘。這條路線一旦過了聖莫尼卡碼頭，除了流浪漢、累到快掛點者，還有在馬里布豪宅區面海小木屋打工的女僕外，甚少乘客。我通常在威尼斯海灘跟聖莫尼卡海灘衝浪，二十四號碼頭，有時二十號。沒啥原因。那兒的浪爛透了又人擠人，只是我偶爾會看到一、二個有色人種衝浪者。不像比較靠近狄更斯鎮的何爾摩沙海灘、雷東多海灘，以及紐波特海灘，全被那些直刃族[173]基督狂霸佔，他們面對一波連續大浪，會先親吻十字架、休息時間只聽保守派談話節目。沿著瑪佩莎路線，氣氛比較輕鬆，大家聽西岸廣播電臺、超級殺手樂團、AC/DC樂團，或者KLOS-FM臺。衝浪的都是瘦骨嶙峋的快克毒蟲與藥物愛用者，太陽浮出大地或聽到英式節拍樂團[174]，他們就痙攣，站在柔軟的浪頭，以切回與轉向漂浮來滌化體內系統與粉刺。但是不管你在哪兒衝浪，所有沙洲都被王八蛋霸住。

羅斯克藍司大道往西走到底直接就是沙，那是洛杉磯郡海岸線的「北緯四十二度」[175]，輕鬆區與緊張區的大分界。從曼哈頓海灘到卡布里歐海灘，他們管你叫黑鬼，認定你會轉頭就跑。從埃爾波爾多海灘到聖莫尼卡海灘，管你叫黑鬼的就期待打上一架。馬里布海灘之後，他

---

173 直刃族（straight-edge），美國在八〇年代興起的一股運動，年輕人不抽菸、不喝酒、不吸毒，維護動物，不穿動物皮毛的衣服，有的茹素。

174 英式節拍（English Beat）一個融合拉丁樂、Ska、流行、靈魂、雷鬼與龐克的英國樂團。

175 一八一九年的亞當斯・奧尼斯合約（Adams-Onis Treaty）將北緯四十二度訂為美國與西班牙的邊界。因此，這裡的北緯四十二度意指「大分界」。

們直接叫警察。我開始沿著海岸線越搭越遠，好跟瑪佩莎多聊會兒。從她開始跟大男孩約會、不再到「玉米粥」家鬼混，我們就沒真正相處過。經過兩個小時互相交換狄更斯鎮貧民區故事及「玉米粥」動態後，我發現自己離家千哩遠，只能在托班加海灘、拉斯圖納斯海灘、阿馬里洛海灘、丹部洛克海灘、埃斯孔迪多海灘、祖瑪海灘這類遙遠的點，與海豚、海豹共悠游，一次比一次遠。當我漂至面海私宅前，渾身濕漉踏入私宅沙地後院、敲敲玻璃拉門、跟主人要水喝或者借廁所、電話，那些億萬富翁瞠目瞪我，活像我是披著柳條狀非洲頭、會說人話的海象。不知為啥，不衝浪的白人相信夾著衝浪板的赤足黑人。可能心想他們哪還有手夾著電視機，搶了，又能跑去哪裡？

經過一整個春天的週末衝浪，瑪佩莎終於足夠信任我，願意陪我參加高中畢業舞會。那屆只有我一個畢業生[176]，所以是親密的兩人行，由老爸擔任司機與監督。我們跑去狄隆舞廳，那是個二十一禁寶塔，跟洛杉磯其他地方一樣，採取隔離主義。一樓播放新浪潮。二樓，金榜四十靈魂樂。三樓，稀釋過的雷鬼樂。四樓，班達樂、騷莎、美倫格，還有一點點巴查塔樂，企圖搶好萊塢大道佛羅倫斯花園的拉美裔客人，效果不彰。老爸拒絕跑到二樓以上。瑪佩莎跟我撈到機會擺脫他，從臭氣熏天的樓梯爬到三樓，在吉米·克里夫與我仨樂團[177]音樂中扭動肚皮前進，躲在喇叭後面猛灌邁泰雞尾酒，盡量貼近克里斯蒂·麥克妮科爾[178]一夥人，好讓保全誤認我們是青少年紅星必備、妝點門面的「黑人」朋友，省得找麻煩。然後我們前往「椰子電擊棒」聽手鐲合唱團，瑪佩莎口齒不清說，謠傳主唱跟一個名叫王子的傢伙有一腿。

我差點因為對「壞胚殿下」[179]的無知而被扁。連初吻都險些被延宕到不知何年何月。不過一天清晨，在丹尼斯吃完大滿貫早餐，我們躺在卡車後頭（時速八十哩狂飆於十號高速路快車道），以飼料袋與種子袋為枕，以拇指與舌頭互相角力，玩起「誰能碰觸柔軟點」、「親吻」、「嘔吐」「繼續親吻」的遊戲。瑪佩莎警告：「別說法式親吻，要說，交換口水或喇舌。否則，人家會知道你沒經驗。」

老爸呢，眼睛不看路，不斷回頭偷窺小小的窗子，看到我的摸乳技巧，不禁大翻白眼，模仿我接吻時忍不住腦袋往後倒的痙攣模樣，還放開方向盤，比出宇宙通行的「你上啊」手勢，一手比圓做出屄，一手食指朝內不斷戳。對一個幹過班上所有女學生只有在下得以倖免的男人來說，他可真是有夠low。

說來瘋狂，我與瑪佩莎的男女關係都耗費在搭公車、便車、皮卡後車廂、騎馬去包德溫戲院的交通上。瑪佩莎腳蹺上駕駛盤，一本破舊的卡夫卡《審判》蓋在臉上。我希望她是在

176 主角是在家自學生。

177 吉米．克里夫（Jimmy Cliff）、我仁樂團（I-Threes）是著名的雷鬼樂人。

178 克里斯蒂．麥克妮科爾（Kristy McNichol），女演員、歌手。

179「壞胚殿下」（Your Royal Badness）指美國已故黑人歌手王子（Prince）。

偷笑，但是不確定。多數情侶有自己的歌。我們則有專屬的書籍、作家、藝術家、默片。週末，我們經常赤裸躺上稻草堆，拂掉對方背上沾黏的雞毛，翻閱《洛杉磯週刊》。上面有葛哈．李希特、大衛．海默、伊莉莎白．莫瑞，或者巴斯奇亞[180]在洛杉磯郡美術館的展出回顧，指指廣告說：「嗨。他們在展我們的油畫。」或者花數小時掏翻日落大道阿米巴唱片行的還片桶，拿起雷馬克的《西線無戰事》說：「嗨，我們的電影被數位重製了。」躲在港片區隔著衣服磨蹭親熱。不過，卡夫卡才是我們心目中的絕世天才。我們輪流大聲朗誦卡夫卡的《美國》（*Amerika*）與《論譬喻》（*On Parables*）。有時閱讀不甚了了的德文版，自由聯想翻譯。有時我們把《變形記》配上音樂或霹靂舞，《致米蓮娜書簡》（*Letter to Milena*）則以慢舞搭配。

「還記得妳曾說我很像卡夫卡嗎？」

「就因為你燒掉幾首爛詩，不代表你跟卡夫卡有一丁點相似。人們阻止卡夫卡毀掉作品，你呢，我會幫忙點火柴。」

算她贏！車門打開，海水鹹味、廢油、海鷗糞氣味衝進公車。我在最下面一階遲疑，亂搞我的衝浪板，假裝卡到門。

「『玉米粥』如何？」

「還可以。前陣子自殺未遂。」

「媽的，他超瘋。」

「是啊。一直是。他的生日快到了。我有個點子需要妳幫忙。」瑪佩莎往後一靠，書本放在宛如身懷六甲的肚皮上。

「妳懷孕了嗎？」

「『夾心糖』，別討死。」

儘管她生氣，我還是忍不住微笑，因為我想不起來她上次叫我「夾心糖」是什麼時候。它稱不上硬漢綽號，卻是我最接近道上的名號。幼時，我的好運遠近馳名。從未染上貧民窟典型病痛。從未睡眠震顫。沒染過嬰兒壞血症、金錢癬、貧血、臍帶風、早發型糖尿病，或者各種炎。惡棍搶劫我的朋友卻放我一馬。警察從未有機會記下我的名字，或者對我鎖喉。從未被迫整個星期以車為家。也沒人誤認我是開槍，或者強暴、密告、猥褻、搞大肚子、願賭不服輸、漠視、惡搞他們的痞子。因此，幹，兔子腳、靈異小孩、幸運四葉草綽號紛紛出籠，沒一個能持久，直到「夾心糖」。十一歲時，老爸逼我參加本鎮拼字比賽。那比賽由現在已經關門大吉的《狄更斯公報》贊助，這個報紙「黑」到新聞紙與油墨採反白形式，譬如白鬼鎮議會通過預

---

180 葛哈・李希特（Gerhard Richter），德國視覺藝術家。大衛・海默（David Hammon）美國後現代主義畫家。伊莉莎白・莫瑞（Elizabeth Murray），美國新表現主義藝術家。尚・米榭・巴斯奇亞（Jean-Michel Basquiat），美國塗鴉與表現主義藝術家。

算增加……。決賽時，我對上娜卡西亞．雷蒙，她抽到的字是「意守肚臍」（omphaloskepsis）。我是「夾心糖」（bonbon）。從此，一直到老爸掛點前，人們總是對我說「『夾心糖』，幫我挑樂透號碼。」「『夾心糖』，幫我擲骰子。」「『夾心糖』，做我公務人員考試槍手。」「『夾心糖』，親親我的寶寶。」老爸吃了槍子兒後，人們對我開始保持距離了。

瑪佩莎雙手互握，制止抖顫，說：「『夾心糖』，我很抱歉先前那樣對待你。這份爛工作……。」

有時，我認為智力測驗根本是屁，就算不是，也稱不上什麼指標，尤其不適用黑人。或許白癡無法成為腦神經外科醫師，但是天才可能是心臟科專家，也可能是郵局員工，或者公車司機。一個做了蠢笨選擇的公車司機。一輩子手不釋卷，結束與我的短暫愛情，就愛上一個想成為老派幫派嘻哈歌手的家暴傢伙，大清早，扯著她吹到一半的頭髮，還穿著破爛睡衣，就去珠寶店踩點。我始終懷疑這些店家看到一個年輕黑人女孩，在店門打開不到十分鐘就進來，行若僵屍，死瞪保全與監視器，巡視鑽戒與別針，邊走還邊大聲數步伐，為什麼不報警處理？

她現身我的住處，眼睛烏青，在暗處閃躲，好像黑色電影中的女歹徒，因過度莽撞行事、高度貶抑自我而被通緝。她不念大學，認為職場慣常把女黑人當成薪資尚可卻隨時可以炒魷魚的第三號、第四號角色，從不是一號、二號。有時年少懷孕反而是好事，一巴掌打醒你，糾正你的姿態。瑪佩莎站在後門，咬著剛從樹上摘下的桃子，鼻血與唇血混合桃子蜜汁，滴落下巴，濺上襯衫與一度潔白的布鞋，身後陽光照射未整理的毛躁頭髮，有如分叉髮梢與羞恥構成的火焰皇冠。她不肯進來，只說：「我羊水破了。」我的心也碎了。一陣瘋狂飆車。半身麻醉。馬丁・路德・金恩二世醫院（外號殺人王醫院）終於幹對了一件事，中間名為「夾心糖」的寶寶誕生了。貪飲母乳、狠咬乳頭的恐怖傢伙馬上成為你申請職業大客車駕照的誘因，提醒你駕駛在你的喜好排行榜上僅次於卡夫卡、格溫多琳・布魯克斯[181]、愛因斯坦與托爾斯泰，永遠在移動，把車與人生緩慢溫和駛進終點站，得到應有的尊重。

「所以『玉米粥』生日這件事，妳幫不幫忙？」

「給我滾下車。」

瑪佩莎按下點火鈕，公車轟然啟動，她要回去了，車門在我面前非常、非常緩慢地關上。

「妳知道嗎？是我給狄更斯鎮畫界線的。」

「我聽說過這碼子破事？所為何來？」

「我要把狄更斯鎮找回來。還有妳！」

「祝你好運。」

我搭上一輛破爛皮卡，跟幾個衣著髒亂的本地金髮白人男孩同擠後座，車子在海洋路上

181 格溫多琳・布魯克斯（Gwendolyn Brooks），美國黑人女詩人，第一個獲得普立茲詩歌獎的黑人女性。

下震動。他們曬得幾乎跟我一般黑，陽光烤炙過的臉脫皮，像車尾貼的「在地行動」[182]汽車貼紙，貌似比你趴在衝浪板上，凝視水氣氤氳的海平面，等待下一波連續大浪時還像衝浪者。他們既然好心讓你搭車，你便回以大麻。噴煙，傳遞分享，碰到每一個加州路面凹洞，或者「幹，是我太嗨還是黃燈突然變短的緊急煞停」時，努力保住手中大麻的安全。

「了不起的貨，老兄，哪兒搞來的？」

「我認識一家荷蘭咖啡館老闆。」

182「在地行動」（Local Motion）是夏威夷一家衝浪用品公司。

第十章

某個冷颼颼日子，在種族隔離的阿拉巴馬州，羅莎．帕克斯拒絕讓座給白人，成為「現代民權運動之母」。數十年之後，一個難以分辨季節的日子，在理應禁止種族隔離的加州洛杉磯某區，「玉米粥」等不及要讓座給白人。「玉米粥」，人稱後民權時代「僵持運動」之祖，坐在巴士靠走道的前座，打量每個新上車的人。不幸，狄更斯鎮黑如亞洲人頭髮，棕如詹皇[183]。整整四十五分鐘，全車坐滿，全是少數族裔，他能找到最接近白人的乘客是一名綁了雷鬼辮、夾了瑜珈墊，在聖誕紅道上車的女孩[184]。

她開心說：「生日快樂，『玉米粥』。」站在他面前，熱瑜珈汗珠滴落他的襯衫袖子。

「為什麼大家都知道我今天生日？」

「車子前面就有啊。媽的！閃亮的燈、大大的字：一二五號車，生日快樂，玉米粥！——

183 這裡是諧音雙關語。原文 Brown as James。講的是ＮＢＡ球星詹皇（Lebron James），brown, bron 發音相似。

184 瑜珈被視為白人中產階級運動。

哎喲喲。」

「噢。」

「你有收到什麼好禮物嗎？」

「玉米粥」指指香菸盒大小、貼在車窗下方、佔據三分之一車身長的藍白色貼紙。

優先禮讓長者、身障人士、白人。

（英文西班牙文雙語）

「這是我的生日禮物。」

以前狄更斯鎮會集體慶祝「玉米粥」的生日。不是遊行，也不是頒贈市鑰，而是拎著雞蛋、ＢＢ槍、蛋白派，集聚他家門口，大喊「哎喲喲！」然後按門鈴。當「玉米粥」應門，人們會齊聲說「生日快樂，玉米粥！」接著朝他的閃亮黑臉扔雞卵與派。「玉米粥」開心至極，抹乾淨，換上衣裳，等待下一波祝賀者的歡慶隊伍。自從狄更斯鎮消失後，這個傳統也沒了。只剩我會敲他的門，問他今年想要什麼生日禮物。他的答案永遠一樣：「我不知道。讓我嚐點種族歧視滋味就好了。」然後他東張西瞧我是否藏了爛番茄或麵粉。有人來朝你的臉扔番茄？通常，我會買美國黑人小玩意。譬如兩個磁製黑人小孩在紫藤樹下彈斑鳩琴、歐巴馬玩具猴，或者一副鐵定會從黑人及亞洲人鼻梁滑下的眼鏡[185]。

後來我發現「玉米粥」與羅德尼・葛蘭・金都是四月二日生日，靈感突現，如果亞利桑那州瑟多娜可以成為神祕聖地，以能量漩渦讓訪客重獲青春或者心靈覺醒，洛杉磯鐵定也有一些種族主義漩渦地。訪客在那些地方可以體驗哀愁以及敝屣一般的種族廉價感。譬如山麓高速公路路肩，它不僅是羅德尼・金生命開始走下坡之處，某個程度來說，也是美國與其公正公義高貴理念開始直墜深淵的地點。種族主義漩渦地還有佛羅倫斯道與諾曼第道交接口，非法卡車司機雷吉納・丹尼在此遭煤磚塊、四十盎司裝啤酒瓶，以及數百年的種族挫折感迎面痛擊[186]。又譬如切瓦士山谷，在此世代居住的墨西哥裔美國人被毆、家園被拆、無償迫遷，好騰出地方，蓋附設大停車場與販賣道奇熱狗的棒球場。再譬如梅薩道與中央道之間的第七街，是一九四二年的種族漩渦地，一長排巴士未熄火，等待日裔美國人踏出集體羈押的第一步[187]。讓「玉米粥」

185 亞洲人與黑人鼻梁較扁。

186 羅德尼・葛蘭・金（Rodney Glen King）是建築工人、作家、民權運動者。他在一九九一年三月三日酒駕拒絕受檢，與警車在高速公路上飛車追逐，被攔下，遭到四名洛杉磯警察痛毆，毆打過程被George Holliday拍到，送至地方電視臺ＫＴＬＡ，引起全國媒體矚目。後來，三名警察被檢方飭回，陪審團對第四名警察無法達成有罪判決，當庭釋放。遂引起一九九二年洛杉磯大暴動。一共持續六天，六十三人被殺，兩千三百七十三人受傷。雷吉納・丹尼（Reginald Denny）是白人砂石車司機，因為車上沒有無線電，誤闖暴動現場，被綽號L. A. Four的四名黑人毆打瀕死。

187 珍珠港事變第二天，羅斯福總統簽署行政命令，將日裔美國人送入「集中營」，集中管理。

搭上一二五號公車，駛過本身就是種族漩渦地的狄更斯鎮，還有什麼比這個更能令他快樂？他的座位在右邊，離前門三排遠，一個移動的種族歧視震央。

那標示貼紙仿製得棒極了，多數人根本看不出差別。即便你「讀」了，錯覺也會讓你誤以為它就是常見的「**優先禮讓長者**、**身障人士**」。瑜珈女士雖是第一個抗議者，卻不是最後一個，瑪佩莎收到許多投訴。一旦黑貓從袋中竄出，瑪佩莎一整天當班都聽到乘客嘆息哭么。指著標示搖頭，不是不信狄更斯鎮有膽恢復種族隔離政策，而是居然拖那麼久才實施。我們隨車附贈三一冰淇淋奧利奧、機上小瓶J＆B白蘭地，搭配瑪佩莎膩煩的免責聲明：「這是洛杉磯，全世界種族歧視最嚴重的城市，媽的，你要去哪裡？」這些只夠稍稍安撫他們的情緒。

某男子索取更多蛋糕與酒之前，先大喊：「真是狗屎！老實說，我覺得被冒犯了。」

我望著全景後視鏡，問得不到手的生平至愛瑪佩莎：「我被冒犯了是什麼意思？」說服她把一二五號公車變成流動派對中心並不難，她跟我一樣愛「玉米粥」。答應送她一本首版的鮑德溫《喬凡尼的房間》，也不無幫助。我說：「它稱不上是一種情緒。被冒犯了是什麼感覺？絕不會有偉大的劇場導演跟演員說：『ＯＫ，這場戲需要真情，現在給我出去，弄許多被冒犯的感覺來。』」

瑪佩莎戴無指皮手套，強勁卻巧妙地操作排檔桿，我頓時坐立難安。

「這話生動說明一個涉世未深的農場男孩總是活在雲端，所以從未覺得被冒犯。」

「因為就算我被冒犯，也不知該怎麼辦。如果我哀傷，我哭。如果我快樂，我笑。如果我被冒犯，我怎麼做？冷靜清楚地說：我被冒犯了，然後氣沖沖走開，好寫信給鎮長投訴？」

「病態王八蛋。你做的那些標示讓黑人倒退五百年。」

「另一件事，為何從沒人說你讓黑人前進五百年？為什麼？」

「你知道你是啥？他媽的種族病態狂。你變裝成混蛋白人，匍匐別人的後院，嗅聞骯髒的衣物，然後擼一發。這是二十一世紀，多虧前人，我才能擔任這份工作，而你這個病態混蛋居然要說服我駕駛種族隔離公車。」

「糾正，這是二十六世紀，因為今天我讓黑人超越地球其他人，前進了五百年。此外，你看『玉米粥』多開心。」

瑪佩莎瞧瞧後視鏡，偷瞄我們的壽星。

「看起來不是開心，而是便祕。」

她說得沒錯，「玉米粥」沒必要面露喜色，挑戰死亡的摩托車騎士，站在五十呎高的滑躍車道上，引擎轟轟，瞪視前方廣袤的沙漠與陡峭絕壁下的怪蜥峽谷，也不會面露喜色。但是當「玉米粥」抓緊前座靠背，尋找高他一等的白人，他就像塞倫蓋提草原上找死的瞪羚，四處張望叢林貓，以便獻身。你必須明白這種挑戰死亡的壯舉本身就是報償。當然，當一個罕見的白雌獅在阿瓦隆道上車，在投幣箱投下細心數過、嘟嘟好的零錢，易驚的黑人瞪羚「玉米粥」

正看錯方向，完全無視獸群同類發出的「獵食者」現身車上信號——集體噤聲。擠眉弄鼻。當他終於聞到那女士的香氣，差點太晚了。她逕自從他身邊經過，尾隨她的獵物——一名從頭到腳籃球裝備、閱讀體育雜誌的彪形大漢。終於，「玉米粥」捲髮腦袋裡的年邁預警系統朝他吶喊：「看啊！一個白婊子。」他瞬間切換至「是的，夫人」立正模式。無人要求或命令，便以諂媚奉承的**黑人**油滑態度讓座，與其說是自動禮讓，還不如說是奉上遺產。因為對他來說，這座位雖是硬邦邦的棕橘色塑膠椅，卻是這位女士與生俱來的權利。「玉米粥」的動作是一種致敬，是對白人至上神祇的遲來奉獻。如果他能找到既立正又下跪的方法，他鐵定會。

如果說，微笑只是把皺眉翻過來的假面，那麼「玉米粥」拖著腳走向車尾時的心滿意足表情恰恰是噘嘴不悅的假面。或許因為如此，沒人抗議他的行為。我們認得他的面具，那也是我們的收藏之一。那是我們放在褲子後袋的快樂假面，就像銀行搶匪得掏出面具，我們想要遁入私人空間或者情緒發洩口，也得戴上。我竭力自制，差點哀求那位女士賞我臉，坐我的位置。有時我覺得雪茄店前那尊印第安人木雕的呆滯傻笑其實是「物競天擇」結果，那是「最笨者生存」。我們就是典型演化史照片上的黑蛾，趴在烏漆墨黑的樹幹，隱形於狩獵者的視界，卻依然脆弱。黝黑飛蛾的工作就是讓白蛾瞎忙。揣著訴說黑白蛾之分的爛詩、爵士樂與媚俗單口相聲折子，緊緊黏在樹上。「白蛾幹麼總是撲火、撞上紗門？黑蛾從來不幹這種蠢事。笨蛋撲翅爛貨。」我們竭盡全力把白蛾留在身邊，減少機會，以免自己成為覓食鳥兒、自衛隊、太陽馬戲團的目標。我最感困擾的莫過那些照片裡，白蛾總是佔據演化樹較高位置。教科書想暗示什麼？儘管白蛾較常置於危險，在演化與社會階梯上依然較高位？雖說如此，我認為黑蛾與「玉米粥」戴相同面具，那是身為黑人與黑色鱗翅目必備的卑躬屈膝面容。那種有人在商店裡趨近問：「你在這裡上班嗎？」你便自動湧上的亟欲取悅面容。那種你在工作場所時刻掛上，直到蹲廁所才放下的表情。那種每當有白人居高臨下拍你肩膀，說「幹得不錯，繼續加油」時，你必定閃上臉面的表情。那張臉假裝居上位者能力較強，但是你與他心知肚明，你比他有能力，而最有能力的其實是二樓那個女的。

因此當「玉米粥」這個足以概括「卑屈」二字的樣板駝著背站起身，擺出那副表情，乘客也都自覺身旁似乎坐了個白人，展示手臂，炫耀剛從加勒比海度假回來的深色肌膚。自覺像是被問：「不，我是說您祖上哪裡啊？」的亞洲人、被要求出示居留證的拉美人，以及被問「這兩粒真的嗎？」的豪乳女。

直到瑪佩莎發現那位白人女性坐完埃爾塞貢多廣場往返諾沃克全程三小時，接著又搭一遍，開始心生懷疑，已經晚了。此時，巴士幾乎已空，她的班也快結束。

「你認識她，對吧？」

「不，不認識。」

「我不相信。」瑪佩莎嘴裡的口香糖噠一聲，拿起儀表板上的麥克風，嗡嗡迴響擴散全車：「小姐。對不起，請那位草莓金紅色頭髮，與滿車老黑、老墨相處卻出奇自在的小姐移步前車廂，謝謝。（還有，我說的老墨泛指所有人。包括中美洲、南美洲、北美洲、祖國為美洲某地的人）。」

夕陽緩降埃爾波爾多港口，當那位白人女性緩步走道，陽光緩緩倒入擋風玻璃，為巴士染上層層疊疊的亮眼紫橘光束，讓她燦亮如選美皇后。之前，我不曾注意她有多美麗。太漂亮了。大可說「玉米粥」是因她的美色而非膚色而讓位，實在美艷不可方物，令我重新評估民權運動一事，可能無關乎種族。羅莎．帕克斯不肯讓座，或許因為她知道那傢伙死愛吹牛皮，超級惹人煩，喜歡追問你在讀哪本書，然後，自問自答他在讀哪本、想讀哪本、後悔讀了哪本，以及他號稱讀了其實沒讀的書。就像那些白人女高中生，下課後，跟魁梧的黑人運動員躲在工藝教室幹炮，老爸發現卻大喊強暴一樣，羅莎．帕克斯被捕後，看到一波又一波的教會集會與媒體，也不得不高喊種族歧視，難道她要說：「那傢伙一直問在我讀什麼，我才拒絕讓位」？老黑鐵定私刑了她。

瑪佩莎看看我，再看看那位僅有的白人乘客，又看看我，把車停在繁忙的十字路口，打開門，擠出最最禮貌的公僕口吻說：「所有我不認識的人都他媽的給我滾下車。」「所有人」包括一名懶洋洋的滑板客，以及過去一小時都在車廂後面絞麻花親熱的一對小鬼，他們倏然發現自己置身羅斯克藍司大道，手上的免費轉乘票在海風中無用飄動。那位「自由騎士」小姐也想下車，瑪佩莎卻像一九六三年擋在阿拉巴馬大學門口的華萊士州長，攔阻了她。

> 我以曾經腳踏此塊土地的偉人之名起誓，在泥土上畫線，在暴政足下拋下手套，現在隔離，未來隔離，永久隔離。[188]

瑪佩莎將巴士緩緩朝北，進入拉斯梅薩斯，問：「妳叫什麼名字？」

「蘿拉．珍。」

「嗯，蘿拉．珍，我不知道妳怎麼認識這個渾身肥料味的笨蛋，但我希望妳喜歡派對。」

不似那種昂貴、當日往返聖卡塔利娜島的固定遊輪，這個臨時起意的四輪生日派對航行於太平洋海岸公路，免費且顛簸如王八羔子。這趟僅次海上遊輪的豪華航旅擁有完善設施：開放式酒吧。可踩扁的鋁罐。短帚沙壺球。賭場遊戲，包括朝酒杯扔銅板、骨牌、擲出同面銅板遊戲，還有迪斯可。領航的瑪佩莎雖是女人，卻滿口髒話如火爆海盜。我呢，身兼大副、事務長、甲板水手、吧檯與DJ。我們開進馬里布碼頭對街的Jack in the Box漢堡得來速車道，收

---

188 喬治．華萊士（George Wallace）是阿拉巴馬州州長，反對阿拉巴馬州大學開放黑人入學而擋在校門口。丟下手套是指決鬥之前，扔出手套的動作。

音機大聲放送霍迪尼樂團的〈五分鐘放克〉，訂購五十個墨西哥捲餅、成堆醬料包，並加收幾名乘客。店裡夜班員工集體蹺班，仍著圍裙與紙帽就爬上我們的車。如果我手上有紙筆，車上有廁所，我會貼出另一個告示——**所有員工返回舊生活前，均須徹底清潔雙手與心靈**。

夜幕降下，過了佩珀代因大學，公路就縮減為兩車道的爬坡，像攀向星空的滑板坡道，漆黑無光，只有對面偶爾閃現的遠光燈，幸運的話，還可以看到沙灘上孤伶伶的篝火，月光披覆海面，讓太平洋閃爍如晶瑩黑曜石。當初就是在這段彎道上，我首次向瑪佩莎表白，親吻她的面頰。她沒閃躲，好兆頭。

雖然全程顛簸，「玉米粥」堅持站在「舞池」中央，頑固抓住頭頂的吊環，做為美國歧視史的象徵。到了佩羅科海灘附近，蘿拉．珍拿骨盆貼著「玉米粥」的背脊，有節奏地轉動，玩弄他的耳朵，終於說服他擺脫古老心態。我們以前管這個叫「飆淫」。她繞著「玉米粥」跳動，雙手枕著腦袋，彷彿與節拍愛撫。歌曲結束，她蛇行至駕駛座前的凸窗，上嘴唇的柔毛汗珠晶瑩。天殺的，有夠美。

「詭異派對。」

無線電喳喳響起，調度員以關切的口吻問：「妳在哪裡？」瑪佩莎調低音響，我沒聽見她說什麼，她隨即對無線電飛吻，關掉。如果紐約是不夜城，洛杉磯就是「時刻昏死於沙發之城」。一旦經過里歐卡瑞約，太平洋海岸公路變成緩坡，月亮隱匿於聖塔莫尼卡山後，天空如墨，豎耳，你會聽到連續兩聲輕輕的喀嚓。第一聲是四百萬臺起居室電視同時關機，第二聲是四百萬臺臥房電視同時轉開。電影工作者、攝影師常提及洛杉磯陽光的獨特性，金黃蜜澄抹過天空，像維梅爾、莫內的畫混合了早餐蜂蜜。但是洛杉磯的月光（或者該說沒有）也同樣獨特。夜幕低垂還真的是低垂，氣溫陡降二十度，夜色如黑色羊膜毯子罩住你，安撫你，像你還在熟睡，愛人就來整理床鋪，電視機關、開間的短暫空檔則靜如英格塢上還沒開門的夜間脫衣舞俱樂部，靜如除夕夜漫天槍聲響起前，靜如聖塔莫尼卡、好萊塢、惠蒂爾、克倫肖道的交通尚未緩慢甦醒時，這是洛杉磯人停下腳步省思時刻。感謝韓國城不打烊的店鋪。感謝馬里亞奇廣場。感謝辣椒漢堡。感謝五香牛肉三明治。感謝瑪佩莎。後者瞇眼瞧擋風玻璃前的道路與星光，憑直覺而非死跟著道路開車。輪胎穩穩壓過瀝青，巴士穿過同溫層，這時她聽到第二聲喀嚓，做手勢要我們繼續播音樂，沒多久，「玉米粥」與Jack in the Box漢堡店芭蕾舞團便在走道踮腳旋轉，大聲隨著湯姆．派帝[189]哼唱。

瑪佩莎問蘿拉．珍：「他在哪裡找到妳的？」眼睛仍緊盯銀河。

「他雇用我。」

「妳是妓女？」

---

189 湯姆．派帝（Tom Petty），美國搖滾歌手。

「超接近。我是演員。有時兼差客串ＳＭ裡的Ｍ過活。」

「如果妳得幹這種爛活，角色顯然很難拿到手。」瑪佩莎銳利看了蘿拉．珍一眼，咬咬下嘴唇，把專注力轉回夜空。

「妳演過些什麼啊？」

「我多數演電視廣告，工作難找。好不容易碰到適合角色，製作人就用妳剛剛那種眼神看看我說：『不像郊區人。』業界代語，意指我太『猶太人』了。」

在這個洛杉磯集體靜寂時刻，蘿拉．珍發現瑪佩莎脈輪未淨，便將漂亮臉蛋貼緊瑪佩莎的嫉妒臉龐，一起研究後視鏡中的她們，好像一對頭部相連的錯配孿生子。一個中年黑女，一個年輕白女，共享一個腦袋卻思路相異。孿生子那個白的說：「真希望我是黑人。」微笑撫摸黑姊妹的熱燙臉頰：「黑人什麼工作都搞得到。」

瑪佩莎一定是把車子放在自動駕駛，因為她兩手離開方向盤，鎖住蘿拉．珍的脖子。不是勒，而是扯緊蘿拉．珍的洋裝領口，讓她的邪惡雙胞胎知道只要她的腦袋下令ＯＫ，立馬海扁她。「聽著，我懷疑黑人搞得到所有工作，就算有，也是麥迪遜大道[190]知道黑人賺一塊錢，就花一塊二在電視廣告推銷的爛東西上。就拿標準豪華車廣告來說……。」

蘿拉．珍點點頭，好像真的在聆聽，狡猾地攬著瑪佩莎，手碰方向盤。有那麼一下子，車子歪過雙黃線，但是她迅速熟練矯正，把車轉回正確車道。

「妳是說豪華車？」

「那些豪華車廣告的隱晦訊息是『我們這些賓士、寶馬、凌志、凱迪拉克或者啥鬼的汽車公司都是機會均等主義投機者。瞧見駕駛座上那個美國黑人帥哥模特兒嗎？你們這群三十到四十五歲、坐在躺椅上、我們亟欲鎖定的神聖白人消費群，我們要你花錢，加入我們快樂、無羈、零歧視的世界。這個世界裡，黑人挺直坐在駕駛座上，而非蹲低低，歪斜斜，只敢露出光亮的圓頭錐腦袋頂。』」

「這有什麼不對？」

「潛意識訊息則是：『聽著，你們這些肥胖、懶散、易受行銷影響的白人之恥，你們已經享受了這支三十秒奇幻風格廣告，看到一個黑鬼帥哥離開都鐸風格住家，開著德式精準機械、空氣動力設計的玩意上班。老兄，你最好振作，別再讓那些駕駛齒輪齒條系統轉向、配有天窗、以經銷商建議零售價買車的猴子刷你的臉，竊取你的美國夢！』」

聽到美國夢，蘿拉·珍挺直身體，把方向盤還給瑪佩莎，說：「我覺得被冒犯了。」

「因為我用了『黑鬼』這個詞？」

「不，因為妳正好長得漂亮，又是黑人，貌似聰明，應該知道這是階級而非種族議題。」

190 麥迪遜大道，紐約廣告公司重鎮。

蘿拉．珍朝瑪佩莎的額頭種下巨聲濕吻，旋轉她的魯布托高跟鞋跟，繼續工作使命。我必須抓住愛人高揮的手臂，蘿拉．珍才倖免天外飛來的後腦袋重拳。

「妳知道白人為何不會恰巧是白人？因為他們自認是上帝親選。就是這樣！」

我抹去瑪佩莎憤怒額頭上的口紅漬。

「把妳那套狗屎階級壓迫理論講給他媽的印第安人跟渡渡鳥聽啊。還說『我應該知道』。她是猶太人。她才應該知道。」

「她沒說她是猶太人。只說人們認為她看起來像猶太人。」

「你這個王八蛋背叛者。就是這樣，我才媽的甩掉你。你從不替自己出頭。搞不好還跟她站一邊。」

高達把電影當批評，瑪佩莎開公車也是，無論如何，我覺得蘿拉．珍的論點有些道理。不管猶太人的模樣該是芭芭拉．史翠珊或者自稱是猶太人的琥碧．戈柏[191]，你從未在廣告裡看到「貌似」猶太人者，就像你看不到出身內城區因而「很恐怖」的黑人，或者帥氣亞洲男，黑膚拉美人。我打賭這類人很少把薪水花在用不著的玩意上。當然，在電視廣告的田園詩歌美麗世界裡，同性戀是神奇存在，但是以獨角獸、小精靈為主角的廣告不乏見，男同與女同卻罕見。或許不具威脅性的黑人角色在電視裡超過實際比例。當他們站在烤肉架前，說著下列臺詞「蒼天在上，兄弟啊，您明鑑百威乃啤酒之王。為王者，泡沫腦上王冠無安寧[192]」，他的耶魯大學戲劇碩士學位與莎翁劇訓練全丟到爪哇國了。不過你如果仔細想想，汽車廣告絕對看不到的不是猶太人、同性戀、內城區黑人，而是交通阻塞。

瑪佩莎打個左轉，公車減速，下了公路，上了隱密的彎曲便道。我們攀過石灰岩露頭，經過一條連接海岸的木造破爛階梯，穿過無人使用的停車場。從那兒，瑪佩莎轉低檔，打檔，把公車當沙灘車直接開入海裡，與海平線平行。正值漲潮，車子陷入約莫一呎半深的海水。

「別擔心，這玩意有點像全地形車，媽的，近乎水路兩用。它得應付土石流跟洛杉磯的屎爛下水道系統，什麼都穿得過。如果當初諾曼第登陸用的是洛杉磯公車，世界大戰鐵定提早兩年結束。」

前門與後門打開，太平洋俏皮輕拍最下面幾級臺階，讓公車有若波拉波拉島上那種旅館，鐵架撐高，深入海面五十碼。我還有點期待Jack in the Box的銷售員會騎水上摩托車而至，展開第二輪服務，奉上紙巾、酸麵包漢堡與香草奶昔。

艾爾．格林[193]吟唱愛情與幸福。蘿拉．珍渾身赤裸。黯淡的車內燈映照著她細皮嫩肉，平

191 黑人女演員琥碧．戈柏（Whoopie Goldberg）自稱有猶太人血統。

192 此句原文為 uneasy lies the 'frothy' head that wears the crown，改自莎士比亞的《亨利四世》，多加了一個泡沫的（frothy）。原意是「為王者無安寧」，隨時擔心王冠不保。

193 艾爾．格林（Al Green），美國黑人歌手。

滑蒼白的肌膚泛著虹光，好像鮑魚殼裡的珍珠母。她款擺而過說：「我在鮪魚廣告裡演過美人魚。我必須說，現場沒有黑人演員。為什麼沒有非洲裔美國美人魚？」

「因為黑人女性討厭弄濕頭髮。」

「噢。」蘿拉．珍拿公車的鋁架當脫衣舞孃的鋼管，躍入水裡。Jack in the Box的員工跟隨其後，裸體，僅戴紙帽。

「玉米粥」悄悄跑到前車廂，滿懷期待看著海水。

「主人，我們還在狄更斯嗎？」

「不。不在了。」

「那狄更斯在哪？海面還要過去？」

「狄更斯存在我們的腦海。真實的城市有界線、標誌。還有姊妹市。」

「很快，我們也都會有嗎？」

「希望如此。」

「還有，主人，你何時要從佛伊那裡拿回我的影片？」

「一旦狄更斯重建，我就會去看他有沒有，我保證。」

「玉米粥」站在車門前，衣著整齊，拿短靴頭試海水。

「你會游泳？」

「嗯嗯，你忘記〈到深海釣魚〉那一集嗎？」

我還真忘了《小淘氣》裡最具馬克白色彩的經典一集。那夥人逃課，跑上拖網船，出海捕捉危害海岸水域的鯊魚。由於小狗彼得吃掉了魚餌，他們便拿鱈魚魚肝油塗抹「玉米粥」，扳開他的手指，用魚竿釣住他的皮帶鉤環，放入水中做鯊魚餌。「玉米粥」待在水裡時，必須從一群河豚那兒吸取空氣，以免溺斃，還不時遭電鰻電屁股。結果是「苜蓿牙」的尖銳歌聲在海底可以變成驅除鯊魚的信號。劇尾，一隻巨大章魚感激小淘氣們為民除害，噴了他們一身墨汁。小淘氣的父母集聚碼頭，心急如焚，當這群烏趀趀的孩子回到他們身邊，「玉米粥」與「蕎麥」綁了長頭巾的老媽大叫：「『蕎麥』，我不會跟你老爸告狀，但是我可不照顧那些大孩子。」

瑪佩莎在我的膝頭睡著，我眺望海水，聆聽破浪與轟然笑聲。多數時候，我呆望蘿拉．珍的珊瑚粉色裸體在海面漂浮，乳頭朝星，陰毛如薑紅色柔絲水草蕩漾於澄清水面。一招剪式打水，一抹嘲笑眼神，她沉入海裡。瑪佩莎狠敲我的肋骨。我得極力忍耐才沒揉疼，不想讓她得意。

「瞧瞧你，跟其他洛杉磯黑鬼一樣，癡心妄想某個白人婊子。」

「白妞對我不起作用，妳知道的。」

「狗屎。就是你的勃起弄醒了我。」

「厭惡療法。」

「那是什麼？」

我猶豫要不要告訴她，老爸曾經把我的腦袋緊箍在視速儀裡，連續三小時閃播他那個年代的禁果，逼我直視海報女郎與《花花公子》夾頁女郎——貝蒂．佩吉、貝蒂．葛萊寶、芭芭拉．史翠珊、崔姬、珍．曼絲菲、瑪麗蓮．夢露、蘇菲亞．羅蘭[194]；然後硬灌吐根、秋葵泥到我喉嚨。我一邊大吐，他一邊大聲播放芭菲．聖．瑪麗跟琳達．朗絲黛[195]的音樂。視覺刺激部分成功，聽覺卻未收效。直到今天，每當心情低落，我便大聲播放瑞奇．李．瓊斯、瓊妮．蜜雪兒、卡洛．金的音樂，她們大聲歌頌加州，遠早於吐派克、大人物，或者任何藝名帶有「冰」字、投合白人的老黑饒舌歌手[196]。如果光線對，你又仔細瞧，就會看到我的瞳孔活像大拋售的電漿電視，烙印著芭比．班頓[197]裸體夾頁照的殘影。

「沒事。我只是不喜歡白人女孩。」

瑪佩莎坐直身體，臉蛋埋進我的頸窩。她的氣味一如從前，爽身粉加上設計師洗髮精，這樣就夠了。她問：「『夾心糖』，你是什麼時候愛上我的？」

我說：「《焦吐司的顏色》。」那是一本暢銷回憶錄，一個底特律傢伙的白人「神經病」老媽不希望孩子被「黑」這個字眼打擊，所以把他們當棕膚小孩來養，稱他們為「嗶嘰色人」，慶祝棕人歷史月，十歲以前，這傢伙一直以為自己皮膚那麼黑，是因為貧宅區庭院裡那棵被閃電烤焦的木蘭花樹就是他從未現身的老爸。「我父親說服妳加入達姆彈甜甜圈讀書會，大家都喜歡那本書，但是到了問與答時間，妳突然大發飆。『我厭煩極了人們老是要描述黑人女性的膚色！蜜糖色這個！黑巧克力色那個！我的親祖母是摩卡咖啡色、牛奶咖啡色、他媽的全麥餅乾色！為什麼他們從不拿食物與熱飲料來描述白人的膚色？為什麼在那些種族歧視、沒有第三幕的書裡，不拿優酪奶色、蛋殼色、乳酪絲色、低脂牛奶色來描述白人主角？』這就是為什麼黑人文學爛爆了！」

「我說『黑人文學爛爆』？」

「是啊，我頓時為妳神魂顛倒。」

「幹！白人也有膚色差異啊。」

一股大浪晃蕩巴士。就著車頭燈，我瞥見一道左跑浪形成。我脫掉球鞋襪子，扯開襯衫，

194 貝蒂・佩吉（Bettie Page）、貝蒂・葛萊寶（Betty Grable）是有名的海報女郎。崔姬（Twiggy）是著名模特兒。其他皆為影星。

195 芭菲・聖・瑪麗（Buffy Sainte-Marie），加拿大原住民女歌手。琳達・朗絲戴（Linda Ronstadt），美國鄉村女歌手。

196 瑞奇・李・瓊斯（Rickie Lee Jones）、卡洛・金（Carol King）是美國民謠白人女歌手。瓊妮・蜜雪兒（Joni Mitchell）是加拿大白人女歌手。吐派克（Tupac）、大人物（Biggie）是兩位已故的黑人饒舌歌手。

197 芭比・班頓（Barbie Benton），模特兒。

游去迎接。瑪佩莎站在門旁，漲潮淹至小腿，兩手在嘴前握成喇叭狀，拍擊的浪頭與不斷增強的南西南風才不會淹沒她的話語：「你不想知道我何時愛上你的嗎？」

好像她真愛過我似的。

「我愛上你是因為每次一起出去吃飯，我就告訴自己：『感謝上蒼，終於有個黑人不堅持面對門口坐！終於有個黑人不假裝自己是個硬漢！得時刻提高警覺，因為三不五時就有人找他這個壞痞子的碴！』我怎能不愛上你呢？」

人體衝浪的關鍵在抓住時間。等待浪潮從你的肚臍眼落至鼠蹊，趕在滾浪前滑兩下，一旦水流讓你覺得輕若無物，你再用力滑兩下，抬高下巴，一隻手夾緊身體，另一隻手直直朝前伸、掌心向下、微微彎曲手肘，就這樣衝至岸邊。

城市之光：插曲

我始終不瞭解姊妹市的概念，卻深深著迷。有時人們稱姊妹市為雙子城（twin towns），它們相互挑選與追求的過程，不像是彼此收容，更像是近親相姦。有些姊妹市的結合，譬如特拉維夫與柏林、巴黎與阿爾及爾、檀香山與廣島，旨在終止敵意，邁向和平與繁榮，有點像安排式婚姻，慢慢學會愛上對方。有的姊妹市則是強迫式婚姻，因為某個城市（譬如亞特蘭大）在第一次約會就搞大對方（譬如拉哥斯）肚子，然後在天知道多久以前經由不可控制的激烈運動而彼此分離[198]。有時城市藉聯姻攀高枝；有的門不當戶不對，刻意結盟來刺激母國，猜猜誰來晚餐啊？喀布爾！[199]偶爾，兩個城市出於尊重與共同愛好（譬如爬山、暴風雨、搖滾經典），彼此鍾情。想想看阿姆斯特丹與伊斯坦堡，布宜諾斯艾利斯與首爾。但是今日，如果你只是個忙

198 作者這裡應該是在打趣不知道亞特蘭大與奈及利亞拉哥斯為何結盟。可能是大陸漂移前美洲與非洲曾連在一起，而後分開。

199《誰來晚餐》（*Guess Who's Coming to Dinner*）是一部講黑白配的著名電影，旨在打破種族界線。喀布爾是阿富汗首都，與美國堪薩斯城、歐哈馬城為姊妹市。阿富汗與美國曾長期作戰。

於平衡赤字與拯救基礎設施免於崩壞的平凡城市，根本沒時間尋找靈魂伴侶，只好求助「姊妹市全球組織」，這個國際機構專門媒合寂寞都市，為它們尋找愛侶。「玉米粥」生日派對後兩天，雖然我跟整個狄更斯鎮都還宿醉未醒，城市媒合顧問蘇珊．薛維曼小姐已打電話給我，討論我的申請，我簡直興奮到不知所以。

「哈囉。我們很樂意接受你們的國際城市姊妹情申請，可是好像地圖上找不到狄更斯，它靠近洛杉磯，是吧？」

「以前我們是正式城鎮。現在它只是一塊佔領區。有點像關島，美屬薩摩亞，或者月球寧靜海。」

「所以你們靠近海？」

「是的，傷心海。」

「嗯。你們是不是一個被承認的城市無關緊要，『姊妹市全球組織』曾幫地區配對過。譬如紐約市哈林的姊妹市是佛羅倫斯，肇因於它們的文藝復興背景。狄更斯不會也有文藝復興運動吧，有嗎？」

「沒。我們連一天啟蒙都沒。」

「太不幸了。不過，我知道你們是海岸社區，這就大有用處。我把狄更斯的人口資料輸入我們的媒合電腦『厄巴納』，找到了三個適合結盟的城市。」

我連忙拿出世界地圖，猜測哪些是幸運雀屏中選者。我知道不必奢望羅馬、奈洛比、開羅、京都，但是次等的熱門城市如那不勒斯、萊比錫、坎培拉絕對有希望。

「下列是契合度最高的三個城市：華瑞茲、車諾比、金夏沙。」

想不通車諾比為何會在名單上，它還根本就不是個城鎮，至少華瑞茲與金夏沙這兩大都市還有它們的國際知名度。應該說是污名。但是乞丐沒資格挑剔。我對電話大喊：「我們三個都接受！」

「好倒是好。但是它們全回絕了狄更斯。」

「啥？為什麼？理由何在？」

「華瑞茲（又名**血流不止城**）嫌狄更斯太暴力。車諾比雖略感興趣，最後卡在因為狄更斯太靠近洛杉磯河與污水處理廠這個問題，進而質疑對如此明目張膽的污染採取放任政策，市民精神何在。至於剛果民主共和國首都金夏沙……。」

「別告訴我這個舉世最窮國家的最窮城市，國民平均收入只有一串羊鈴、兩卷麥可·傑克森盜版錄音帶，跟三口合格飲用水的地方嫌我們狄更斯鎮窮。」

「不，嫌狄更斯鎮太黑。他們的回應是『那些美國落後黑鬼尚無資格。』。」

我不敢告訴「玉米粥」尋找姊妹市失敗，太丟臉了，只好以「黑」色謊言推託。「格但斯克好像有點興趣。明斯克、基爾庫克、紐瓦克、奈阿克都在探聽我們。最後，所有名字有

「克」或其他字母的城市都用光了。「玉米粥」大張旗鼓表示失望，將一個塑膠牛奶箱倒扣在車道，站到上面，假裝是拍賣臺。他打赤膊，胸部垂墜，身旁是釘在草地的告示牌：**待售——二手黑奴——僅限週四鞭笞——上好談資**。

他站在那裡三星期，你死按喇叭，他還是寸步不肯移，每當我需要用車，只好大叫：「小心，老兄，貴格會的來了！」或者「弗雷德里克・道格拉斯[200]跟那些王八蛋廢奴者來了，趕快逃命！」這會讓他躲到玉米梗下尋找掩護。我要用車去找蘋果樹供應人的那天，他卻特別頑固，死活不肯動。

「『玉米粥』，你可以挪開你的肥屁股嗎？」

「俺拒絕服侍一個無能完成尋找姊妹市這種小任務的主人。今天，這個農奴拒絕移動。」

「農奴？我不敢想，你連一點農活都不幹。成日泡在按摩浴缸裡。農奴個屁，你是個天殺的戶外熱水浴池—桑拿—香蕉—戴克利雞尾酒老黑。現在給我走開！」

最後我決定了三個姊妹市，全跟狄更斯一樣，曾是真正都市，因可疑情境而消失。首先是底比斯。不是古埃及那個城市，而是西席・地密爾[201]那部偉大默片《十誡》裡的場景，比例尺模型，一九二三年後，就湮沒在加州瓜達露培海灘的尼波莫沙丘，包括巨大木門、多柱廟宇、紙糊的獅身人面像。那是拉美西斯二世、百夫長方陣與臨時演員軍團的家。或許有一天，海上颶風會吹走沙塵，讓它重現天日，摩西就能帶領以色列人回埃及並帶領狄更斯進入未來。

日益繁華的隱形城狄更斯結盟的另兩個城鎮是：奧地利的德勒斯海姆，以及「失落的白人男性特權城」。德勒斯海姆是北奧地利早已消失的小鎮，離捷克邊境僅咫尺，希特勒外祖父的出生地。傳說，大戰前，元首努力抹滅他的醫療史（只有一顆睪丸、墊高鼻子、梅毒，以及醜惡的嬰兒照），讓他的原始姓氏（施克爾格魯伯—布希）與猶太血脈消失，勒令特種部隊使出特種手段，把整個城鎮炸回德意志第一帝國時代。這種抹消歷史的手段還頗有效，因為世人所知的希特勒歷史難辨真假，只確定他是超級大混蛋、幽默感為零、失敗藝術家，這個，套在任何人身上都適用。

為了贏得狄更斯鎮第三姊妹市榮譽，全世界鬼城在檯面下競相角力。譬如出價甚高的瓦若沙區，它位於賽普勒斯的法馬古斯塔，一度高樓聳立、生機無限，因土耳其入侵，現已荒蕪，沒被摧毀，但也不現人跡。我們也收到波奇山城高得離譜的出價，這個為法國殖民者而蓋的度假勝地，洛可可風情的建築現今持續在柬埔寨叢林裡腐爛。東爪哇的喀拉喀拉火山做了令人印象深刻的簡報，領先其他候選城市。其他遭到戰火摧殘而後百姓撤離的城鎮如法國的韋勒

200 弗雷德里克・道格拉斯（Frederic Douglass），曾是黑奴，逃脫後，參與廢奴運動，是偉大的演說家，後來成為美國第一個派任外交官的黑人。

201 西席・地密爾（Cecil B. DeMille）是好萊塢著名製片家。

河畔奧拉杜、中非共和國的帕瓦鎮與果魯莫鎮也強力角逐結盟。最後，「失落的白人男性特權城」的熱情請求難以拒絕，這是個充滿爭議的城市，白人男性經常否定它的存在，白人特權男性尤然。其他人則斷然指出，此地城廓早被嘻哈音樂與博拉紐[202]的詩文污染到無法復原的地步。加上辣鮪魚壽司捲與美國黑人總統的大受歡迎，已經讓白人支配蕩然無存，一如沾染天花病毒的毯子摧毀了印第安土著。尊崇自由意志與自由市場的人則說「失落的白人男性特權城」是自取滅亡，因為來自高位、層出不窮、老是自相矛盾的各種宗教與世俗敕令，令困惑又易受影響的白人男性恆常處於嚴重的社交與心理焦慮狀態，不舉了。不再投票。不再閱讀。最重要的，不再自認是完美人類標本，或者至少羞於啟齒。總之，現今你走在「失落的白人男性特權城」，無法趾高氣昂口吐宛如神話的陳腔濫調，宣稱「此國為我建」，因為舉目望去，都是棕膚人在敲打施工、烹飪世界級法式料理、修理你的車子。你不能大喊「亞美利堅，愛它，否則滾蛋！」因為內心深處你超想住到多倫多去，那個你口口聲聲說「國際大都會」，實則「不太國際大都會」的城市。當你拒絕把車鑰匙交給膚如百合的好孩兒，而被他們咒罵「死黑鬼」，又怎麼能認為別人是「黑鬼」，或者稱他「黑鬼」？當那些「黑鬼」正在做他們不配做的事，參加奧運游泳代表隊，或者庭園設計，你又該如何想？天啊，伊於胡底，搞不好有天黑人還會導出好電影，萬萬不可。但是別擔心。無論真實存在或者純屬幻想，「玉米粥」和我都會支持「失落的白人男性特權城」，讓你結盟「**黑人性最後堡壘**」，亦即，狄更斯鎮也。

202 羅貝托・博拉紐（Roberto Bolaño），智利已故小説家與詩人。

太多墨西哥人

第十一章

克麗絲瑪・莫妮娜的完美法式美甲遮住嘴，以免旁人聽見，小聲說：「太多墨西哥人了。」這不是我第一次聽到這種種族偏見公開言論。加州人詛咒墨西哥人，可以溯源至穿鹿皮靴的美洲原住民踏遍王者大道[203]，尋找每逢週日破曉時分就狂響、活見鬼的鐘聲究竟來自何處，它嚇跑了大角羊，毀了無數梅司卡靈[204]幻旅。那些印第安人原本想尋找寧靜與和平，結果找到耶穌、強迫勞動、鞭笞與安全期避孕法。他們站在小麥田或者坐在教堂後排長凳，以為沒人注意時，就會自言自語：「太多墨西哥人。」

以往除了「沒有空房」、「有塊地方沒掃乾淨」或者「搶籃板啊」外，白人跟我們老黑無話可說，現在終於找到對白。在高溫四十度的聖費南多山谷，你幫白佬把食品雜物搬到車上，或者把帳單塞滿他們的信箱，他們會轉身跟你說：「太多墨西哥人了。」這是兩個受苦陌生人的心照不宣，別怪濕氣，別怪高溫，要怪就怪我們的南邊、北邊、隔壁、葛來夫購物商場，以及加里法州[205]到處可見的棕色皮膚小兄弟吧。

對老黑來說，「太多墨西哥人」就是藉口，好讓我們這個史上登錄最多的「外勞」參加種族歧視集會，抗議那些前來尋找更好生活條件的無登錄外勞。當我們喝著茶，在報紙房地產分類廣告裡淘金，夢想搬家，過更好的生活，「太多墨西哥人」就掛在我們嘴邊，合理化了我們的滯礙難行。

「親愛的，格倫代爾如何？」

「太多墨西哥人。」

「唐尼呢？」

「太多墨西哥人。」

「貝爾弗勞爾呢？」

「太多墨西哥人。」

太多墨西哥人。這是沒執照的包工每次標案不過就掏出來的陳腔濫調，因為他們不願檢討自己缺乏工作是技術太差、太常倚賴裙帶關係、冗長的服務經歷偏偏網路評價爛到爆。任何事都可以怪墨西哥人。加州有人打噴嚏，你不說祝您健康（gesundheit），而是說太多墨西哥人。

203 王者大道（El Camino Real）是西班牙殖民時期一條連接各處教會的大道，從南加州的聖地牙哥一直延伸到北部的索馬諾，總長超過六百哩。

204 梅司卡靈（mescaline），一種吃了會起幻覺的仙人掌鹼。

205 加里法（Califas）是墨西哥人對加州的暱稱。

你的馬在聖塔安尼塔賽馬非終點直道跛了腳，只跑了第五，太多墨西哥人。商貿賭場裡那個菜鳥恰恰好在河牌[206]撈到第三張皇后，太多墨西哥人。這是加州口頭禪，但是當查夫中學副校長兼我女友（不管她怎麼說）瑪佩莎的頭號閨密克麗絲瑪口出此言，我可是第一次聽見墨裔美人如此說，而且當時我不知道，她是認真的。

跟小淘氣不同，我蹺課不是去釣魚，而是去——學校。每當我老爸在教授黑人文化至上課打瞌睡，我就溜出門，直奔查夫中學，趴在上鎖的鐵圍籬，看小孩子玩手球與壘足球。運氣好，還能瞥見瑪佩莎、克麗絲瑪與一夥要好女孩在後門接受朝拜。酷帥如管樂爵士大樂隊，搖臀玩呼拉圈，一邊唱：幺，嗶嗶，一星期在那街上走十遍……烏嘎哇！烏嘎哇[207]！這代表黑人力量！……我是靈魂姊妹第九號，再給我一拳啊……。

對查夫中學的學生來說，暑假前兩週舉行的年度職業介紹日，足以讓他們多數人還沒接受性向測驗或者寫履歷表前，就先考慮職業自殺。這活動在操場的瀝青路面舉行，集合了煤礦工人、高爾夫練球場撿球員、心靈受創的救火員、編籃人、挖陰溝的、書籍裝訂員，以及世界最後一名太空人，一點啟發性都沒有。每年都重彈老調，強調我們的工作多麼不可或缺，多麼滿足。與會者無法回答後排學生的提問：如果你的工作真他媽的如此重要，世界運轉缺不了你，我為啥還聽得打哈欠流淚？為什麼你看起來這麼不快樂？為什麼沒有女性救火員？為什麼有些護士動作慢到他媽的要命？唯一獲得滿意答案的提問是針對最後一名太空人，這個老黑人雖在地球，動作卻遲緩如處無重力狀態。太空人怎麼上廁所？嗯，我不知道現在怎麼做，在我們那個時代，就直接在我們的屁股上貼塑膠袋。

沒人想當農夫，但是「玉米粥」生日派對一週後，克麗絲瑪拜託我來點不一樣的。當時我們坐在前廊抽大麻，她給我打氣，說她受夠了我隔壁的羅培茲家（她稱他們為「史代登牛仔帽墨西哥佬」）。年復一年，他們穿著錦緞或拷花絲絨牛仔裝，馬兒披著流蘇，還有亮晶晶的牛仔（vaquero）配件，在職業介紹日表演炫耀的繩技，簡直替他們難為情。克麗絲瑪說：「沒人在乎馬糞與肥料的差異，或者如何持續控制奶油南瓜瘟病。這些孩子注意力短暫。你必須一開始就抓住他們，一秒不放鬆，我簡直不敢想今年比去年還差，媽的，去年乏味到小鬼們拿你自種的有機番茄砸你。」

「這就是我不參加的原因。我無須受虐。」

克麗絲瑪瞇上一隻眼，看看菸斗，遞回給我。

「這玩意兒抽完了。」

「妳還要一些？」

---

206 德州撲克裡，最後一張公共牌叫河牌（river）。

207 烏嘎哇（Ungawa）源自泰山電影，是泰山對動物的呼喚，後引伸成黑人力量。

克麗絲瑪點點頭。

「我要。我還想知道這大麻叫啥，為什麼我一向搞不懂的股票市場，以及我在研究所英語文學研討會上學到的那些東西，現在突然都通了。」

「我叫它**穎悟**。」

「嗯。這玩意兒就有這麼屌。我從未聽過穎悟兩字，卻一聽就懂。」

狗兒叫了。雞兒啼了。母牛哞了。碼頭公路的聲響突然呈現一片「王老先生有塊地」。克麗絲瑪昂頭，把臉上的長黑髮甩到背後，又抽了一口大麻，足以讓她穎悟網路神祕事件、《尤里西斯》、吉恩．圖默的《肯恩》[208]，以及美國人為何狂愛烹飪節目。她同時也明白如何讓我參加職業介紹日。

「瑪佩莎也會去。」

無須再抽一口，我就穎悟為何至死都愛那女人。

西邊，厚厚烏雲滾來，貌似要下雨。但是沒啥可以瓦解克麗絲瑪的決心，她要確保學生發現裨益今日美國貧困少數族裔的十項工作機會。在清潔隊員、保釋官、ＤＪ、夜店炒場子的人解說完畢後，該來點動作片了。代表運輸業的瑪佩莎全程沒看我一眼，使出了讓《玩命關頭》系列電影也為之汗顏的特技表演，她駕駛十三噸重的公車，先在公路錐間表演障礙滑雪，接著，在操場四角全力加速，讓後輪猛打滑，車子打圈，煙塵滾滾，然後撞上午餐桌與課桌搭成的減速障礙，僅用兩輪滑行操場。花式駕駛表演結束後，她邀請所有學生上車一觀。他們興高采烈上車，嗨翻了，卻在十分鐘左右，安靜魚貫下車，嚴肅謝謝瑪佩莎。一位年輕白人老師（也是該校唯一白人老師）捧著臉啜泣，對公車投以最後悼念眼神，踱步離開眾人，倚靠球箱，企圖恢復鎮定。我簡直難以想像一番關於公車系統與漲價的演說可以如此令人沮喪。微雨飄下。

克麗絲瑪宣布接下來是田園部分。納斯特．羅培茲上場。羅培茲家族從墨西哥哈利斯科州經由拉斯克魯塞斯來到此地，是最早定居農場區的墨西哥家庭。他們搬來時，我大約七歲。老爸總是抱怨他們家放的音樂還有鬥雞。我在老爸的自學課上唯一學到的墨西哥裔美國人史是：「千萬別跟墨西哥人幹架。幹上了，就至死方休。」納斯特雖然比我大四歲，我也很可能某天為了他借了不還的模型車或其他狗屁事跟他開幹、殺死他，但他實在酷斃了。週日下午，當他結束教理課，我們就一起看牛仔（*charro*）電影、仿小鎮牛仔大賽的晃動影片，用瓷杯喝他老媽準備的肉桂熱水果酒，整個下午看那些名為《300血棒》（*300 porrazos sangrientos*）、《101牛仔大賽死亡紀》（*101 muertes de jaripeo*）、《一千公升血》（*1,000 litros de sangre*）、《你刺牛臀、牛角刺你》（*si chingas al toro, te llevas los cuernos*）的恐怖影片。儘管我用手遮臉，從指縫間看片，卻永

208 吉恩．圖默（Jean Toomer），美國哈林文藝復興重要作家，《肯恩》（*Cane*）是他的傳世作品。

遠忘不了那些背運的牛仔在沒有助手、牛仔大賽小丑、醫護人員的狀況下，無畏無懼，被毀滅性的巨牛戳成帽子翻飛、一動也不動的破布娃娃。當尖銳無比的牛角刺進他們的水鑽襯衫與動脈，我們也跟著發出同類痛苦呻吟。當某個摔落在地的牛仔下顎與頭骨被踩入染血泥地，我們互相擊掌慶賀。跟多數拉美、黑人小孩一樣，年歲漸長，我們逐漸疏離。並非被監獄幫派規矩社會化了，但是它的確強化了拉美小孩與黑人小孩的隔離。現在，我與納斯特只會在街坊派對與職業介紹日碰面。他會在〈威廉泰爾序曲〉的配樂中，從毀棄的工藝間衝出，表演花式騎術，猛踢小馬屁股。

我始終搞不清楚納斯特代表哪個行業——炫技？表演結束，他對著喧囂鼓掌的群眾揮舞綴有流蘇與小球的帽子致意，然後以「你壓過我啊」的鄙夷眼神看我，威風從我面前經過，順便表演一招鞍背徒手倒立。接著克麗絲瑪介紹我出場，迎接我的是響徹狄更斯鎮的哈欠聲。

「什麼聲音？飛機起飛嗎？」

「不，老黑農夫啦。鐵定又是中學職業介紹日。」

我把緊張兮兮的棕眼小牛牽到本壘板，背後是歪倒的鍊索做成的攔球網。一些比較勇敢的小孩無視自己的饑腸轆轆與維生素缺乏症，脫隊而出，靠近那頭牛。小心翼翼拍拍小牛，唯恐感染疾病或者愛上牠，然後扯些五四三。

「牠的皮膚很軟。」

「牠的眼睛像奶味糖豆。媽的，超想吃。」

「這頭小黑佬舔嘴唇，哞哞叫，流口水的樣子，讓我想起你的智障老媽。」

「幹！你才智障！」

「你們全都智障，不知道牛也有人性哦？」

雖說，把智障講成智障頗為諷刺，我還是能感覺此次會轟動，至少那頭牛是。克麗絲瑪捲起舌頭，發出足球教練那種尖銳的口哨聲。以前我跟瑪佩莎鬼混時，她大老遠看到我爸現身走廊，也會發出這種警告聲。兩百名學生聽到哨聲，頓時安靜，把罹患「不集中症」的注意力轉到我身上。

我說：「嗨，各位。」朝地啐一口，因為農夫都這麼做，繼續說：「我跟你們一樣，都是狄更斯鎮人……。」

一群學生大叫：「哪裡？」我還不如說我來自亞特蘭提斯島。他們可不是來自「狄更斯」，站在那兒比出幫派手勢，告訴我，他們來自南區賈斯林公園瘸子幫、三〇五街區幫、貝洛克史東納街區鮮血幫。

我回敬以最接近幫派的農業界手勢，手劃喉嚨——全球性的「就此打住」手勢——然後宣布：「我來自農場區，不管你們知道與否，它跟你們剛剛提到的那些地方一樣，都屬於狄更斯，莫妮娜副校長要我呈現農夫的日常，由於今天是這頭小牛八週紀念，我們就來談談去勢吧。去勢共有三種方式……。」

「大師，什麼叫『去勢』？」

「防止雄性動物繁衍下一代的方法。」

「沒有牛隻保險套嗎？」

「這點子不錯，可惜牛沒有手，而且跟共和黨一樣，對女性生殖權毫不尊重，所以只好以去勢來管控牛隻的數量。也會讓牠們比較溫馴。有誰知道溫馴是什麼意思？」

一個瘦巴巴、膚色有如粉筆的女孩先是抹抹鼻涕，舉起一隻灰白枯乾噁心到只能是黑人的手。

她說：「就是變成婊子娘。」她自願擔任我的助手，站到小牛身邊，撥動毛茸茸的耳朵玩耍。

「是的，我想可以這麼說。」

不曉得是「婊子」字眼還是誤導的想法，學生以為他們要學習「性事」，紛紛圍過來，縮小圓圈。不在前兩排的學生則上竄下蹲，四處尋找其他制高點。幾個小孩爬上攔球網頂，好像醫學院生在手術室往下看。我把小牛撞到一邊，蹲到牠的脖頸與肋骨間，然後伸出我沒擦乳液的割牛手，捉住牠的後腿，直到牠的小雞雞整個曝現在學生面前。看到我已經抓住學生的注意力，克麗絲瑪轉身去安慰那位還在啜泣的員工，之後，躡手躡腳爬上瑪佩莎的公車。「我方才說有三種去勢方法：手術、緊紮與無血。緊紮法是用一根橡皮筋綁住這裡，阻止血液流往睪丸，慢慢，睪丸就萎縮了，掉下來。」我緊緊抓住牠的陰囊底部，用力一擠，小牛與學生全跳起來。「無血去勢呢，你擠碎這裡跟那裡的精索。」我用力捏擠牠的輸精管腺，小牛嗚咽嘔吐，難堪，學生們則陷入酷虐狂笑，幾近痙攣。我掏出大折刀，高高舉起，在空中轉動，期望刀鋒在陽光下戲劇化耀眼，但是天氣太陰了。「至於手術法……」

那個黑人小女孩說：「我來做。」她死盯小牛的陰囊，晶亮棕眼因科學好奇心而爆凸。

「我想妳需要家長的同意書。」

「什麼家長？我住在埃爾尼都。」那是威爾明頓的幫派所在，它在街區的大名響亮，效果如詹姆斯．卡格尼在電影裡提到新新監獄。

「妳叫什麼名字？」

「席拉。席拉．克拉克。」

席拉跟我互換位置，從彼此身體下面爬過去，免得放開那隻無助的小牛。我換到後方，把刀子跟去睪器交給她。去睪器貌似花剪，跟所有好用器具一樣，名字就是它的功用。兩品脫鮮血、令人驚艷的熟練手法，席拉去除了陰囊的上半部，再優雅地把睪丸挑到半空中，喀嚓切斷精索的聲音清晰可聞，操場僅剩尖叫師生以及終生性受挫的小牛。之後，我一邊跟扭動的小牛奮鬥，一邊對席拉．克拉克與剩下的三名小學生發表演說，後者興趣很大，願意涉過不斷擴散的血泊近看小牛傷口。我說：「當牛隻無助側躺，我們業界管這個姿勢叫『不活動橫臥』，此時很適合進行其他痛苦的工作，譬如去牛角、疫苗注射、烙印，還有打耳標……。」

雨變猛。雨滴，大而暖，擊落乾硬瀝青路面，濺起小小煙塵。操場中央，一個清潔工正在傾倒大垃圾鐵桶，把爛掉的木書桌、裂開的黑板，以及白蟻蛀食過的牆手球壁裂片堆成堆，用報紙填塞縫隙。往日，職業介紹日都以盛大的烤棉花軟糖結束。天色越來越陰，孩子可能會大失所望。那個崩潰的愛哭鬼還在注視扁掉的籃球，好像世界已經毀滅，其他老師與職業介紹者看到水氣越來越大，開始集合學生，把他們揪下破爛的鞦韆、生鏽的遊戲單槓與猴架兒，納斯特騎馬繞行，把受驚的學生趕離大門。瑪佩莎發動巴士，克麗絲瑪下車，小牛逐漸從休克狀態甦醒。我尋找助手席拉．克拉克，她正捏著連接一對睪丸的腺體，忙著在空中搖晃相撞，好像那是二十五分錢就能從自動販賣機買到的溜溜球。

我把小牛夾到腋下，背轉身，靴跟抵住牠的鼠蹊，省得牠踢我的臉。瑪佩莎迴轉公車，從側門出去，轉上山納多街，根本懶得揮手道別。幹！克麗絲瑪站在我面前微笑，看到我眼中的傷害。

「你們倆真是絕配。」

「幫我一個忙？我的包包裡有殺菌劑，還有一小瓶膠狀物，上面寫菲利根薛茲。」莫妮娜副校長展現她自小的本色：挽起袖子，不在乎弄髒手，給扭動的小牛噴殺菌藥，然後把黏乎乎的菲利根薛茲大量抹到先前是睪丸、現在只是傷口大洞的所在。

當她結束，那位滿臉淚痕的白人老師拍拍上司的肩膀，然後像電視劇裡的警察交出警徽與配槍，嚴肅拿下毛衣領口的「**為美國而教**」閃亮徽章，放在克麗絲瑪的手中，嚎啕大哭走開。

「這是怎麼回事？」

「當我們在巴士上，你那個瘦巴巴的農場助手席拉站起身，指指**優先禮讓長者**、**身障人士**、**白人**的標示，讓座給年輕的愛德蒙斯先生。那個白痴接受禮讓，坐下來，後來發現是啥，就整個崩潰了。」

「等等，那標示還在？」

「你不知道？」

「知道什麼？」

「你一天到晚說什麼街區，你根本不知道街區發生何事。自從你擺出那個標示，瑪佩莎的公車就成為全鎮最安全的所在。她自己也沒感覺，直到有一天排班主任指出，『玉米粥』的生日派對後，她的車都沒事故報告。人們在車上彬彬有禮，上車會打招呼，下車會說謝謝。沒有幫派鬥毆。沒有瘸子幫、鮮血幫，或者拉美幫派分子（cholo）！下車鈴只按一次，媽的，只按一次。你知道小孩在哪裡做功課嗎？不是家裡，不是圖書館，而是巴士。就有這麼安全。」

「犯罪是循環的。」

「是標示的關係。一開始人們抱怨，但是種族歧視讓他們回到從前，讓他們變得謙虛。讓他們理解過去的奮鬥多漫長，而未來還有很長的路要走。在那輛巴士上，好像種族隔離的幽靈讓狄更斯鎮民團結在一起。」

「那個愛哭鬼老師怎麼辦？」

「愛德蒙斯先生是個數學專家，卻顯然無法教學生認識自己，所以，管他哩。」

小牛多少復元了，蹣跚起身。牠的小閹割者席拉嘲弄地貼近牠的臉，把兩顆睪丸假裝當耳環掛在耳垂上。小牛最後一次嗅聞牠的雄性氣概，緩步走向歪斜杵在餐廳外、光禿禿的無用繩球桿，為彼此的相同處境表達憐惜[209]。克麗絲瑪揉揉疲倦雙眼，說：「現在如果我能讓這些小王八蛋守規矩，就像他們在瑪佩莎的公車上一樣，就算還有救。」

納斯特．羅培茲以大約十個馬身的距離帶領眾人，前去領賞，席拉的學生頂著毛毛雨，經過成排防水紙充當屋頂、報紙與色紙取代碎裂窗玻璃的小平房，集體被趕往水泥地。房舍這麼頹敗，相較之下，出現在深夜電視募款節目、僅有一房的非洲教室簡直氣派如大學講堂。這是現代版的「血汨之路」[210]。小朋友圍繞破爛的學校家具堆。儘管雨滴棉花軟糖的大袋子，木頭變黑，報紙潮溼，還是興致不減。他們的背後是學校禮堂，屋頂毀於九四年北嶺大地震，一直沒重建。克麗絲瑪撫過納斯特座騎馬鞍上燦麗如玫瑰花車大遊行的鈴鐺。叮噹叮噹，孩子們樂了。此時，席拉．克拉克摸著肩膀跑來，滿臉淚痕，隨即哇啦大哭：「莫妮娜小姐，那個白人小鬼偷我的睪丸！」她指著一個比她還要黑上三級的拉美裔胖小孩，後者正企圖在潮溼地面拿睪丸當足球踢，不成功。克麗絲瑪摸摸席拉的辮子腦袋，平撫她的情緒。這倒新鮮了。黑人小孩稱拉美小孩為「白人」。在我們那個聽到玩「踢罐子」、「紅綠燈」遊戲就大喊「不要！」的時代，暴力、貧窮、鬥毆尚未把住民地變成幫派地盤的都會孤立街區，不管你是什麼種族，黑不黑並非以顏色或髮質決定，而是取決於你會說「無論任何意義」還是「密集意義」[211]。瑪佩莎曾說儘管克麗絲瑪直黑髮及臀，膚色如歐洽塔飲料[212]，她從沒想過她不是黑人，直到有一天克麗絲瑪的老媽來學校接她。兩者的言談舉止大相逕庭。瑪佩莎大吃一驚，轉身問閨密：「妳墨西哥人？」克麗絲瑪以為好友嗑嗨了，臉色刷白，差點要大叫「我不是墨西哥人」，然後，她彷彿第一次正視，看到老媽置身黑色臉孔與黑人行動節奏包圍的課後環境，「靠！我是墨西哥人！婊啊（*¡Hijo de puta*）！」那是好久以前的事。

---

209 原文用ball-less tetherball pole，ball代表球，也代表睪丸。

210 血汨之路（Trail of Tears），一八三〇年代，美國總統Andrew Jackson賄賂印第安人酋長，訂定合約，硬將印第安人遷至密西西比河以西，讓出廣大平原給白人。史上稱為「印第安大遷移」。因反抗甚劇，遷移之路又稱血汨之路。

211 原文為for all intents and purposes（無論任何意義），很多人會誤說成for all intensive purposes（密集意義）。常犯的成語錯誤。

212 歐洽塔（horchata），莎草塊莖、水和糖調配而成，淡咖啡色。

點篝火前，副校長跟學生發表談話。她的嚴肅臉色與聲調就像黔驢技窮的將軍，認命接受她的黑色與棕色部隊上了戰場，一點活路都沒。*Cada día de carreras profesionales yo pienso la misma cosa. De estos doscientos cincuenta niños, ¿cuántos terminarán la escuela secundaria? ¿Cuarenta pinche por ciento? Órale, y de esos cien con suerte, ¿cuántos irán a la universidad?* ¿Online, junior, clown college, *o lo que sea?* About five, *más o menos. ¿Y cuántos graduarán?* Two, maybe. *Qué lástima. Estamos chingados.*（職業生涯的每一天我都塞相同的東西給學生。這兩百五十位學生中有幾個能讀完高中？又有幾個能上大學？管它是函授的，兩年制的，小丑學院或啥鬼？最多五個。又有幾個能畢業？兩個。或許。真是可憐。真是幹啊。）

我跟多數在洛杉磯長大的男性一樣，雖號稱雙語，但程度僅能以各種母語來騷擾各族裔女性。我約略知道此番談話概要，這些孩子沒戲唱了。

我很訝異這麼多學生攜帶打火機，但是試了不知多少次，火都升不起來，木頭浸濕了。克麗絲瑪命令一群學生去儲藏間。他們扛了幾個紙箱回來，把裡面的東西扔到操場。馬上就堆起一個書籍金字塔，寬五呎，高三呎，還不斷升高[213]。

「媽的，你們還在等啥？」

她不用開口兩次。書籍馬上像引火柴般燃燒，碩大篝火焰沖天，學生拿2B鉛筆戳棉花軟糖烤。

我把克麗絲瑪拉到一旁。不敢置信她下令燒書。「我以為學校書籍短缺？」

「這些不算書。都是佛伊的。他有一整套教科書取名《燃燒正典》，都是經典重寫，譬如《湯姆叔叔的公寓》與《麥田控衛》等，一直跟學校局推銷。你聽啊，我什麼辦法都試過了：開小班、拉長時數、雙語、單語、舌下教學法[214]、黑人英語、自然發音法、催眠法[215]。改善教學環境的色彩以適學習，不論牆壁漆暖色、冷色或中間色，結論都一樣，都是白人老師在講些白人方法學，喝白酒，以及一些想變成白人管理階層的黑鬼逼你收下這些書，你知道佛伊的。一點沒用。但是幹他媽的，我才不會讓查夫中學發送《藥頭來了》[216]給學生。」

我把一本巨著踢開火堆。封面已經焦了，仍可讀，書名《大黑小傳》[217]，第一頁是：

實話實說。在我年少無知時代，滿腹可樂萊姆酒，我那無所不在、善待我老媽、

---

213 此處原文用 three feet high and rising，是嘻哈典故，De La Soul 著名專輯的名稱。

214 此處是克麗絲瑪在押韻胡扯，原文為 sublingual education。sublingual 是舌下，接在單語（monolingual）、雙語（bilingual）後面。

215 此處也是押韻胡扯，Ebonics, phonics, hypnotics。

216 原文為 *The Dopeman Cometh*，應當是佛伊改寫 Eugene O'Neal 的劇作《送冰人來了》（*The Iceman Cometh*）。

217 原文 *The Great Blacksby*，應是改編《大亨小傳》（*The Great Gatsby*）。

一點也無刻板印象的非洲裔美國人老爸給我一些忠告，至今，我仍不時脫口而出。[218]

我用自己的打火機點燃那本書，拿席拉好心提供我的木尺戳棉花軟糖，就著燃燒的書頁烤。她用跳繩做成韁繩，撫摸小牛的頭，那個拉美男孩則試行強力膠手術，想用夾子把睪丸黏回小牛，直到克麗絲瑪逮住他的脖子拉他起身。

「你們這些小鬼很喜歡職業介紹日？」

席拉宣布：「我想做獸醫！」

那個拉美復仇者正上下拋耍那對生殖腺，說：「好基哦。」

「雜耍才基。」

「有人說妳基，妳就說他基，這才是基。」

克麗絲瑪斥責：「夠了。天！你們這些孩子眼中到底有什麼是不基的？」

胖男孩想了很久，回說：「妳知道什麼不基……基佬不基。」

克麗絲瑪笑到眼淚都出來了，跌坐在米色玻璃纖維長凳，三點鐘響；漫長的一天啊。我挨著她身邊坐下。烏雲終於聚攏，細雨轉為穩定大雨。老師與學生紛紛奔赴自己的車子、公車站，或者父母張開的雙臂，我們則依照南加州人規矩，坐在雨中，不撐傘，聆聽雨水嘶嘶滴落漸滅的篝火。

「克麗絲瑪，我想到一個方法可以讓小鬼們在學校像在公車上一樣規矩，尊重彼此。」

「怎麼做？」

「學校隔離。」才說出口，我便頓悟種族隔離是讓狄更斯鎮重新活過來的方法。公車上的群體感會擴散到學校，然後滲透城鎮其他地方。種族隔離讓南非團結一致，狄更斯鎮有什麼道理不行？

「依照種族？你想學校依據學生膚色來隔離？」

克麗絲瑪看我的眼神好像我是她的學生。不是笨，而是茫然。照我說，查夫中學早已隔離了一次又一次，或許不照膚色，卻鐵定有照讀寫能力、行為問題來區分。英語為第二語言的學生，他們的學習曲線鐵定不同於那些「想講英文才講」的學生。黑人歷史月時，老爸看著記錄「自由巴士」[219]起火、狗兒狂吠的夜間電視影片，跟我說：「孩子，你無法強制融合，想融合的人就會融合。」到現在我都摸不清楚自己認同他幾分，但是始終記得他的觀察。對許多人來說，「融合」是固定概念，但是在美國，融合可能只是矯飾。「我不是種族歧視者，我的畢

---

218 原文應為「在我年輕、少不更事的時候，父親給過我一個忠告，至今仍縈繞在我心頭。」張思婷譯，漫遊者文化出版。

219 自由巴士（freedom bus）是指美國民權運動期間，運動分子搭乘州際巴士，進入種族隔離區域集會，經常遭到逮捕或者暴力。

業舞會舞伴、表親的小孩是黑人，連我們的總統都是黑的（諸如此類）。」問題在我們不知道融合是一種自然或者非自然狀態。出於自願與否，融合是一種社會擾流，還是社會秩序？從未有人界定。克麗絲瑪緩緩轉動火中最後的棉花軟糖，細細思索隔離這個概念。我知道她想什麼。她在想高中母校的學生，現在百分之七十五是拉美人，在她讀書的時代，百分之八十是黑人呢。她想起母親莎莉描述四〇、五〇年代在亞利桑那州種族隔離小鎮的成長經驗。上教堂，被迫坐在曬太陽的那一邊，遠離基督，也遠離逃生門。必須上墨西哥裔學校，把父母弟弟葬在六十號公路外某鎮的墨西哥裔公墓。當他們家在一九六四年移居洛杉磯，種族歧視並無多大改善。只是他們不像黑膚洛杉磯人，至少可以出現在公共海灘。

「你想在學校實施種族隔離？」

「是的。」

「如果你認為辦得到，就去幹吧。可是我告訴你，太多墨西哥人了。」

我無法代替學生發言，但是開車回家途中，剛被閹割的小牛待在前座，把頭伸出皮卡車窗外，舌頭承接雨水，我覺得我在這個職業介紹日備受啟發，有了全新專注點。克麗絲瑪怎麼說的？「好像種族隔離的幽靈讓狄更斯鎮民團結在一起。」我決定延長自己的新職——城鎮重建與隔離計畫師——六個月。如果不成功，頂多回去做我的老黑。

第十二章

職業介紹日後的那個夏天，大雨傾盆。海灘白人少年說這是「衰尾」，一如《風雲女郎》影集〈衰尾的四十二歲〉[220]。氣象不停播報創紀錄的雨量與持續雲量。每天九點半左右，低氣壓降至海岸，大雨便斷續至晚上。有些人不願雨中衝浪，暴雨之後更不願出門，擔心泥漿傳染肝炎，害怕大雨沖刷到太平洋的污染物。我喜歡雨天衝浪，排隊的混蛋較少，也沒人玩風帆衝浪。只要遠離馬布里與呂康的小河就沒事，那裏漂滿化糞池廢物。所以那年夏天我煩惱的不是屎尿或微生物，而是我的無核小蜜橘與隔離。你如何在雨季種植全世界最畏水的橘樹？如何在一個本就諸多隔離的學校實施種族隔離？

種族反動分子「玉米粥」毫無幫助。他喜歡隔離教育這個點子，他認為狄更斯會因此吸引白人重新入駐，敝鎮就會回到他年輕時的白人蓬勃郊區。尾鰭拉風的汽車。草帽。愛穿襪

220〈衰尾的四十二歲〉（*Bummer of 42*）是影集《風雲女郎》（*Murphy Brown*）的一集，主角Murphy Brown想要一個手足，四十二歲生日，有人雇用了演員扮演她的姊妹，太入戲，把她的生活搞得一團糟。

子的人。聖公會。冰淇淋聯誼。他說這可以逆轉「白人大奔逃」，變成「三K黨大入駐」。我說，怎麼辦到？他像保守黨議員一樣聳聳肩，茫無頭緒，然後以毫不相干的「美好往日故事」轉移。譬如，「在〈賣國賊老爸〉那集裡，『瞎子』沒念書，想躲避歷史課考試，放火燒書桌，結果把整個學校都燒了，一群小淘氣只好到救火車上考試，因為科貝翠小姐根本不吃這一套。」要做種族隔離之事，我深深內疚，難以成眠，企圖說服愛心熊，重新引入隔離措施是好事。這麼多年了，它原本鮮黃的毛變成斑駁，棕黑如腳趾縫髒物。我跟它說，就像巴黎有艾菲爾鐵塔，聖路易有拱門，紐約有瘋狂的貧富差距，狄更斯鎮也該有自己的特色——「種族隔離學校」。最起碼，招商小冊會吸引人一點。歡迎來到美妙的狄更斯鎮：洛杉磯河岸邊郊區天堂。年輕幫派、退休明星與種族隔離學校之家！

許多人說他們的點子誕生於水。洗澡時。漂浮泳池時。等待浪頭時。大約跟負離子、白色噪音[221]、孤絕獨處有關。所以你會認為雨中衝浪等同於一個人的腦力激盪。我不是。我不是在衝浪時得到好點子，而是衝浪完回家途中。那是個七月雨日，我痛快衝浪後，卡在車陣，渾身散發下水道與海草味道。看著一大群有錢白癡小孩蜂擁而出「交集學院」暑期班，那是面海的私立貴族學校，所謂的「特色課程」。那群孩子正過街坐上等待他們的禮車與豪華車，對我「比六」[222]或幫派手勢，毛茸茸的腦袋鑽進我的車子說：「兄弟，有草嗎？十趾駕馭[223]的非洲裔美國衝浪者！」

儘管大雨不斷，這些學生卻雨不沾身。多數是因為男僕、女幫廚在威嚴校園裡追著他們跑，撐傘遮雨。有些則是太白了，不可能淋濕。你能想像邱吉爾、柯林．鮑爾將軍、萊斯國務卿、獨行俠渾身濕漉漉嗎？

我八歲時，老爸曾興念要把我這個聰明懶惰鬼送進豪華預備學校。當時，我站在深及小腿的水田插秧。他提到選擇聖莫尼卡那所全猶太人學校，還是宏比山那所拒收猶太人的學校。他說某些研究顯示黑人小孩跟任何一種信仰的白人小孩同校，「表現比較好」。又指出某些不怎麼樣的研究結論是黑人讀種族隔離學校比較好。我不記得他所謂的「比較好」定義如何。也不記得我為什麼沒上「交集學院」或者「哈佛福德─米度布克」。或許是通勤太花時間，要不就是學費太貴。瞧著眼前這群大明星、大歌星、大企業家的兒女魚貫踏出超級現代化的建築，我突然明白我老爸那所「從幼稚園培養到墳墓」的家庭學校，我是唯一學生，享受最徹底的隔離，託此庇護，我因而不知何謂無邊際泳池、自製鵝肝醬與美國芭蕾。雖然我還想不出拯救無核小蜜橘的方法，卻想到如何在一個「無論就任何方面」或者對「拉美裔人」來說，都已經是

221 白噪音指一段聲音中的頻率分量的功率在整個可聽範圍（二十至兩萬赫茲）內都是均勻的聲音。它可以有效消除很多雜音。

222 原文為hang loose，比六手勢，源自夏威夷，代表「放鬆」。

223 Hang ten，在浪峰以十個腳趾勾住浪板頭的前端，控制方向與平衡。

純黑的學校裡實施種族隔離。開車途中，老爸的話迴盪我腦海。

到家時，「玉米粥」在庭院等我，撐把綠白相間的高爾夫球大傘，赤裸的腳在濕草地上留下錘狀趾深印。自從我答應在中學採取種族隔離政策，他立馬成為較好的員工。雖稱不上約翰・亨利[224]等級，但是他如果對某樣農事有絲毫興趣，至少會略略主動。最近，他就非常保護無核小蜜橘。有時他在樹旁一站數小時，驅趕鳥兒與昆蟲。無核小蜜橘讓他想起拍片時代的同志友誼。想起他跟「喘兮兮」[225]玩拇指角力、猛拍胖子阿巴克爾[226]的腦袋，還有玩「真心話大冒險」，輸的人得裸奔《勞萊與哈臺》片場等。拍攝〈我看到巴黎，我看到法國〉那集的休息時間，「玉米粥」認識了無核小蜜橘。當時所有小淘氣都圍在點心桌前大嗑杯子蛋糕與奶油蘇打，現場還有一些南方戲院老闆。因為《我們這一夥》標榜黑白童星合演，片方想對這些戲院老闆表現善意，呈現電影不准出現的種族階層制度，就要求「玉米粥」跟「蕎麥」去跟日本臨演同一桌吃點心。那時正值三六年移民大驅趕[227]，這些日本臨演被找來飾演墨西哥搶匪。他們拿出進口自旭日之國、非工會允許的蕎麥麵與無核小蜜橘，「玉米粥」與「蕎麥」兩位黑人小孩首次嚐到這個水果，完美的酸甜度，足以沖刷走嘴中那股用來做喜劇調劑的惡劣西瓜味[228]。「玉米粥」與「蕎麥」後來的演出合約附款都註明：片場必備無核小蜜橘。不是克萊門氏橘、不是紅柑、不是橘柚。因為一整天辛苦扮演討好白人的老黑，沒啥比得上甜美多汁的無核小蜜橘更能讓人恢復尊嚴。

「玉米粥」到現在仍以為我種這樹是為了滿足他，殊不知我是在瑪佩莎正式甩掉我那天種下的。當時我剛結束大一期中考，在CA－九一州道上飛車往西，滿腦子想著等待我的會是一發慶賀炮，哪知是一張釘在豬耳朵上的字條，寫著「門都沒有，黑鬼」。

他焦急拉著我的潛水衣袖說：「主人，你說，當橘子長到乒乓球大就告訴你。」他就像拒絕承認雇主這回合已經沒救的桿弟，高舉高爾夫球傘，把折光式糖度計遞給我，敦促我前往後院，我們踏過泥濘，來到泡在水中的樹。「快點，主人，我想它撐不下去了。」

多數柑橘需要經常澆水，無核小蜜橘正好相反。碰到水，就成屎尿，不管我怎麼修剪，今年的果實就是垂頭喪氣瘦小掛在枝頭。如果我無法減少它們的吸水量，收成鐵定爛爆，白白浪費了我十年光陰與五十磅日本進口肥料。我摘下最近的一顆橘子，在肚臍上方劃開四分之一吋，拇指伸進皺巴巴的橘皮，剝開來，擠出幾滴汁到糖度計上。這個小巧昂貴的日製儀器可以測出果汁的蔗糖比例。

224 約翰．亨利（John Henry），美國民歌傳說中的黑人勞工，與氣動鑽孔機比賽獲勝。
225 喘兮兮（Wheezer），《小淘氣》的演員，因第一天在片場亂跑喘不過氣得到此綽號。
226 胖子阿巴克爾全名Roscoe Fatty Arbuckle，美國著名喜劇演員、編劇、導演。
227 一九二九到一九三九年間，美國大舉遣返墨西哥人與墨裔美國人，被視為種族大清洗，人數在四十萬到兩百萬間。
228 如前述，西瓜是一種對黑人的偏見聯想。

「玉米粥」焦急問：「怎樣？」

「二點三。」

「代表什麼甜度啊？」

「介乎伊娃・布朗[229]跟南非鹽礦間。」

對待植物，我從不搞「善說」那一套。我不相信植物有感情，但是「玉米粥」回家後，我卻足足對那些樹講了一小時。還念詩唱藍調給它們聽。

229 伊娃・布朗（Eva Braun），希特勒的妻子。

第十三章

我只有一次經歷赤裸裸的種族歧視。有一天，我笨到跟老爸說，美國沒有種族偏見，只有老黑們不想扛起責任而踢到一旁的平等機會。那天半夜，老爸把我揪起床，沒有周全準備，我們便出發穿越美國之旅，深入最白的州。連續三天不停開車，停在一個無名的密西西比小鎮，除了灰撲撲的十字路口、熾熱天氣、烏鴉、棉田，啥也沒有，不過，從老爸興奮的期待臉色來看，這兒有不折不扣的種族歧視。

他說：「就是這兒了。」指著一間破爛雜貨鋪，老舊過時，窗口的彈球機開心閃亮，只要幾毛錢就能玩，最高分數停留在令人瞠目的五六三七。我四處張望種族歧視何在。只見店前有三個魁梧白佬，太陽曝曬過的魚尾紋深刻，難以辨別年紀，坐在可口可樂木箱上，大聲扯談即將來臨的拼裝車大賽。我們停到過街的加油站。開門的叮噹聲嚇了黑人雇員與我一跳，他正跟朋友對著電視玩電玩棋賽，心不甘情不願離開。

「加滿，拜託。」

「當然。順便檢查機油？」老爸點點頭，眼神不離雜貨鋪。那名雇員克萊德（如果他的藍色連身工作服白色口袋上炫眼的紅色刺繡草寫姓名可信的話）立馬跳起身工作。檢查了機油、輪胎壓，拿油漬的抹布擦前後車玻璃。我從未見過加油站服務人員滿面笑容，而且，不管他那個噴壺裡裝了什麼，車窗從沒這麼乾淨過。油箱加滿後，老爸問克萊德：「我跟我兒子可以杵在這兒『一睏仔』嗎？」

「好，您儘管。」

一睏仔？我羞愧低頭。我討厭人們自認比對方高等，就拿這種鄉巴佬語氣跟黑人說話。接下來是什麼？「隨時好～～」？「無毋著」？還是〈誰把狗放出來了〉[230]的副歌？

我喃喃說：「爸，我們要在這兒幹麼？」喉嚨塞滿從孟菲斯起就吃個不停的蘇打餅，好讓我不會煩心酷熱的天氣、無邊無際的棉花田，以及奴隸制度到底有多不好，才能讓人說服自己加拿大其實並不遠。雖然老爸從來不說，其實他跟當年落跑的祖先一樣，也跑到加拿大躲越戰徵兵。如果黑人真能得到政府補償，我可是知道一大把王八蛋都該補繳房租跟稅給加拿大政府。

「爸，我們在這兒幹麼？」

「我們要大刺刺滾眼球。」他從一個漂亮皮套裡取出巴頓將軍用的那種五百倍數望遠鏡，把這個黑色巨大怪物掛上鼻梁，轉頭看我，透過厚鏡頭，他的眼珠大如撞球。「我是說，大刺刺哦。」

感謝老爸多年的黑人流行詞彙機智問答，以及一直擺在馬桶上的伊西梅爾．里德[231]的作品，我知道「大刺刺滾眼球」(reckless eyeballing)是指黑人男性輕蔑地打量南方白人女性。這會兒，我老爸就拿著望眼鏡凝視不到三十呎外的雜貨鋪，密西西比陽光反射在巨大的鏡頭上，好像兩顆信號燈。一個女人站到前廊，方格花布洋裝繫著圍裙，一隻手遮擋刺眼陽光，一隻手拿著柳條掃帚，開始掃地。那些白佬坐在那兒，兩腿張開開，嘴兒也張開開，大驚這名黑鬼真是媽的厚顏無恥。

老爸大叫：「瞧瞧那對奶！」聲音大到整個貧窮白人鄉野可聞。這女人的胸部稱不上這樣，但是在老爸那對攜帶式哈伯太空望遠鏡下，B罩杯乳房大概分別有興登堡飛船、固特異飛船的效果。「孩子，現在，就是現在！」

「現在怎樣？」

「走過去對那個白人女子吹口哨。」

他把我推出門，踢起一陣令人瞇眼的三角洲紅塵土，我穿過兩線道的公路，滿地硬如石頭

230 一睏仔，隨時好，無毋著，原文用mite，fixin'，sho'nuff，是南方黑人方言的「一下子」、「馬上就好」、「一點沒錯」。此處翻譯採用閩南語對應。〈誰把狗放出來了〉（*Who Let the Dogs Out*）的副歌是「汪汪汪」。

231 伊西梅爾．里德（Ishmael Reed），美國著名黑人諷刺作家。

的泥塊，搞不清楚到底有沒有鋪柏油。我遵命站在那名女士面前，開始吹口哨。至少是企圖吹口哨。老爸不知道我根本不會吹口哨，那是你在公立學校才能學到的少數才藝。我是在家自學，午餐休息時間都站在後院棉花田，背誦那些美國重建時期[232]的黑人參議員姓名：布藍奇．布魯斯、西朗．羅德思、約翰．林區、約書亞．沃斯……，所以指令聽起來簡單，我卻無法噘起兩片唇吹出口哨。當然也無法叉開手指，擺出瓦肯星的擊掌手勢，或者打嗝發出字母音[233]，比中指時，另一隻手不帶侮辱意味的手指也鐵定會跟著握緊。嘴裡塞滿脆餅乾更是毫無幫助，結果我只是毫無韻律感地朝那位女士的漂亮粉紅圍裙噴出嚼爛的燕麥。

那些白佬翻白眼，吐菸草汁，互問：「這傻瓜在幹啥？」三人中最沉默的那個站起身，扯扯身上那件「NASCAR賽車，黑鬼禁入」的T恤，緩緩拿下嘴中的牙籤說：「《波麗露》，那小黑鬼在吹《波麗露》。」

我高興地跳起來，跟他興奮擊掌。他講的沒錯。我試圖重現拉威爾的經典。我雖然不會吹口哨，哼歌卻不會走調。

「《波麗露》？為什麼？你這個白痴混蛋！」

那是老爸。從車子衝出飛速奔來，腳底踢起的灰塵大到也能激起灰塵。他不高興，顯然他兒子不但不會吹口哨，還不知道該吹什麼。「你該吹狼哨！像這樣……」他大刺刺朝那女人滾眼球，一邊噘起嘴唇，發出響亮的狼嚎，其好色淫蕩程度，讓那女士塗了漂亮指甲油的腳趾與金色髮梢上的紅色蝴蝶結都蜷縮起來。現在輪到她了。老爸站在那兒，黑膚、好色，那女的不僅回以大刺刺的滾眼球，還大刺刺隔著褲子磨蹭他的雞雞，揉披薩麵團似地摩挲他的鼠蹊。

老爸迅速朝她耳語，給了我五元紙鈔，說「我會回來」，就跟那女的鑽進車子，在泥巴路上絕塵而去。他犯罪卻留下我受罪。

「從這兒到納奇茲，蘿貝卡有哪個黑人沒幹過？」

「至少她知道自己愛什麼。哪像你的蠢屄啄木鳥屁股，到現在都沒法決定自己愛女人還是男人。」

「我是雙性戀，我兩個都愛。」

「沒這回事，不是愛女人就是愛男人。什麼對戴爾．恩哈特[234]的男性思慕，狗屁！」

當那些老好男人激烈辯論性傾向的好壞與特色，我只感激自己還活著，進入雜貨鋪喝汽水。他們只有一種牌子一種容量，經典七盎司瓶裝可口可樂。我旋開一瓶，看著翻騰的二氧化

---

232 美國重建時期（Reconstruction Era）是指美國內戰結束後，在一八六五到一八七七年間的重建，解決南方各州重返聯邦、黑人自由民法律地位等問題。

233 瓦肯星擊掌（Vulcan high five）是《星際爭霸戰》中的瓦肯星人手勢，拇指食指併攏、中指與無名指併攏。打嗝發出字母音是一種無聊遊戲，拖長打嗝聲在其中發出字母聲，有人可以念完二十六個字母。

234 戴爾．恩哈特（Dale Earnhardt），賽車選手。男性思慕（man crush）指愛戀一位男性卻不含性意味。

碳在陽光下跳舞。我難以描述可樂的滋味有多好，當棕色氣泡仙露滑下我的喉嚨，我明白了一個以前總不明白的老笑話。

白人鄉巴佬布霸、一個黑人跟一個墨西哥人坐在巴士站。**砰**！一個精靈從煙霧中現身，整整自己的包頭巾，摸摸紅寶石戒指說：「我許你們每人一個願望。」黑人說：「我希望所有的黑人兄弟姊妹都能回到非洲，那裡的土地會滋養我們，讓我們得以繁榮。」精靈揮揮手，**砰**一聲，所有黑人離開美國去了非洲。墨西哥人說：「好吧（*Órale*），聽起來不錯。我希望所有墨西哥人都回到墨—西—哥，過好日子，成日鬼混，從龍舌蘭池裡喝飲。」**砰**！他們全去了墨西哥，離開了美國。精靈問鄉巴佬布霸：「老爺，你想要什麼？我必使它成真。」布霸看看精靈說：「你是說所有墨西哥人都去了墨西哥，黑人都在非洲？」

「是的，老爺。」

「那，天氣有點熱，我想來杯可樂。」

那可口可樂就有這麼棒！

「七分錢，小鬼，把錢放在櫃檯就行。你的新媽媽快回來了。」

喝了十瓶汽水，花掉七毛錢，我的新媽媽或舊爸爸還沒現身，我非撇尿不可了。加油站那兩個傢伙還在下電玩棋，加油站員工的游標在角邊一個子上猶豫不決，好像他的決定影響世界存活。他把一個騎士放進棋格說：「你的西西里棄兵開局法唬不了我，你的對角線弱爆了。」

我的膀胱快爆炸了，問那位黑人卡斯帕洛夫[235]廁所在哪裡？

「顧客才能使用廁所。」

「我老爸剛才買了一些汽油……」

「你老爸可以在這裡大尿特尿，你呢，跑到白人店裡大喝汽水，好像他們的冰塊比較冰似的。」

我指指冷藏櫃裡成排的七盎司汽水問：「多少錢？」

「一塊五。」

「對街才賣七分錢。」

「黑人應該跟黑人購買，不然就滾開，我說真的。」

另一位黑人棋王費雪[236]替我感到可憐，指指遠處的老舊巴士站。

---

235 卡斯帕洛夫（Garry Kimovich *Kasparov*），俄羅斯棋王。

236 費雪（Bobby Fischer），美國棋王。

「看到軋棉機旁那個廢棄巴士站沒？」

我在路上狂奔。雖然那棟樓已經廢棄，棉花子球依舊風中四處飛，好像扎人發癢的雪花。我奔過軋棉機、空空的木板架、生鏽的鐵耙、艾立．惠特尼[237]的鬼魂，來到只有一座馬桶的廁所，蒼蠅亂飛，地板與馬桶座髒到可以黏蒼蠅，四代的好男兒上班時酒醉，無底膀胱噴射出難以計量的清澈尿液，為它鍍上一層黯淡的鎏黃。未沖刷的刺鼻尿味與種族偏見臭氣讓我皺鼻，兩臂直起雞皮疙瘩。我慢慢退出來。骯髒的廁所門上有一排褪色的金屬字——**僅限白人**。我在下排厚厚的積灰上寫下：**感謝上帝**。然後去蟻丘撇尿。因為顯然除了上述禁地，地球上其他地方都是「僅限有色人種」。

237 艾立．惠特尼（Eli Whitney），美國發明家，發明了軋棉機。

第十四章

瑪佩莎嫁給ＭＣ「混合沙拉」後，就搬到狄更斯鎮北方十哩處的紳士區，山丘起伏的街坊，乍看，跟其他有錢美國黑人飛地沒兩樣。兩邊有樹的街道彎曲蜿蜒，屋前有整潔的日式花園，風鈴還有辦法讓氣流奏出史提夫．汪達[238]的歌曲。美國國旗與支持混蛋政客的宣傳牌子驕傲插在前院。我與瑪佩莎還在交往時，有時混了一晚後，就開著老爸的皮卡到此遊車河，駛過唐路戈、唐馬里歐、唐菲里普等西班牙名街道[239]。我們稱那些俯瞰洛杉磯鬧區、配有游泳池、平板玻璃窗、抗風霜門廊、砌石牆面的現代小房子為「脫線之家」。扯些「混蛋威克斯一家來了，黑鬼們正在唐吉訶德街上的脫線之家大鬧呢。」我們希望有一天能住在那樣的房子，生養一堆孩子。生活裡最糟糕的事不過是我們誣指大兒子抽菸、女兒的鼻子被亂甩的足球砸斷，還有風騷女僕老是對郵差投懷送抱。然後我們死了，跟所有美國好家庭一樣，上了國際連鎖天

238 史提夫．汪達（Stevie Wonder）黑人視障歌手。

239 作者回信，紳士區（Dons）是洛杉磯一個街區，Don是西班牙文裡的尊稱，因此，當地街名皆以「唐」（Don）起頭。

堂。

自從分手，連續十年，我定期停在她的住宅外，等待燈火熄滅，拿著望遠鏡窺視窗簾窄縫內的凸窗。我沉浸於原本該屬於我的生活——吃壽司、玩字謎，孩子們在起居室寫功課與寵狗玩耍。孩子們上床後，我們會一起看《吸血鬼諾斯費拉圖》與《大都會》，看到《摩登時代》裡卓別林與寶蓮．高黛像兩頭發情犬繞著彼此打轉，忍不住淚眼婆娑，想起了從前。有時我會偷溜到前廊，在紗門留下無核小蜜橘樹的拍立得照片，背面寫著「我們的孩子，一雄，跟妳問安。」

學校放假，想要隔離都沒辦法。那個暑假，我窩在她住宅外的時間遠超過合理解釋。直到八月一個溫暖夜晚，四十呎長的市公車停在瑪佩莎的車道，才迫使我終止偷窺慣例。跟所有白領階級一樣，瑪佩莎這類的黑人藍領階級也會把工作帶回家。畢竟不管收入多寡，那句老格言至今仍適用：你的表現至少得是白人員工兩倍好、華人員工一半好、上司的前黑人下屬的四倍好才行。儘管如此，我還是超級訝異看到一二五號公車停在她的車道，車屁股擋住人行道，右輪輾壓一度完美的草坪。

我手裡拿著三張照片，偷偷摸摸爬過梔子花與威思科保全的牌子，踮起搖晃的腳尖，雙手呈杯狀罩在眼上，往車側窗內瞧。即便半夜風涼，車子還是熱呼呼的，飄散濃濃的汽油味與勞工階層汗味。「玉米粥」生日派對已經過了四個月，那個**優先禮讓長者**、**身障人士**、**白人**的標示還在。我不禁脫口：「她究竟如何得逞的？」

「她說這是藝術計畫，黑鬼。」

短管左輪槍管頂住我的面頰，冰冷無情，槍管後面的聲音恰恰相反，熱情友善，熟悉。

「老兄，要不是我認得你屁股的那股牛屎味，你早就跟黑人音樂一樣死翹翹了。」

瑪佩莎的老弟史帝威．道森槍仍在手，轉過我的身體，熊抱。他身後站著滿眼血絲的「表兄」，臉上酒醉笑容快樂洋溢。他的兄弟史帝威出獄了。我也很高興看到他；大約十年沒見了。史帝威的聲名比「表兄」還卑劣。至今仍未與幫派掛上鉤，只因為瘸子幫嫌他太瘋，鮮血幫嫌他太狠。史帝威討厭道上名號，他認為真正的狠角色不需要。雖然道上也有幾個硬貨以真名行走，但是當老黑提到「史帝威」，它不只是一個名字，而是中文的「同音字」，如果你混過外面，就知道他們講的是哪個「史帝威」。在加州，匪徒有三次機會，謂之三振。已經兩犯的人不管第三犯多輕微，就得去享受監獄困苦生活。不知何時怎的，有人對史帝威投出了第三個好球，司法系統直接送他回本壘了。

「你怎麼出來的？」

「表兄」回答：「『混合沙拉』幫了忙。」遞了坦奎瑞琴酒給我啜一口，難喝，簡直像搭配它的無糖葡萄柚酒後水。

「咋？他去做慈善爛演出，把你裝在音箱裡逃獄？」

「筆的力量。扮演電視警察、拍攝啤酒廣告，他認識了幾個白人大咖。他們寫了信，我這個混蛋傢伙就出來了，有條件假釋在外。」

「什麼條件？」

「不再被抓啊，不然哩？」

狗吠。廚房窗簾拉開，燈光流洩車道。我畏縮了一下，雖然我們在視線未及處。

「別害怕。『混合沙拉』不在家。」

「我知道。他老是不在家。」

「你怎麼知道？你又開始盯梢我姊？」

瑪佩莎叫：「誰在那兒？」解除了我的尷尬，我跟史帝威無聲說：別說我在這兒。

「我跟『表兄』啦。」

「你們兩個蠢屁股趕快給我滾進來，省得惹事。」

「好的，一會兒就進去。」

我第一次遇見史帝威，他跟瑪佩莎都還住在狄更斯鎮，家門口停了一輛禮車。除了畢業舞會當晚，你很少在貧民窟看到禮車。那輛加長型黑色凱迪拉克備有迷你酒吧、隔離車窗，擠滿一群粗魯漢子，有白有黑、有高有矮，有聰明有笨蛋，都是史帝威的嘍囉。這些年來，這群人陸續被掃進去，有時一個，有時兩個，狀況差時甚至三個。搶銀行、搶食物卡車、搞暗殺。

「混合沙拉」與「表兄」是史帝威僅剩的舊街坊朋友。雖說史帝威與「混合沙拉」真心喜歡彼此，卻也互相利用。「混合沙拉」不混街頭，史帝威讓他在饒舌圈增添了道上名聲。至於史帝威，「混合沙拉」的成功讓他知道一個人只要有正確的白佬襄助，任何事都能成就。那時，「混合沙拉」想當皮條客。沒錯，他有唯命是從的女人，但，哪個黑人不是？我還記得「混合沙拉」在起居室上下打量瑪佩莎，隨口唱出饒舌歌，由史帝威幫他做ＤＪ，後來成為他的第一首金唱片。

> 下午三點，白癡們在我家。
> 需要新麻布袋。感覺爆爛。
> 向我這樣的黑人保證救贖。
> 楊百翰鐵定又蠢又嗑迷幻藥[240]。

如果史帝威有拉丁語格言。我想應該是「我思故我尬歌」（*Cogito, ergo, Boogieum*）。我問：「瑪佩莎的公車怎麼停在這兒？」

---

240 楊百翰（Brigham Young），耶穌基督後期聖徒教會（The Church of Jesus Christ of Latter-day Saints）的領袖。

他吼回來：「黑鬼，**你**又為什麼在這兒？」

我給他看無核小蜜橘樹的照片，說：「我想把這個留給你姊。」他一把搶了過去。我想問他，這些年有沒收到我寄給他的水果：木瓜、奇異果、蘋果與藍莓。從他豐潤的皮膚、清澄的眼白、閃亮的馬尾，以及靠在我肩頭的鬆弛模樣，我知道他收到了。

「她提過你會留下照片。」

「生氣嗎？」

史帝威聳肩，繼續瞪視那張拍立得，說：「巴士停在這兒，是因為他們搞丟了羅莎・帕克斯那輛公車。」

「誰搞丟了羅莎・帕克斯的公車？」

「白人。媽的，不然哩。每年二月都有學生參觀羅莎・帕克斯博物館還是啥鬼地方。他們展示給學生看的那輛民權運動誕生公車根本是假貨。是他們在伯明罕廢車場找來的舊公車。總之，我老姊是這麼說的。」

「很難說。」

「表兄」喝了兩大口琴酒，說：「什麼很難說。你以為羅莎・帕克斯狠甩了白人美國耳光，還會有紅脖子白人鄉巴佬努力保存當初那輛車？這就像塞爾蒂克隊在波士頓花園球場大樑上掛魔術強森的球衣，門都沒有！」

241

「總之，她覺得你在公車上搞標示什麼的，很特別。激發老黑思考。她很為你驕傲。」

「真的？」

我看看那輛巴士。賦予全新眼光。它不是一輛四十呎長、變速箱油滴落車道、人權微小化身的金屬物。我想像它垂掛在史密森尼博物館的天花板，導覽員指著它說：「就是這輛車，最後一名小淘氣『玉米粥』在裡面主張非洲裔美國人的人權既非天賦、也非憲法制定，而是無形。」

史帝威把照片湊近鼻尖，深呼吸，問：「這些橘子什麼時候熟？」

我想指著橘中帶綠的球狀體，吹噓我想出用白色防水布鋪在樹下，防止水分滲入土，白色還會反射陽光到樹上，改善橘子的顏色。但是我只說：「很快。很快就成熟。」

史帝威又聞了一下照片，然後遞到國王「表兄」扁平的鼻下。

「聞聞這柑桔，老黑。自由就是這個味兒。」

然後他抓住我的肩膀，說：「現在你說說那個黑人開中餐館是怎麼回事？」

---

241 一九八三到一九八七年間，魔術強森所屬的湖人隊曾在NBA總冠軍賽三度對壘塞爾蒂克隊，兩次獲得勝利。

第十五章

他們被氣味引至。大約早上六點，我看到第一個男孩蜷縮在我的車道，鼻子緊貼大門下方，像隻發情狗，大口吸氣，看起來很快樂，並不礙事，我便隨他去，跑去擠牛奶。不知怎的，洛杉磯的自閉兒很多，我想他大概是其中之一。但是稍晚，有人加入他的行列。近中午，幾乎街區的每個孩子都擠在我的前院。暑假最後一天，他們在草地上玩UNO牌，看誰最弱。拔仙人掌的刺互相戳屁股。擠破我的玫瑰花蕊，拿岩鹽在車道上寫名字。就連隔壁羅培茲家的小鬼蘿莉、朵莉、傑瑞、查理也來了。他們家可是有上好的兩畝後院，還有個頗像樣的泳池，此刻卻繞著小弟弟比利打轉，歇斯底里狂笑，後者正在吃花生醬三明治。一個我不認識的女孩蹣跚走到榆樹下，嘔吐物淹沒一排螞蟻。

「OK，這是搞啥屁？」

比利說：「**臭氣**。」囫圇一大口花生醬三明治，從他舌尖上的昆蟲腿判斷，應該是花生醬夾蒼蠅三明治。我什麼也聞不到，比利拉著我走上街。我立馬明白那女孩為何嘔吐；那味道實在太強了。**臭氣**暗夜掩至，像天賜的胃脹氣佇留街區，媽啊。我為什麼先前一點感覺都沒？我站在柏納德道上，小鬼們激烈揮舞雙手要我過街，好像一次大戰士兵在呼喚受傷的袍澤走出芥子毒氣，躲到較為安全的戰壕。我才走到人行道邊就聞到了。那是柑桔的清香氣。難怪孩子們不肯離開我的土地。無核小蜜橘樹就像十呎高的空氣清淨機，芳香整個大地。

比利拉拉我的褲管問：「橘子何時才熟啊？」

我想回說明天，但是我正忙不迭推開那女孩，以便我也能在榆樹下嘔吐，不是因為空氣太臭，而是比利的牙齒上黏著兩顆紅色蒼蠅眼。

第二天開學日，附近小孩與父母擠在我家車道。小的穿著全新上學服，乾淨光彩，趴在木圍籬，希望透過木頭縫窺見農場動物。大人還穿著睡衣打哈欠，看手錶，調整浴袍帶子，把二十五分牛奶錢放到小孩手中，用來跟我購買一品脫未消毒牛奶。我同情那些父母，整晚因殘餘臭氣輾轉難眠，而我呢，徹夜忙著建立一個全白人學校，也累趴了。

很難判斷無核小蜜橘何時成熟。顏色難以作準。外皮質地亦然。氣味是不錯指標，最好的方法卻是剝開來吃。不過，我信任糖度計更甚我的味蕾。

「主人，甜度多少？」

「十六點八。」

「甜嗎？」

我扔個橘子給「玉米粥」。無核小蜜橘成熟可食時，外皮飽滿到幾乎自己會剝落。他剝下一片塞到書包一樣的大嘴，然後假裝暈倒，屁股著地，演技之精湛，連公雞都停止啼叫，擔心這老傢伙嗝屁了。

「幹。」

小鬼們以為他受傷了，我也以為，直到他露出「是的，老爺！太好吃啦！」的笑容，明亮溫暖如旭日。他站在果皮上，腳底滑溜，一路空翻躍到圍籬，炫耀他用來取悅白人的雜耍與特技本事並未荒廢。他故作恐懼說：「我瞧見白人了！」

我說：「讓他們進來。」

「玉米粥」打開一條門縫，假裝是在「奇特林」[242]舞臺的幕後偷窺：「有個黑人小孩在廚房看老媽炸雞，瞧見麵粉，便抹一些到臉上。他說：『媽咪，你看，我是白人！』**啪**！老媽搧他個眼冒金星。她說：『不准再這麼說。』然後要他告訴老爸方才發生了什麼。男孩爆哭如尼加拉瀑布，去找老爸。『兒啊，怎麼啦？』『老—媽呼—我—巴掌！』『為什麼？』『因—為我—說—我是白—人。』**啪啪**！老爸甩他更重的巴掌。『現在去告訴阿嬤你剛剛說了什麼。她會教導你。』男孩哭泣顫抖，不明所以。跑去找阿嬤。她問：『小寶貝，怎回事？』男孩說：『他—們都—打我。』『為什麼？寶貝，他們為什麼打你？』他訴說發生何事，才講完，**啪啪啪**！阿嬤打得超用力，差點把他巴倒在地。她說：『永遠不准這麼說。現在告訴我，你得到什麼教訓？』男孩撫摸著臉頰說：『我學到我才做白人十分鐘，就已經恨死黑鬼！』」

小鬼們搞不清楚他究竟開玩笑或是怒罵，還是笑了，在他的表情與感染力裡各自體會到趣味點。還有，聽到一個年紀跟「黑鬼」字眼一樣悠久的黑人冒出這兩字，其中的認知失諧也頗有趣味。他們多數沒看過「玉米粥」的作品，只知道他是明星。但是黑人走唱表演的美麗就在此——歷久彌新。他那種漫無目的、懶洋洋、深具恆久撫慰魅力的四肢擺動，朱巴舞步的韻律，催促孩子進入農場時的跳動又是如此細膩深奧。當他用西班牙語重複剛剛的故事，手拿杯子、保溫瓶的小鬼聽而不聞，一哄而入，衝過他身邊，嚇得該死的雞隻四處奔竄。

Un negrito está en la cocina mirando a su mamá freír un poco de pollo... ¡Aprendí que he sido blanco por solo diez minutos y ya los odio a ustedes mayates!（有個黑人小孩在廚房看老媽炸雞……我學到我才做白人十分鐘，就已經恨死黑鬼！）

人們說早餐是一天最重要的一餐，對某些小孩來說，可能還是唯一一餐。因此，除了牛奶，我還給他們（以及大人）一人一顆新鮮橘子。以前開學日，我會送小鬼糖果手杖，讓他們三人一匹小馬騎去上學。現在不了。兩年前，住在普雷斯科特、薩爾瓦多裔與黑人混血的六年級生希皮亞尼·馬丁尼茲企圖逃離暴力家庭，搞出獨行俠那套，大喊「嘻嗨老銀駒，跑

242 奇特林（Chitlin'）以黑人為特色的劇院表演。

啊」[243]，我得沿著熱臭的一堆堆馬屎，才在全景城找到他。

我在馬廄前逮到兩個脫離隊伍的小鬼，抓住他們的肘子，舉到半空。

「媽的，你們離我的馬遠一點！」

「主人，橘子樹怎麼辦？」

抵擋不住無核小蜜橘的誘人香氣，難以熬到午休零嘴時間，我的小顧客們圍在橘子樹下，站在成堆橘子皮上，嘴唇溼漉漉，滿是果糖，愧疚。

我說：「想吃盡量吃。」

老爸以前常說：「老黑啊，你給他一吋，他要你一厄爾[244]。」我始終搞不清楚厄爾是啥，在此，它代表我的橘子樹被採個精光。「玉米粥」雙手捧著五個月身孕、大概塞了二十顆蜜橘小寶寶的便便大腹，慢慢走向我。

「主人，這些貪心的黑鬼要吃光你的橘子了。」

「沒關係，我只需要幾顆。」

彷彿為了證明我的觀點，一顆上好蜜橘死命逃脫狂吃群眾，咕溜溜滾到我腳前。

興高采烈的「玉米粥」陽光燦臉，擅長黑人說唱的粉紅色舌頭布滿蜜橘甜味，像個斑衣吹笛人引領小鬼走向劫數。後面跟著過分溺愛保護他們的父母，鼠輩之最的我則殿後。高瘦的小女孩克莉絲汀娜·戴維斯跑到我身旁用力抓住我的手。她能長出有力的細長骨架與潔白牙齒，得歸功我這些年提供的未消毒鮮奶。

我問：「妳媽呢？」

克莉絲汀娜手指遮唇，深呼吸。

以前，在狄更斯鎮這樣的街區，父母的耳道尚未塞著情報人員用的監聽器，監視你的一舉一動，你在上下學途中學到的東西比課堂還多。老爸非常清楚這個，為了充實我的課外學習，他不時把我扔到陌生的鄰里，讓我徒步去當地學校。這是社會定向課，只是我沒有地圖、指南針，也沒有野炊器具跟「俚語對照字典」。幸好，洛杉磯郡多數地方，你可以憑路牌的顏色來判斷該社區的威脅性。洛杉磯的正式路牌是午夜藍金屬牌，背後鏤空。如果路牌裡面有松針做成的鳥巢，代表附近有常綠林跟高爾夫球場。多數是白人公立學校生跟他們中上階層、寅吃卯糧的父母，居住在舍維山、銀湖、帕利薩德這類地方。路標上有子彈孔或者有失車海報，代表此處的學童大約跟我同髮質，零用金相同，與華茲、博伊爾高地、海蘭帕克等地小孩穿衣風格

243 典故出自美國長壽廣播劇集《獨行俠》（*Lone Ranger*），男主角行俠仗義，每次要呼喝愛馬「銀駒」舉步，就會喊「Hi-yo, Silver! Away!」。

244 厄爾（ell），古時丈量布匹的單位，一胳臂長。

類似。湛藍天空色路牌代表臥房可以開小型趴的酷社區如聖莫尼卡、蘭喬帕第斯與曼哈頓海灘。此地的人用各式方法上學，踩滑板、滑翔翼，臉上還帶著「花瓶嬌妻」型老媽留下的告別唇印。卡森、霍桑、南門跟托倫斯的路牌則是勞工階層的仙人掌綠，那裡的小鬼獨立、親熱，操多種語言，熟悉西班牙裔、黑人、薩摩亞裔的幫派手勢。何爾摩沙海灘、拉米拉達市、杜阿爾特這些地方呢，路牌是平凡的棕色或者便宜的麥芽威士忌酒色，男女學童經過莊園風格的排屋，懶洋洋拖著步伐上學，沮喪，嗜睡。純白色路牌當然是比佛利山，沿山起伏的超級寬闊街道，街上是毫不畏懼我的富二代小鬼，認定我既然現身那兒，必定是那兒的人。問我網球拍的強度，指導我有關藍調、嘻哈歷史、拉斯塔法里信仰、科普特教會、爵士、福音歌曲的知識，以及烹調番薯的一千種方法。

我想放開克莉絲汀娜的手，讓她隨性奔跑。鼓勵她採取最迂迴的道路上學。在狄更斯鎮的漆黑路牌下，無人陪同，好好學習各種曲折路徑。聆聽一堂研討會：旁聽自己的朋友如何走進「巴比大男孩」連鎖店，從櫃檯的早餐小費罐偷錢。構思獨立研究：譬如灑水器噴灑出來的彩虹，詩意何在；譬如穿紫色亮片露背裝、七早八早出來在長灘大道站壁、對著可能恩客叫春的妓女，詩意何在。我正打算放開克莉絲汀娜的手，但是我們已經到了校門口，九點鐘響。

「快點，妳要遲到了。」

她說：「大家都遲到了。」奔去加入同伴。

沒錯。學生、教職員、家長、監護人，全聚在查夫中學大門口，不理會鐘聲，打量對街那個新出現的鎮上對手學校。

「惠頓藝術、科學、人文、商業、時尚及其他學科特許磁力學院」[245]是一棟時髦、尖端的玻璃帷幕建築，看起來不像學校，更像是死星[246]。學生全是白人，卓越非凡。當然，「惠頓學院」是捏造的產業，只是一塊空地，由藍色三夾板圍牆圈起，圍牆上有小小的長方空格，行人可窺看那棟不會成真的建築。那是我從網路下載的東緬因大學海洋科學中心水彩圖，五乘五，放大，用塑膠架起，貼在一個有鎖鏈的大門上。黑白照片顯示這裡的學生是芭蕾舞者、高臺跳水員、小提琴手、西洋劍選手、水球員與製陶者，都是我從「交集學院」或者「哈佛福德—米度布克」學校的網站抓下來的，放大，貼在圍牆上。如果你夠細心，便會發現構思中的「惠頓學院」建築，足足比這塊建築預定地大上十倍。如果畫紙上的紅色字體可信，「惠頓學院」真的「即將開放招生」。

當然，對狄更斯鎮民來說，「即將」不夠快，略帶懷疑卻關切的家長都希望孩子能加入偉

---

245 特許磁力學校是兩種學校。特許學校（Charter School）是指由老師、家長、非營利特殊機構出資建立、不受教育法約束的學校，有點類似實驗學校。磁力學校（magnet school）是指滿足資優或特殊才能學生設立的學校。

246 死星（death star），《星際大戰》裡的太空要塞。

大的盎格魯小孩行列，因為金屬牙箍不僅讓他們有不可思議的白人燦笑，更照亮了未來。一位過度熱切的母親明確指著一張圖片，圖中，周到的老師、勤奮的學生正在研究星體光譜攝影的結果。這位母親向克麗絲瑪提出眾人心中的問題。

「副校長莫妮娜，我的孩子要怎樣才能上這個學校？考試？」

「大概吧。」

「啥意思？」

「圖片中的學生有什麼共同點？」

「他們，白人。」

「諾，這就是妳的答案。妳的孩子通過這個測驗，就可以入學。這可不是我說的。好了，表演結束。想要學習的人，走吧。我要鎖門了。走吧（*vámonos*），各位。」

九點四十九，西行公車抵達羅斯克藍司大道與長灘大道交接口，準時釋放一股噁心廢氣，群眾早已散了，我跟「玉米粥」坐在巴士站抽大麻，緊抱我僅剩的兩顆無核小蜜橘。瑪佩莎打開車門，一種介乎輕蔑與噁心的惡狠表情凝固於臉面，彷彿憤怒黑女的萬聖節面具。那表情可能會嚇跑她的乘客與角落裡的那些老黑，我可不會。我把橘子扔給她，她連道謝都沒，便加速駛走。

大約開了五百呎，一二五號公車磨損如流浪漢鞋底（這是免不了的）的煞車突然刺耳煞停，倒車一下，之後突兀右轉。我跟瑪佩莎的唯一一次認真爭執是：三個右轉是否等於一個左轉。她堅持是。我則相信毫無目標的三個右轉之後，你的確可能向左了，卻跟原始地點差了一條街。當一二五號公車回到我身邊，它證明幾個違規迴轉，的確能讓你回到原點，只是抵達時間從九點四十九變成九點五十七。

車門打開，瑪佩莎直挺挺坐在駕駛盤後面。這次她的臉龐有蜜橘漬以及忍不住的笑意。我一向喜歡解開安全帶的聲音，無論它縮回何處，解開時的喀嚓聲，以及帶子咻地收回聲總能帶給我愉悅。瑪佩莎抹掉唇邊的橘皮，踏下公車。

「好吧，『夾心糖』，你贏了。」抽走我嘴邊的大麻，扭動她十足豐滿的臀部回到公車，一邊繫上安全帶，一邊跟乘客抱歉耽誤他們的行程，而非她散發的大麻味。她重新駛入車陣，從狹窄的駕駛座窗噴煙，塗成粉紅色的手指輕彈煙灰至街面。她不知道這大麻命名「失語」。所以我知道我倆的種種是「過去的就讓它過去」，誠如我們狄更斯鎮人說的「世事有時就是如此」（*Is exsisto amo ut interdum*）。

第十六章

那天稍晚，就跟所有社會煽風點火事件的觸媒一樣，我也返回犯罪現場。現場只有一個縱火案調查員——佛伊．柴薛爾。這是二十幾年來，我首度看到佛伊踏出「達姆彈甜甜圈」，雙腳真實踏在狄更斯鎮土地上。他站在「惠頓學院」建地的藍色護牆板前，賓士轎車半停在人行道上，正以貌似很昂貴的相機拍照。我騎馬停在查夫中學這一頭，看到他拍了照片，做筆記。我的上方，一個學生開了二樓的窗，原本緊盯一臺舊到連雷文霍克[247]都嫌古董的顯微鏡，現在抬起她化妝過度的腦袋，探出窗外，看著「惠頓學院」那個有如酷斯拉大小的看板天才小孩，後者使用的電子顯微鏡，先進程度連加州科技大學都會豔羨。

對街的佛伊看到我。雙手成喇叭狀放在嘴前呼喚我，但是羅斯克藍司道上的車流呼嘯，想看懂他的手勢與語言，簡直是玩躲貓貓。

「『背叛者』，你瞧到這玩意沒？知道誰幹的嗎？」

「是，我知道！」

「你知道才有鬼。只有邪惡力量才會在黑人貧民窟蓋純白人的學校。」

「譬如？北韓或者……」

「北韓關心佛伊．柴薛爾個鬼？無庸置疑，這是中央情報局的陰謀，或許更大，譬如HBO在偷偷拍攝我的紀錄片！總之，惡毒之事正在醞釀！要是過去幾個月，你有來參加聚會……你可知道某個種族歧視傢伙在公車上樹立標示……」

以前若是有傻瓜要開車掃射，會毫無緣由放慢車速，算是公平警告。V-6引擎的低沉轟隆聲變弱，緩慢降到一檔，就等於獵人踩到樹枝的喀嚓聲嚇跑獵物，這是都會型狩獵警示。但是現在這種新型的油電混合車、寂靜無聲、節能，你啥屁也聽不到。等到你驚覺，一顆子彈已經射進你鈦銀色的賓士後側板，狙擊者已經無聲加速逃逸，高喊：「你的黑鬼屁股給我滾回白人美國去！」雖然他們的車一加侖可以跑到五十到五十五哩，我還是認得那熟悉的笑聲，以及瘦削黑色臂膀拿的熟悉左輪槍，正是瑪佩莎老弟史帝威兩星期前用來抵住我腦袋的那把。而開輛油電混合車、悄無聲息掃射正是「表兄」指揮作戰的手法。我過街查看佛伊是否安好，他們用來砸佛伊腦袋的東西散發一股撲鼻香味，絕對沒錯，正是我的無核小蜜橘。

「佛伊，你還好嗎？」

「別碰我！這是宣戰了，我很清楚你是敵是友！」

247 光學顯微鏡之父。

我退後幾步，佛伊撣撣身上灰塵，嘴裡喃喃陰謀，帶著反抗姿態走向他的車，好像正打算離開已淪陷的菲律賓。他那輛經典跑車的雙翼打開，坐進車前，佛伊停步，帶上飛行員的墨鏡，擺出黑人麥克阿瑟將軍姿態，宣布：「混蛋！我必回來！相信吧。」

我的身後，二樓學生關上窗戶，回去顯微鏡前工作，滑動載玻片，不斷眨眼調整焦距，在筆記本上寫下發現。不同於我與佛伊，她很認命自己的處境，今天這種事在狄更斯鎮，有時就是不可免，雖然它不一定非得如此。

蘋果與橘子

第十七章

我冷感。並非毫無性慾，而是像性解放七〇年代的某些噁心男人，把自己的性障礙投射到女人身上，宣稱她們「性冷感」或者「死魚一條」。我是死到僵透的魚，我做起愛來簡直像翹辮子翻肚的孔雀魚，一盤放了一天的生魚片都比我更有「來自海洋的悸動」。開槍掃射與扔蜜橘的那天稍晚，當瑪佩莎把疑似仍帶蜜橘酸味的舌頭喇進我的嘴裡，外陰部磨蹭著我的胯骨，我躺在床上——一動也不動，羞愧蒙臉，因為跟我打炮就像跟圖坦卡門石棺做愛差不多。如果我的「性無力」是個問題，瑪佩莎可是不懈。她兩手蒙住我的耳朵，死命對我有如像鯨魚擱淺的身體下功夫，好像週六晚摔角手在一場我還不願結束的比賽裡尋仇挑釁。

「這代表我們復合了嗎？」

「這代表我在考慮。」

「妳能想得快一點，並且朝右邊一點嗎？對，就是這樣。」

瑪佩莎是唯一分析過我的人。連我老爸都摸不透我。當我搞混瑪麗．麥克勞德．貝修恩與格溫多琳．布魯克斯[248]，他只會說：「黑鬼，操，搞不懂你是有媽的啥毛病。」然後厚達九百四十三頁的《黑人精神疾病診斷與統計手冊第四版》就飛砸到我腦門。

我十八歲時，瑪佩莎就摸透我。那是我大學第一學期結束前兩星期，我們躺在客屋。我採取性愛後慣有姿態——像頭受驚的小犰狳縮成一團，莫名痛哭。瑪佩莎則翻閱沾血的《黑人精神疾病診斷與統計手冊第四版》。

她依偎到我身旁說：「我終於找出你的毛病。你得的是依戀障礙。」人們明知對，又何必翻書？唸出我的診斷就可以，又何必在段落上指指點點，傷口上抹鹽？

依戀障礙——在社會情境、脈絡、事件裡，展現明顯的心理失常，無法適齡發展。始於五歲，持續至成年，症狀如1或2：

1. 持續在多數社會互動裡無法主動表現或回應以適齡行為。（譬如，幼兒對照護者，或者成人對黑人愛人，表現出一種趨近與迴避並存，抗拒關愛的行為。可能呈現僵化警戒狀態。）

庶民解釋——該黑鬼一被碰觸就畏懼或驚跳。忽冷忽熱。瞪視你的表情不是飢渴如剛

248 瑪麗·麥克勞德·貝修恩（Mary McLeod Bethune）是美國黑人教育家、民權運動者。格溫多琳·布魯克斯，見頁155注釋181。

走出全男性的派對，就是哭得像娘兒們。

2. 擴散型依戀表現在無差別社交喜好上。無能對黑人與事物展現適齡選擇性依戀（譬如，因缺乏可選擇之依戀形象，對陌生人過度親切。）

庶民解釋——這黑鬼在加州大學河濱分校搞白人賤屄。

真是奇蹟。我們居然能夠撐那麼久。

我瞪視她的模糊身影許久，直到她從棋格狀的浴簾探出頭來。我都忘了她的膚色有多麼棕，多麼漂亮，溼漉漉的頭髮貼在臉旁。有時最甜蜜的吻是最短的吻。晚些，我們再來討論剝得精光的下部。

「『夾心糖』，你的時間表是怎樣？」

「妳跟我，直到永遠。種族隔離這件事嘛，我想搞到街坊日就可以。這樣大約還有六個月。」

瑪佩莎拉我過去，遞了一管酪梨磨砂膏給我，那是她上次在這裡沐浴後留下，一直沒開。我將磨砂膏抹到她背上，在那層可以使皮膚滑潤的顆粒狀的膏糊上寫字。瑪佩莎永遠猜得出我寫什麼。

「雖然有佛伊擋在你前面，這個世界遲早會逮到你搞的狗屎。你忘了種族隔離這碼子事吧。當年有隔離時，狄更斯鎮都沒當一回事。」

「今天的車上有妳，對吧？」

「媽啦。『表兄』跟我老哥來接我下班，我們開回這裡，一跨越你畫的白色鎮界，你知道，就像進入性狂歡派對，大家都在打炮，你的一顆心直跳到喉嚨，想著就算此刻死掉，媽的，也沒關係。就這樣。你跨越了那條線。」

「是妳扔的蜜橘。我就知道。」

「不偏不倚直中那白癡的臉。」

瑪佩莎把形狀漂亮的屁股縫塞到我的胯下。她得回去接孩子了，時間不多，我們也不需要。

儘管瑪佩莎的「十七年之癢」首次止癢，但是她堅持我們得慢慢來。由於她週末上班，還一天到晚加班，我們只有週一與週二幽會。到鎮上玩的夜晚多數是逛購物中心，到咖啡館聽詩歌朗誦，或者參加令我困擾萬分的「多如牛毛喜劇俱樂部」的素人之夜。瑪佩莎討厭我的「惠頓—查夫種族隔離」笑話，堅稱我必須改進幽默感。當我抗議，她說：「聽著，床上不行的老黑不是只有你，但是我拒絕跟唯一欠缺幽默感的老黑約會。」

從音樂俱樂部、監獄，到只有白人區才有販賣韓式墨西哥捲餅的卡車，在在證明洛杉磯的種族隔離令人瞠目。但是社會隔離最嚴重的是單口相聲表演場。狄更斯鎮對漫長的黑人諧星史最微不足道的貢獻是素人之夜，由「達姆彈甜甜圈讀書人」贊助，每月第二個週二，該店轉變成一個二十桌的俱樂部，名為「展現非洲裔美國人多如牛毛的笑匠：非洲裔美國人自由呈現機智與風格的喜劇演出與論壇……」，這幅懸掛在巨大甜甜圈上、俯瞰整個停車場的臨時帷幕，我每次都無法讀完。因此，我簡稱它為「多如牛毛」，因為儘管瑪佩莎堅稱我欠缺幽默感，外頭沒幽默感的黑人男性可是多如牛毛，譬如每個黑人賽事評論員為了彰顯自己的智慧，碰到機會，就會使用或錯用多如牛毛[249]這個詞。

譬如：

問：需要多少白人男孩才能完成換燈泡？

答：多如牛毛！因為他們是從劉易斯．拉蒂默那兒竊取的概念。這黑人發明了電燈泡還有多如牛毛的聰明玩意兒[250]。

別搞錯。這類笑話贏得的掌聲，還真是「多如牛毛」。無論膚色深淺、何種政治立場，所有老黑都自認下面三項，至少有一項，他若稱第二，沒人敢稱第一：籃球、饒舌、說笑話。

如果瑪佩莎認為我不好笑，那是她從未聽過我老爸說笑話。在黑人單口相聲的顛峰時代，老爸也會拉我參加週二的素人之夜。美國黑人史上只有兩個人完全不會說笑話。一個是馬丁．路德．金恩，一個是我老爸。即便在「多如牛毛」，素人笑匠偶爾也會無意識爆出好笑話，譬如：「我去應徵湯姆．克魯斯新片的角色，他演一個昏聵的法官。」[251]「多如牛毛」素人之夜的問題是沒有表演時長限制，「時間」是一種白人觀念，正好投合老爸的需要，因為他的喜劇表演最大致命傷出在完全不會「掐時間」。至少金恩博士有自知之明，不說笑話。老爸說笑話的風格跟他點披薩、寫詩、寫博士論文一樣，全部套用美國心理學學會格式。根據此格式規範，他會蹣跚上臺，口頭報告目錄。先報自己的姓名，笑話的名字。是的，他的笑話有名字，譬如「這個笑話叫〈付費飲酒場合的宗教與文化差異〉。」接著提出笑話大綱。所以他不是說：「一個猶太教士、神父，跟一個黑人走進酒吧，」而是說：「這笑話的主角是三個男性，其中兩人是神職人員，一個信奉猶太教，另一個是受命天主教神職人員。第三者非洲裔美國人的信仰與教育程度不明。笑話背景設定在有照的販售酒類場所。不對。等一下。場景在飛機上。我的錯。他們正要跳傘。」終於，他清清喉嚨，緊貼麥克風，開始他所謂的「笑話的主體」。喜劇是戰場。如果一個哏起作用，全場為之披靡，如果平淡無奇，稱之為「當場死」。我老爸沒死在臺上，而是為其他身分不明，卻如外星人一樣真實存在、一點都不好笑的黑人男

249 原文為plethora，有「過多」「超過需要」之意，卻常被誤用為「很多」。就如中文成語多如牛毛有貶抑氾濫之意。

250 「多少X人才能完成換燈泡」是種族歧視笑話的老哏。劉易斯．拉蒂默（Lewis Latimer）是黑人發明家。

251 此處應該是源自湯姆．克魯斯的電影《軍官與魔鬼》，他演一個睿智的軍中律師。

性做了烈士先鋒。我看過的自殘都比我老爸的笑話有趣。現場沒有銅鑼、鈴聲，或者巨棍把老爸趕下臺，他就是無視噓聲，繼續他的哏點與結尾。迎接他的是連串咳嗽、大聲異議，以及「多如牛毛」的哈欠聲。最後，老爸還會奉上「參考書目」：

阿爾．喬森，〈山寶與黑嬤嬤在跑道五獲准起飛〉，引自《齊格飛鬧劇秀》（一九一八）[252]。

勃特．威廉斯，〈如果黑鬼能飛〉，引自奇特林歌舞秀（一九一七）[253]。

不知名白人黑臉秀，〈媽的，那些搞雜耍的啄木鳥偷走我的哏〉，俄亥俄州克里夫蘭「半共濟會廳」（約莫一八九九）。

最後他會說：「別忘了給服務生留小費。」

儘管一整天開車運輸大眾累壞了，瑪佩莎卻肯定拖著我提早抵達，違反我的意願，搶先把我登錄到演出名單上。我簡直無法形容聽到主持人說「鼓掌歡迎『夾心糖』」時，有多恐懼。站在臺上，我簡直靈魂出竅，瞪視觀眾，彷彿看到自己坐在前排，準備爛番茄、臭雞蛋、腐爛的萵苣頭，打算扔到那個抄襲理查．普萊爾[254]老掉牙笑話的乏味混蛋身上，他可是熟背他老子買的所有普萊爾唱片。但是每週二晚，瑪佩莎都逼我上臺，說我如果無法讓她笑，就別肖想「雨露之恩」。通常在我表演完橋段，回到桌子，瑪佩莎已經呼呼大睡，不知道是工作過勞，還是乏味至極。一晚，我終於講了一個原創笑話，向我老爸致敬，它也有名字，雖然很長。

〈為什麼艾巴特與卡司特羅的所有喜劇材料不適用黑人社群〉

誰先上？

我不知道？你老媽？[255]

瑪佩莎笑翻了，摔落兩排摺疊椅之間的狹窄走道。我知道今晚「性乾涸」可望結束。

人說，講笑話的人要一本正經不笑，但是所有最棒的喜劇都會。素人之夜一結束，我立馬奔出去，上了停在俱樂部外面的一二五號公車。瑪佩莎把它當私人配車，不敢讓這輛「行走的

252 阿爾．喬森（Al Jolson）是美國著名喜劇演員，以黑臉秀聞名，黑嬤嬤（Mammy）是他創造的角色。山寶（Sambo）則是對非洲裔人士的貶稱。《齊格飛鬧劇秀》（*Ziegfeld Follies*）是一九〇七到一九三一年在百老匯演出的鬧劇秀。

253 勃特．威廉斯（Bert Williams），出生於巴哈馬的美國黑人喜劇演員。

254 理查．普萊爾（Richard Pryor），美國黑人諧星。

255 艾巴特與卡司特羅（Abbott and Costello）是廣播喜劇白人搭檔。Who' on first（誰在一壘）是他們最著名的哏，發展出無數相聲。故事背景是棒球隊，一壘手叫「誰」（Who）、二壘手叫「什麼」（What）、三壘手叫「我不知道」（I Don't Know）。範例如下：艾巴特：你把球扔到一壘。卡司特羅：那誰會接它？艾巴特：自然。卡司特羅：哦，「自然」會接住它。艾巴特：是「誰」啦。諸如此類。作者在此處引用此「誰在一壘」的哏，引用who's on first 的另個意思「誰先上？」變成老媽打群炮。

紀念館」離開眼線。她還沒放開停車檔，我已經光溜溜躺在後座，希望來場隔熱玻璃下的戰鬥炮。瑪佩莎伸手到駕駛座下，拉出一個大紙箱，拖到走道，把紙箱內的東西傾倒在我身上。我的疼痛勃起就被埋在高達兩吋的成績單、電腦報表與進步評估表下。

我在紙堆下移動，好讓老二透口氣，問：「這媽的都是些啥屁啊？」

「克麗絲瑪託我轉交，她認為雖然時間不夠長，才六星期，種族隔離學校發揮作用了。成績上升，問題行為減少，但是她想有統計分析印證結果。」

「媽啦，瑪佩莎！妳把這些狗屎玩意塞回紙箱的時間，就夠算出結果了。」

瑪佩莎抓住我的陰莖底，一擠。

「『夾心糖』，你會覺得我是公車司機很丟臉嗎？」

「什麼？這想法哪來的？」

「沒什麼。」

再多外行的耳鬢廝磨都無法抹去她臉上的愁悶，也無法讓她的乳頭變硬。膩煩了我的前戲，瑪佩莎把一張進步報告表夾到我的尿道口，再把我的雞雞轉個彎讓我看，好像它是簡餐廳的早鳥菜單。那是六年級生麥可·賈勒古的進步評估表，我看不懂它的項目，也無法解讀它的評分。不過根據老師評語，此生在數感與演算兩項進步卓著。

「PR是啥鬼個評分？」

「代表精通。」

克麗絲瑪直覺抓住我計畫裡的心理幽微面，也讓我開始恍然大悟。她明白有色人種需要「惠頓學院」所象徵的白人優越。她明白就算在種族平等時代，當某個比你「白」、比你「有錢」、比你「黑」、比你「更具中國佬特質」、比你「優秀」或者「啥狗屎」的人出現，還朝你扔出種族平等四個字，馬上勾出你想要取悅他們、循規蹈矩的欲望，忙不迭把襯衫塞進褲頭，勤做功課，絕不誤點，罰球必中，樂意傳授心得，證明自己的存在價值，以免被炒魷魚、逮捕，或者塞進車內送到某處槍斃。基本上，對克麗絲瑪的學生來說，「惠頓學院」震聾發聵處正是布克．華盛頓的名言。這位偉大的教育家、塔斯基吉研究所創辦人曾對文盲大眾說「就地放下水桶」[256]。雖然我不明白為何是水桶，短視的華盛頓怎麼不說課本、計算尺，或筆電。不過，我的確明白克麗絲瑪與他的訴求：我們需要一個隨傳隨到的白人圓形監獄[257]。絕不蓋你，耶穌、NBA與NFL主席、GPS裡的聲音（日本生產的也一樣）都是白人，並非巧合。

---

256 詳見注釋68。

257 原文為 on-call Caucasian panopticon。圓形監獄是英國心理學家邊沁（Jeremy Betham）在一七八五年提出的概念，囚室圍成圓形，一邊採光，一邊向內，中間是利於監視的高塔。由於逆光效果，犯人看不見高塔內的狀況，會覺得自己被時刻監視。

雖然半裸的瑪佩莎整個人爬在我身上，但還有什麼比種族偏見以及尿道口的進步評估表更倒陽的嗎？她跟我的陽具都耷著昏睡腦袋，趴在我的肚臍附近，她還抓著我的命根子，卻已墜入公車司機都會去的某個夢鄉，可能是飛行學校，因為瑪佩莎夢裡的公車會飛。永遠準時，不會拋錨。彩虹為橋，雲朵為停泊區，輪椅乘客在旁搖晃前進，好像戰鬥機在保護轟炸機側翼。當她抵達巡航高度，她會鳴按喇叭，放下遷移南方的海鷗群與黑人，讓他們（牠們）在那兒安度餘生。她的汽車喇叭不會叭叭響，只會傳出羅西音樂（Roxy Music）、美好冬季（Bon Iver）、桑尼·李維（Sunny Levine）的歌曲，以及妮可（Nico）演唱的〈這些時日〉（*These Days*），而她的乘客都生計無憂。布克·華盛頓也是固定乘客，當他上車，會跟瑪佩莎說：「妳再見到此生的唯一真愛、宇宙大背叛者『夾心糖』時，就地褪下內褲。」

第十八章

時序進入十一月，開車掃射事件已六週，我跟瑪佩莎進展順利，有幾近規律的性生活了，較少專注在兩項更迫切的目標：狄更斯鎮種族隔離、如何在南加州成功種植馬鈴薯。我知道種植馬鈴薯為何不可行，因為氣候太暖。至於種族隔離的好點子，我突然得到種族歧視障礙，街坊日只剩幾個月了。或許我就像所有當代藝術家，一輩子只創作出一本好書、一張好唱片，我這生的自我唾棄也只夠那麼一次可憎壯舉。

我跟「玉米粥」來到預定種塊莖蔬菜的地方，我蹲地，雙手插進土裡，檢查堆肥、土壤密度，把黃褐色馬鈴薯塊莖塞進土裡。「玉米粥」則腦力大激盪各式種族隔離本鎮的方法，搞砸了我交代他的唯一工作，就是埋水管，戳洞的那一面朝上。

「主人，我們何不發放臂章給我們不喜歡的人，然後送進集中營？」

「有人幹過了。」

「ＯＫ，那這個呢？把人分成三類：黑人，有色人種，類神種。發動宵禁跟通行證制度……。」

「老把戲囉，卡菲爾男孩。」[258]

「這在狄更斯鎮鐵定行得通，因為不管墨西哥人、薩摩亞人或黑人，只是不同程度的棕色。」他把水管放到溝槽，放錯面，雙手插口袋說：「我們的底層就是**賤民階層**，沒用的那種人，譬如快艇隊球迷、交通警察，或者處理人與動物糞便骯髒工作的人，譬如你。」

「如果我是**賤民**，你是我的奴隸，那你是什麼？」

「身為才華洋溢的藝術家與悲劇演員，我屬於婆羅門，死了直達涅槃。你則輪迴原處，在牛屎裡打滾。」

我感激「玉米粥」的幫助，當他繼續滔滔瓦爾那種姓制度、勾畫他的狄更斯鎮印度種姓版本，我突然明白我的障礙是什麼。我感覺罪過。我就是萬湖會議的王八蛋（*Arschloch*）[259]、一九四八年約翰尼斯堡政權的阿非利卡人[260]國會議員。或者葛萊美獎委員會上的假文青，想要讓這個獎項更具包容性，想出「最佳節奏藍調表演二人組」、「人聲演唱團體獎」或者「懂得寫音樂程式卻不會彈真正樂器的最佳搖滾個人演奏獎」。我就是個大笨蛋，每每碰到人們提「火車廂分配」、「班圖斯坦」[261]或者「另類音樂」這類話題，就過分懦弱，不敢站起來說：「你們這些王八蛋知不知道我們聽起來超級可笑？」

馬鈴薯種下、堆肥灑了，水管正確放入溝槽，可以開始測驗我的簡易灌溉系統了。我打開水龍頭，看到穿越菜豆田、西班牙大蔥田、包心菜田的百呎長沒戳洞的綠色水管逐漸充水膨脹，然後六道水流在馬鈴薯田騰高，噴向天空，沒灑在馬鈴薯上，卻灑在靠近圍籬附近的一塊荒蕪地，形成迷你沖積平原。不是洞太小，就是水壓太高；無論何者，今年沒有自家產的馬鈴薯可吃了。下週的氣象預測是攝氏二十六度，太熱，根莖植物不宜。

「主人，你不關水嗎？太浪費了。」

「我知道。」

「或許下次你可以把馬鈴薯種到水噴下來的地方。」

「不行。那是我爸的埋骨處。」

媽的，人們不相信我把老爸埋在那裡。我真幹了。要律師費司各偽造表格，把日期提前，然後將老爸葬在現在變成水潭的那個遙遠角落。那塊地方什麼都種不出來，埋他前沒有，現在也沒。我沒立墓碑。在我還沒種瑪佩莎牌無核小蜜橘前，我試種過蘋果樹，做為老爸的衣冠塚。老爸喜歡蘋果，成天嚼不停。不熟的人總以為他很健康，因為每次看到他，手裡總是一粒

---

258 卡菲爾男孩（Kaffir boy），南非白人用來稱呼說班圖語的卡菲爾人。

259 萬湖會議（Wannsee Conference），一九四二年一月二十日在西柏林萬湖區舉行，會中決定將猶太人趕出德國。

260 阿非利卡（Afrikaner），原南非波耳人。

261 根據作者來信，火車廂分配是指萬湖會議上討論需要多少車廂才足以將猶太人運至集中營，一車幾人。班圖斯坦（Bantustans）指南非種族隔離期間替其運籌帷幄的阿非利卡人。

麥金塔蘋果與一瓶V-8蔬果汁。老爸喜歡貝賓蘋果與加拉蘋果，最愛是蜜脆蘋果。如果你遞給他一粒普通乏味的五爪蘋果，他那表情好像你剛說了他老媽壞話。我很遺憾他死時，我沒檢查他運動夾克的口袋，我很確定裡面有蘋果。他總是帶上一顆在會後吃。如果要我猜，應該是金褐蘋果，那品種冬天很好保存。儘管如此，我們沒種過蘋果。他總是抱怨西區那些裝腔作勢的白人，但是我認為碰到葛李森鋪的乳肉蘋果（Opalescent）打折到一磅四點五元，他還是會偷偷開車去買，或者跑去農夫市集買企業蘋果（Enterprise），如果他們有貨的話。我那時是一路開到聖保拉找蘋果樹來種。特別品種。康乃爾大學自一八九〇年代末起就栽培出舉世最佳蘋果。以前該大學很酷，如果你好聲要求，自付運費與打包費，他們就會寄一箱季尾的紅龍蘋果給你，讓你去傳口碑。近年來，不知基於何種原因，他們都把新品種授權當地農夫，除非在上紐約州有農場，你就沒輒，只能屈就偶爾進口的佛洛林納（Florina）蘋果。現在，康乃爾大學位於傑尼瓦市的果園變成蘋果黑市所在，就像哥倫比亞的麥德林是古柯鹼黑市重鎮。我的走私商是奧斯卡・佐卡羅，以前在河濱分校的實驗室夥伴，目前在康乃爾大學做博士後研究。我們約在航空展的機場停車場碰頭，那些吵鬧的傢伙正在展現索普維斯駱駝戰鬥機、柯蒂斯雙翼戰鬥機的最大性能。奧斯卡堅持我們的交易必須「車窗對車窗」，像犯罪電影。他給我的樣品好吃到不行，我一把撈住滴到下巴的汁液抹到牙床裡。我不知道這是不是反諷，但是最好吃的蘋果味道像桃子。我載回了一株已經可以移種的「絲絨美味」蘋果樹，堪稱蘋果界快克，不可思議的好品質、脆度適中、飽含維生素C。我把它種在老爸遺體兩呎外，給他遮蔭不錯。兩天後，它死了。它的蘋果吃起來有薄荷香菸、洋蔥牛肝與他媽的廉價蘭姆酒味道。

我站在原本要澆馬鈴薯的積水裡，腳下是泥土與我老爸的屍骨。在這裡，整個農場盡收眼底。成排的果樹，依據顏色隔離，從淺到深。檸檬。杏樹。石榴。李樹。無核小蜜橘。無花果。鳳梨。酪梨。農地呢，玉米與小麥輪種，不在乎水費的話，我還輪種日本米。農場正中央是溫室，後面是一排排綠色蔬菜，包心菜、萵苣、豆莢、小黃瓜。南邊圍籬攀葡萄，北邊圍籬爬番茄，然後是一大片白色棉花田。老爸死後，我就沒動過棉花田。我剛開始在狄更斯鎮搞種族隔離時，「玉米粥」是怎麼說的？你聽過見樹不見林，你也只看到黑人，沒看到農園。我想騙誰呢？我是農夫，我們農人是天生的隔離主義者。我們揚米去糠。我不是魯道夫・赫斯、彼得・威廉・博塔、國會唱片[262]，或者現今的亞—美—利—堅，那些混蛋搞隔離是為了維持權力不墜。我只是農夫，隔離是為了讓每棵樹、每株植物、每個可憐的墨西哥人、每個可憐的黑人都有平等機會接觸陽光與水；我們確保凡是生物都有呼吸空間。

「『玉米粥』！」

---

262 魯道夫・赫斯（Rudolf Hess），納粹的第二把交椅。彼得・博塔（P. W. Botha）是南非前總統，主張黑白種族隔離。國會唱片（Capitol Records）的唱片圓標是黑白圖案。

「是的，主人？」

「今天是星期幾？」

「星期天。怎？你要去達姆彈甜甜圈？」

「是。」

「那幫我問那個婊子黑鬼，我的《小淘氣》影片哪裡去了！」

第十九章

與會者不多，十個左右。佛伊沒刮鬍子，西裝皺巴巴，站在角落不自主地抽搐眨眼。佛伊近日上新聞了。他的一堆非婚子對他提起集體訴訟，說他逮到機會就要上鏡頭、接受訪問，給他們帶來極大情緒壓力。到了眼前這種狀態，只有他順滑如平面幾何的完美平頂頭跟他的名片盒，撐住他與「達姆彈甜甜圈讀書人」免於瓦解。畢竟，你得相信一個在困難時刻還能維持完美髮型，隨手就能打電話邀朋友強．麥克瓊斯的人。後者是黑人保守分子，新近才在他的黑奴姓氏加上「麥克」[263]。麥克瓊斯前來朗誦他的最新著作《米克，拜託：蓋爾貧民窟的愛爾蘭黑人之旅》[264]。佛伊這次找來的作者頗有名氣，加上免費提供波希米爾啤酒，觀眾不該這麼少，顯然「達姆彈甜甜圈讀書人」已經邁向死亡。或許「笨蛋黑人小型祕密智庫」這個概念終於失去效用。麥克瓊斯朗誦：「當時我在綠寶石島北海岸的斯立果，那是個藝術家隱居的小地

263 強．麥克瓊斯（Jon McJones）姓氏裡的Mc後面連接大寫字母是愛爾蘭常見姓氏。

264 蓋爾語（Gaelic），愛爾蘭、蘇格蘭一些地區以及舊時馬恩島所說的一種語言。

方。」他的結巴跟他的假白人宣言，讓我恨不得一拳打扁他的臉。「電視正在轉播愛爾蘭板棍球冠軍賽。啟耳肯尼對戈爾韋，男人拿球棍追逐小白球。一個寬肩、身穿漁夫毛衣的男人站在我背後，拿橡樹棒[265]輕拍掌心，我就像回到了家鄉。」

我拉把椅子坐到「表兄」旁邊，照慣例，他躲在後面當背景，此刻正在大嚼楓糖棒，翻閱一本零星的《低底盤汽車》雜誌。佛伊看到我，指指他的百達翡麗錶，好像我是參加禮拜遲到的教堂執事。佛伊有點不對勁，不停以無意義的問題打斷麥克瓊斯。

「『板棍球』(hurling)就是我們大學俚語裡的嘔吐，對吧？」

我借了「表兄」的那份《滴答》，因為他沒在讀。統計顯示，「惠頓學院」誕生後的第一季，狄更斯鎮就業率上升八分之一。房價上升八分之三。就連畢業率都上升四分之一。終於黑人同胞不再列入紅色赤字欄，而是黑字。雖說以社會實驗來講，它的時間過短，樣本也太小，但是數字不會說謊。「惠頓學院」招牌豎起三個月，查夫中學的學生表現上升。當然不是很快就會有人達到跳級水準，或者進入《超級大富翁》節目，但是平均來說，他們在州學力測驗成績雖尚未達「精通」，但預期可達到「有足夠能力」標準。從州教育局的指導綱領判斷，一個學校能達到這樣的進步水準，至少短期內不會被清算處理。

朗誦結束。佛伊走到臺前，像第一次看到布偶戲的小孩熱烈鼓掌。「我要謝謝麥克瓊斯先生激盪人心的朗誦，進入下午議程之前，我有幾點宣布。首先，我的最新公共近用頻道節目《黑人棋士》已被停播。第二，你們許多人或許知道一場新戰爭開始了，敵營猛將已登陸此地，那就是全白人的『惠頓學院』。我的高層朋友全否認這學校存在。不過，別驚慌，我已經準備了祕密武器。」他把公事包裡的東西往就近的桌面一倒，一本新著作。兩名與會者連忙起身閃人。我很想追隨，隨即想起此行目的，也超想知道佛伊這次又改寫了哪本經典。傳閱此書前，佛伊害羞遞給麥克瓊斯看，後者只瞄了一眼便說：「老黑，你真的想讓世人看到這玩意？」當書本傳到後方，「表兄」連看都懶得看就傳給我。我一瞧見書名就再也放不下來。那是《湯姆翱翔記》（*The Adventure of Tom Soarer*）。我霎時頓悟佛伊搞的是「黑人民俗藝術」，遲早會值錢。現在我後悔燒了那些書，也後悔沒收集，因為過去十年來，我的黑人寬扁鼻居然嗤笑《老黑人與呸的溫妮不漏氣塑膠泳池》、《微小前程》、《米得爾馬契在四月中》、《我發誓我會還錢》[266]這些二版後就絕版的夢幻逸品。《湯姆翱翔記》的封面，一個黑人乖男孩穿著便士樂福鞋、鯨魚游泳圖案的檸檬綠褲子，露出一截花格短襪，手上拿了一桶白堊塗料，勇敢站在畫滿幫派塗鴉的牆前，一群混混惡棍不懷好意看著他。

---

265 原文為shillelagh，愛爾蘭人鞭笞用的橡樹棒。

266 此處應該是佛伊改寫的書，分別改寫《老人與海》（*Old Man and Sea*）、《偉大前程》（*Great Expectation*）、《米德鎮的春天》（*Middlemarch*）。據作者來信《我發誓我會還錢》（*I Swear I will Have Your Money*）典故來自《米德鎮的春天》裡欠錢者求情：「三月中，最遲四月中，我會還錢。」

佛伊一把扯過我的書，我覺得好像搞掉了原本可以贏得比賽的達陣球。「恕我吹噓，我這本書可是WME——大眾教育武器（Weapon of Mass Education）！」佛伊興奮難抑，聲音高了兩個八度，充滿希特勒式激情。「這位『湯姆飛翔』角色啟發了我，也將燃起全國重新粉刷圍籬的運動！遮住類似『惠頓學院』這樣全白人學校的種族隔離恐怖圖像。有誰贊成？」佛伊指指大門說：「我知道這些偉大的美國黑人英雄……都贊同我的戰鬥。」按照法律，我不得透露這些偉人的姓名，因為當我跟著轉頭看看佛伊的「幻想」時，卻赫然發現「達姆彈甜甜圈」門口站了全世界最有名的三位非洲裔美國人：著名的電視好爸爸_i_ _ _ _b_，黑人外交家_o_ _ _o_ _ _ _ _以及_ _ _n_ _ee_ _ _ _ _c_。[267]佛伊也察覺「達姆彈甜甜圈讀書人」快完蛋了，使盡方法，打電話要了不知道什麼人情才把他們請來。這三位超級巨星似乎驚訝與會人士這麼少，小心翼翼坐下，各自掏錢點了熊爪麵包與咖啡，加入聚會。多數時間是跟麥克瓊斯反覆討論那些共和黨常見的狗屁議題，說什麼一八六〇年代奴隸時代誕生的小孩，比起美國第一任黑人總統當選後出生的小孩，更有機會生長於雙親家庭。麥克瓊斯是個勢利眼黑鬼，以自由主義掩蓋他的自我憎恨，至少我還知道公開袒露。他開始列舉一些統計數字，就算這些數字屬實，也沒有意義，奴隸畢竟是奴隸。雙親家庭未必是愛的聯繫，可能是強迫式結合。他也沒提所謂的雙親奴隸家庭經常是姊弟配、母子配。也沒提奴隸時代，離婚並非選項，不可能搞「我出去買菸」然後人間蒸發這一套。那些有雙親卻沒孩子的家庭又怎麼說？天知道他們的孩子都被賣到啥地方為奴？他們重新尊崇奴隸制度好處卻隻字不提它的惡意與殘忍，身為現代奴隸主，我深感受辱。

我像小學生舉手，打斷麥克瓊斯說：「狗屁不通。」

C_ _ _n_ _w_ _ _ _大聲回應：「講得你好像寧可在非洲，不願待在這裡。」他的街頭口音徹底牴觸了他的履歷與高領毛衣。

「什麼，你是說這裡，」我指指地板說：「狄更斯鎮？」

麥克瓊斯對其他來賓擺出「別插手，我來搞定」的手勢，說：「或許不是狄更斯這類的屎窩。沒人要住在這裡，但是你也別告訴我，你寧可生在非洲而不是美國任何一個地方。」

你寧可在美國而不是非洲。這是心智狹隘的先天論者[268]愛用的王牌。如果你朝我臉蛋放屁[269]，我當然會說，我寧可待在美國任何地方，也不願在非洲，雖然我聽說約翰尼斯堡不賴，維德角海灘超棒。但是我還不至於自私到認為我個人的區區幸福，譬如二十四小時的辣味漢堡店、藍光影碟、人體工學設計的辦公椅等，抵得過數個世代的苦難。我壓根懷疑那些搭奴隸

---

267 依據原文的字數空格來算，這三位知名黑人應為天才老爹 Bill Crosby，兩任國務卿 Colin Powell 與 Condoleezza Rice。

268 先天論者（nativist）在移民政策上，指本國出生者比外來者重要。

269 原文用 put a cupcake to my head。Cupcake 在俚語裡指放了屁，兩手撈屁，抹到對方臉上。

船抵達此地的祖先，有多少人被強暴鞭笞、跪在自己的屎尿中，空檔時候會想說數個世代的謀殺、難以承受的痛苦與受難、心靈痛楚、猖獗疾病終究是值得的，因為他的曾—曾—曾—曾孫可以擁有無線網路，管它網速慢得要命還斷斷續續。

我沒說話，讓「表兄」代打。二十年來，他參與會議，只說過冰茶不夠甜，沒發過言，現在他居然對幹擁有四個碩博士學位的人，這人會說十種語言，沒一種跟黑人有關，除了法語[270]。

「表兄」站起身，剛修剪過的完美指甲指著麥克瓊斯說：「老黑，我不讓你這樣非難狄更斯鎮！這是個城市，不是屎窩。」

「非難」？看來二十年來的達姆彈甜甜圈修辭教育沒有全丟到海裡。說到這，我得稱讚麥克瓊斯有種，儘管「表兄」身材魁梧、語氣嚴厲，他沒退卻：「我可能用詞錯誤。不過，我不能同意您說狄更斯是個城市，它顯然只是個地方，跟其他美國破爛小鎮沒兩樣。恕我直言，它是後黑人、後種族、後靈魂樂時代的返祖，浪漫化黑人的無知……。」

「嘿，笨蛋，省省你的後靈魂樂、後黑人狗屎，沒人在乎，我只知道我是先黑人、狄更斯土生土長的智人、最早的瘸子幫成員、來自天殺的『立馬』[271]兩字原型產地，黑鬼！」

「表兄」的獨白顯然打動R——小姐，因為她鬆開交叉的雙腿，露出她的保守右翼大腿，拍拍我的肩膀。

「這位雄偉大哥打美式足球嗎？」

「高中時代玩過跑鋒。」

她默聲說：「我的內褲濕了。」（Мои трусики мокрые）

我不是語言學者，但是八九不離十，她是說「表兄」隨時可以插入她的副羽[272]。已經退隱江湖的道上兄弟（veterano）「表兄」囂擺走到甜甜圈店中央，每一步，帆布鞋膠底都吱嘎作響。「你們這些超級不酷的混蛋，看著，這就是狄更斯。」然後他跟著腦中的節拍，表演了整套繁複的「瘸子幫走步舞」（C-Walk），全程面對觀眾，以腳跟以腳前掌為中心，雙膝併攏，雙手伸展，以緊密的同心圓繞室而跳，同心圓一擴展就迅速互相撞擊。感覺好像地板太燙，他一秒都站不住。這是「表兄」與麥克瓊斯的辯論，是他的放大絕。

想來點，就搞點，心情爛，就哈點……[273]

---

270 作者此處應是指African French，非洲法語，因為殖民的關係，非洲成為法語人口最多的大陸。不同地區講的法語與正式的法語略有差異。

271 此處原文為giddy-up，英文口語裡原來指喝叱馬匹疾行之意，後來因為《歡樂單身派對》（*Seinfeld*）影集的風行，主角之一Kramer喜歡講這個字，代表馬上就好。

272 原文用secondary，鳥類的副羽，上臍下一簇發育不全的小羽毛，此處應是以副羽來暗示陰毛。

273 原文為Want some, get some, bad enough, take some，源自嘻哈歌手史奴比狗狗的歌〈*Gz and Hustlas*〉，講的是填了大麻的雪茄。後面是作者的拉丁文翻譯。

Velis aliquam, acquiris aliquam, caninus satis, capis aliquam.

趁著寥寥無幾的觀眾圍攏這兩位對手，我進行此來目的，把老爸的照片從牆上拿下，夾在腋下。他的照片還在牆上，我卻搞種族隔離，有點像老爸老媽就在隔壁房，你卻在滾床單，沒法專心、盡情叫床。「表兄」正在教麥克瓊斯、___lC__y，____nP_____，以及雙眼迷濛的_ond____zz___e如何跳「瘸子幫走步舞」，我趁機溜出去。這些人好像專業舞者，一下子就上手。他們的步伐囂擺如老派道上兄弟，因為這是傳承自非洲馬賽人的舞步，並偷師西部電影的切羅基印第安人古代戰士舞。使用這種舞步，就代表你這個穿垮褲的芭蕾男獨舞者被指定為「標靶」，它是說：「你準備好了就可以開槍，威啊！」[274]愛出鋒頭的黑鬼都知道靶心對準後背的感覺，保守派代言人也不例外。

我正在解開馬繩，佛伊把充滿父愛意味的手擱在我肩頭，他的山羊鬍有一種我從未見過的緊張僵直模樣。他的脖子滿是垢，一股濃重的除臭劑味道淹沒我。

「『背叛者』，你要退場了？」

「是。」

「漫長的一天啊。」

「佛伊，黑人在奴隸時代過得比較好的狗屁論調，連你都受不了，是吧？」

「至少麥克瓊斯關心黑人。」

「少來，他關心黑人，就像七呎長人關心籃球一樣。他不關心，還能搞啥？又沒別的本事。」

佛伊察覺我不會再來參加「達姆彈甜甜圈讀書人」聚會了，露出那種牧師對叢林異教徒的遺憾眼神，好像說，你太笨，無法理解上帝的愛，沒關係，祂還是愛你，只要你交出你的女人、長跑者與自然資源。

「你不擔心全白人的學校？」

「不。白人小孩也得學習。」

「但是白人小孩不會買我的書。講到這個——」佛伊給我一本《湯姆翱翔記》，我沒開口，他便主動在書上簽名。

「佛伊，我可以問你一件事嗎？」

「當然。」

「我知道它可能是都會傳說，但是你真的擁有《小淘氣》系列最具種族偏見的影片嗎？如果你真的有，我可以出價。」

274 威啊，作者原文用 Griedley，街頭俚語，意指勇敢、高尚、令人景仰讚佩之舉。

顯然我觸動他某根神經。他搖頭，指指自己的書，蹣跚走入店內。玻璃打開時，我可以聽見舉國最有錢的老黑「表兄」與那兩位傳奇的黑人外交官，正在齊聲狂吼ＮＷＡ〈幹警察〉的歌詞。我把《湯姆翱翔記》放入鞍袋前，瞧一眼佛伊的題字，有點淡淡的威脅意味。

送給「背叛者」

有其父必有其子……

佛伊．柴薛爾

去他的！我驅馬回家。在蓋瑞瑟道奔馳，沿途表演「貧民窟」馬術，無視交通警察，讓我的馬在施工封閉的中央線道，繞橘紅色圓筒走8字。到了查理敦路，我讓一個疲累的滑板客搭便車，我一手抓著韁繩，一手拉著她，像拖著長板的單馬篷車，行過艾爾卓街到索爾街，忽地急轉進入博賽街。我不知道讓狄更斯鎮重返從未有過的榮光，究竟有啥意義？就算有一天，狄更斯鎮重新成為正式的城鎮，也不會放煙火按喇叭慶祝。絕對不會有人在公園豎立我的雕像，更不會有小學以我命名。我不可能像甄．貝提．邦杜．沙勃與威廉．歐佛登插旗芝加哥、波特蘭時的暈陶陶[275]，畢竟，我並沒發現或創建任何東西，我只是給一件並未入土的文物撢灰塵。回到家，「玉米粥」興奮地幫我解開馬鞍，急著要讓我看某匿名學者編輯的維基百科詞彙：

狄更斯鎮是位於洛杉磯郡南方的非自治鎮。以前全是黑人，現在有一大堆墨西哥佬。一度被稱為世界謀殺之都，現在沒那麼爛，仍不建議前往。

是的，狄更斯鎮就算終於成為真正的城鎮，我的獎賞大概也只有「玉米粥」臉上大大的笑容。

---

275 甄．貝提．邦杜．沙勃（Jean Baptiste Point du Sable）、威廉．歐佛登（William Overton）分別是芝加哥、波特蘭的創城之父。

第二十章

請勿對外洩露，接下來幾個月，狄更斯鎮的種族再隔離運動還蠻好玩的。不像「玉米粥」，我從未有正式工作，儘管幹這事沒錢賺，還是在諷刺「無力」這個概念，但是能讓「玉米粥」這個非洲裔美國伊果[276]擔任我的邪惡社會實驗助手，一起開車在鎮上繞，這感覺還給力。每週一到週五下午一點整，「玉米粥」就會現身，站在卡車旁。

「『玉米粥』，準備搞點種族隔離了？」

「是的，主人。」

剛開始行動規模很小，「玉米粥」在本地的盛名與愛戴簡直無價。他會以踢踏舞步滑進店家，表演一串老派「奇特林」歌舞秀段落，瘋狂錯綜複雜，尼古拉斯兄弟、「賀尼」・柯爾斯、巴克與泡沫雙人組[277]都會嫉妒得黑臉發綠。

因為我的頭髮捲

因為我的牙齒白

因為我永遠笑臉
喜歡穿著趕時髦

因為我慶幸活著
含笑吞忍一切苦
因為我膚色黝黑
所以當他們稱我
閃亮[278]
我也沒關係啊

然後，彷彿表演的一部分，「玉米粥」會將「**僅限黑人**」的牌子貼在美容院、餐廳的窗戶。從未有人拿下，至少當著我們的面沒有；「玉米粥」表演得太賣力了。

276 伊果（Igor）是一個出現在電影裡的刻板印象角色，指瘋狂科學家、幕後大Boss、德古拉等惡魔角色的實驗室助手。

277 尼可拉斯兄弟（Nicholas Brothers）是以特技舞蹈聞名的黑人兄弟組合。「賀尼」・柯爾斯原名Charles 'Honi' Coles，著名踢踏舞者。巴克與泡沫（Buck and Bubbles）是著名雙人組，Buck 彈鋼琴，Bubbles 跳踢踏舞。

278 閃亮（Shine）是對非洲裔美國人的貶抑稱呼。

有時，當「玉米粥」午休，或在卡車裡睡覺，我會向老爸致敬，穿上他的白色實驗室服，夾著拍紙板，遞出名片，跟店主解釋我來自聯邦的種族權益損害部門，正在進行為期一個月的實驗，看看種族隔離對受試者的標準行為產生何種影響。只要他們付五十元，就可以選擇下列牌子之一：**僅限黑人、亞裔與拉美裔；僅限拉美裔、亞裔與黑人；白人莫入**。我實在訝異這麼多小生意人願意付錢給我張貼「**白人莫入**」。跟所有社會實驗一樣，我也沒回來做追蹤，但是一個月實驗期滿，我還蠻常收到業主電話詢問「邦邦博士」[279]，他們可否保留那個標示，因為它讓顧客覺得與眾不同。「顧客愛死了。好像加入了一個公開的私人俱樂部！」

我也是一下子就說服了鎮上唯一電影院「摩拉塔」的老闆。我說，如果他把樓下座位劃為「**白人與觀戲不語區**」，包廂為「**黑人、拉美裔與聽力障礙區**」，一定可以減少投訴。有時，我們也不徵求業主同意，拿著油漆跟刷子，就把汪達．柯爾曼[280]圖書館的營業時間從「週日至週二：休館。週三至週六：上午十時到下午五時半」改成「週日至週二：僅限白人。週三至週六：僅限黑人」。自從克麗絲瑪在查夫中學的實驗口碑傳出去後，有時，私人機構也會找上門，要我替他們設計「客製隔離」。譬如「墨西哥少年千人會」（un Millar de Muchachos Mexicanos，或簡稱 Los Emos）組織的本地分會想要降低街區犯罪率，不侷限於午夜籃球，而是其他更有助墨西哥裔與原住民小孩身高發育的活動，活動不必大，小場地即行，讓小孩可以公平競爭。我提到職業籃壇已經有艾爾華多・納赫拉、塔妮・羅賓森、厄爾特・沃特森、桑妮・席摩爾、奧蘭多・孟德茲・華爾德斯這些成功範例，還是不能打消他們的念頭。

會面很短，我這邊只有兩個問題。

第一：「你們有錢嗎？」

「我們剛從『向星祈願』拿到十萬元獎助。」

第二：「我以為他們只為垂死兒童服務。」

「沒錯！」

在政府強制執行民權法案的高峰期，有些原本種族隔離的城鎮會把游泳池填起來，不讓非白人小孩分享，省得他們朝泳池尿尿，享受變態樂趣。我們的創意來自這個概念的反轉，把錢花在請一個喬裝遊民的救生員，然後建一個「僅限白人」的游泳池，周遭以鐵鍊圍起。小鬼們超愛翻過鐵圍籬，看見警車經過時，集體潛到水底閉氣玩水中抓鬼遊戲。

當克麗絲瑪看到虛偽的驕傲感漫天撲來，加上黑人歷史月與西班牙傳承月之間有個利基空

279 邦邦，是主角綽號「夾心糖」（Bonbon）的讀音。

280 汪達・柯爾曼（Wanda Coleman），美國黑人女詩人。

檔[281]，她覺得學生需要平衡一下。我想出了「白色週」概念，名不副實，所謂的「週」其實只是三十分鐘的慶祝，充滿驚奇，以及白人種族對娛樂世界的神祕貢獻。學生們忙著在課堂重演移工、非法移民，以及中段航程[282]的故事，正好讓他們喘喘氣。因為他們累了，受夠硬塞給他們的「虛妄」——我族只要一人得道，全族便能雞犬升天。我大約花了兩天時間，把位於羅勃森道上那個已經廢棄、刷子配備闕如的自動洗車場轉變成「白色隧道」。換了標示，孩子們可以自己選擇要站到哪一個隊伍。

一般白：常被輕輕放過
較長預期壽命
較低的保險費

豪華白：一般白的待遇＋
警方給你口頭警告而非直接逮捕
演唱會與體育賽事能弄到好位子
世界圍繞著你與你關心的事而轉

超豪白：豪華白的待遇＋
工作有年終分紅

從軍服役是魯蛇
以傳承生資格[283]進入想要的名校
諮商師願意聆聽
備而不用的遊艇
所有惡行與壞習慣均可稱為「階段」而已
潛意識裡的所有擦傷、凹陷、遺落物品，概不負責。

我們選擇的超白音樂是瑪丹娜、衝突樂團（The Clash）、混混與自大狂（Hootie and the Blowfish），孩子們穿著泳裝、牛仔短褲，在熱水與肥皂泡裡跳舞歡笑。忽略琥珀色的警示燈，在不怎麼燙的棕櫚蠟水柱下奔跑。我們發放糖果與汽水，讓他們站在熱風吹乾機前，吹多久都沒關係。提醒他們暖風迎面就是「白而富」的感覺。天之驕子的生活就是一天二十四小時坐在敞篷車前座。

---

281 利基市場是指被已經具有優勢的品牌忽略的細分市場。

282 殖民時代三角貿易的中間段，歐洲將貨物運抵非洲交換黑奴，再將黑奴上船橫渡大西洋到美洲交換物資回歐洲。從非洲到美洲這段稱之為中段航程（middle passage）。

283 傳承錄取生（legacy admission）是指如果父執輩就讀此校，你有較高機會被錄取。

我們不是故意好酒沉甕底，只是「街坊日」快到了，「玉米粥」跟我已經把鎮上大部分地方，以及所有公共設施都做了「種族隔離」，除了馬丁・路德・「殺手」・金恩醫院。說來矛盾，該醫院位於玻里尼西亞園林區。該區簡稱P・G・，拉美裔重鎮，傳言對非洲裔美國人敵意甚深。有此一說，狄更斯鎮黑人受傷送去該醫院，行經玻里尼西亞花園還會受傷更重。夾在警察與幫派分子間，你在洛杉磯郡遛達任何社區都可能有風險，特別是不熟的街區，你很可能因置身敵對幫派地盤，或者因衣服顏色、膚色不對而遭到圍扁。我在玻里尼西亞園林區沒碰到麻煩，但是老實說，我也從未晚上去過。預定醫院行動的那晚，玻里尼西亞園林區的街區派與貧民窟派才發生了槍戰，這兩派為了拼字與發音結下世仇[284]。為了確保我與「玉米粥」全身而退，我們在皮卡的前擋泥板掛上兩面湖人隊小紫金旗，附加車頂掛了湖人隊一九八七年總冠軍旗，大得如硫磺島戰役的那面插旗。因為啊，所有人，真的所有洛杉磯人都愛湖人隊。開在百年道上，儘管前面那輛低底盤車拒絕超過時速十哩，湖人隊旗子還是在夜風中颯颯飄飄，為我們的皮卡車蒙上外交使節色彩，變成臨時的外交豁免區，平安穿越。

馬丁・路德・「殺手」・金恩醫院的院長韋勃霍思・明哥是我爸的老友，當我跟他表明鎮界線、高速公路交流道標示、「惠頓學院」都是我的傑作，他往辦公椅一靠說，給他兩磅櫻桃，我想在醫院怎麼搞都沒關係。在「沒人鳥你」的黑暗夜色掩護下，「玉米粥」跟我把原本沒有命名的急診室玻璃門塗上「貝蒂・史密斯外傷中心」[285]幾個字，用的是恐怖電影海報裡那種濃稠滴血的紅色字體。又畫了一個黑白兩色的告示牌掛在最中間的水泥柱上，上書「**限停白人私有救護車**」。

我不敢誇口幹這些事，我沒有一點忐忑。醫院可是大場所，在這兒搞種族隔離，行動可能給外人瞧見。我有點畏懼進去醫院搞事，叫「玉米粥」拿根昨夜新採的胡蘿蔔給我。

我一邊啃胡蘿蔔一邊跟「玉米粥」打趣：「啥事啊，大醫生？」

「主人，你知道，兔寶寶跟布雷爾兔[286]最大的差別，就是兔寶寶有一個比較厲害的經紀人。」

「狐狸最後有沒逮到布雷爾兔？因為我很確定白人兄弟會逮到我們。」

「玉米粥」調整卡車上的「陽光山米工程公司」牌子，從後座提了兩罐油漆跟刷子。

「主人，如果有白人經過看到這個，鐵定跟以往一樣，想說這些黑鬼瘋了，然後幹自己的事去了。」

---

284 街區幫（Varrio）、貧民窟幫（Barrio）。Barrio在西班牙語裡是hood（幫派地盤）的意思，通常還延伸為貧民窟。Varrio則是一些西班牙裔幫派的另類拼寫法。

285 貝蒂・史密斯（Bessie Smith）美國藍調音樂黑人女先鋒。

286 布雷爾兔（Br'er Rabbit）出現在黑奴老雷穆斯的南方故事裡，是一個靠狡猾求生的兔子，迪士尼也曾改編電影。老雷穆斯請見注釋117。

換作幾年前，網際網路、嘻哈、口述詩、卡拉．沃克[287]的剪影藝術尚未興起，我可能會同意「玉米粥」的說法。但是身為黑人這回事，已經跟以往大不相同。所謂的黑人經驗或許摻雜許多狗屎，但畢竟仍享有某些隱密。上述事物誕生後，我們的俚語、貧民穿著風格便開始跨界。以前，我們甚至有自己的超機密性愛技巧。一套專屬黑人的「慾經」，在公園兒童遊戲區、露臺椅上代代相傳，有些酒醉父母做愛時甚至故意把門打開一條縫，讓「小黑鬼們學點本事」。網路氾濫黑人情色影片後，任何人只要繳得起二十五美元月費，或者根本不鳥智慧財產權，就能登堂一窺我們的奇特性愛技巧。現在呢，不光是白人女性，而是不管何種膚色、性向，或者信奉何種信條的女人，都得忍受她們的伴侶以時速一百衝刺，每抽兩下就大喊：「誰是這個屄的主人啊？」儘管主流美國還不能充分欣賞巴斯奇亞、凱瑟琳．芭特爾、尤英[288]的好，也還沒發現《羔羊殺手》、李．摩根、爽身粉、弗朗．羅絲、強尼．歐帝斯[289]，但是忍不住要攪和黑人的事，遲早，我會被掃進監獄。

「玉米粥」把我推進自動門內，說：「除非人們想在乎，否則沒人在乎街區啦！」

現今的醫院不再有彩虹色指路標示。在醫院還有蝶型膠帶、手術縫合線無法吸收、護士講話無口音的時代，掛號處的護士會給你一個馬尼拉紙夾，然後，你沿著紅線去放射科、橘線去腫瘤科、紫線去小兒科。現在，馬丁．路德．「殺手」．金恩醫院的急診室偶爾還會有病人，嚴重割傷的手指泡在冰塊早已融化的塑膠杯裡，或者僅以廚房海綿止血，不耐煩等待永遠不在乎他們的系統，出於純粹無聊，跨過玻璃隔門，問檢傷分類的護士，那條鹹水色的線到底通往哪裡啊？護士聳肩不知。那是我跟「玉米粥」畫了一整夜的線，第二天還回來守了半天，看大家是否遵守「**油漆未乾**」標示。這些病人會難抑好奇心，沿線前行，這將是他們最接近「黃磚路」[290]的時候。

雖然微帶矢車菊藍色，彩通四二六C號是一種奇怪神妙的顏色。我選它，因為它看起來像黑又像棕，依光線、觀者的身高與心情而定。如果你從等候室沿著這條三吋寬的線前行，會穿過兩片雙扇門，連續左轉又右轉，穿過到處都是病人的迷宮，然後跨下三層骯髒的樓梯，進入一個只有微弱紅色燈泡照明的灰撲撲長廊。到此，這條線分為三個尖叉，分別指向一模一樣、沒有標誌的雙扇門。第一扇門通往醫院後巷，第二條通往停屍間，第三條通往一整排的汽水與

---

287 卡拉・沃克（Kara Walker），美國黑人女藝術家。

288 巴斯奇亞見注釋180。凱瑟琳・芭特爾（Kathleen Battle），美國歌劇黑人女伶。尤英（Patrick Ewing）ＮＢＡ球星。

289 《羔羊殺手》（*Killer of Sheep*）是美國黑人導演Charles Burnett編寫、剪接、拍攝、製作的電影，以洛杉磯Watts區的非洲裔美國人為主題。李・摩根（Lee Morgan）美國黑人爵士樂手。嬌生公司當年強力向黑人女性推銷爽身粉，後來發現它們的爽身粉致癌。弗朗・羅絲（Fran Ross）美國已故黑人女作家。強尼・歐帝斯（Johnny Otis），希臘裔美國音樂家。

290 典故出自《綠野仙蹤》。桃樂絲被告知只要沿著黃色磚路走，就能抵達翡翠城。

垃圾食物販賣機。我並沒解決醫療系統的種族與階級不平等，但是人們說，會踏上這條黑棕色路的病人都是「主動派」[291]。當他們終於被叫到號，跟主治醫師講的第一句話是「醫生，開始治療之前，我必須知道一件事。你真的在乎我嗎？真的，你他媽的在乎嗎？」

291 主動派（pro-action）指願意主動採取行動改變情勢，而非被動者。

第二十一章

以前是這樣的，慶祝街坊日，「表兄」就會跟他的最新幫派（「科洛西姆道與殘酷慷慨區瘸子幫」之類的狗屎）跑去頭號敵人「威尼斯海岸少年幫」的地盤，四輛車隊加二十個笨蛋行進百老匯街，太陽晒在背上，搞點事兒。對他們多數人來說，除了被囚車載到監獄，這可是他們每年一度踏出所屬街區的時候。自從浮動利率房貸誕生，多數「威尼斯海岸少年幫」成員已經住不起原來街區，先前地盤被專門提供葡萄酒的酒吧、全人醫療藥鋪佔據，還有前衛影星在占地四分之一畝的住家外豎起十五呎高的櫻桃木圍籬，把平房變成兩百萬元豪華住宅。現在，「威尼斯海岸少年幫」如果想搞事，捍衛「地盤」，就得從大老遠的棕櫚谷、莫雷諾谷開車來。對手不還手也是無趣。不是沒卵葩也不是缺彈藥，而是太累了。長達三小時的高速公路塞車，還要克服工程封路繞道，沒力氣扣扳機了。所以，一度敵對的兩個幫派現在慶祝街坊日，改成搬演他們的內戰版本。他們會約在過去的著名群架地點，互射空包彈與火焰筒，嚇得露天咖啡座的無辜百姓四處尋找掩護。他們從改裝車與老破車蜂擁而出，就像大學社團男孩在泥地裡玩粗暴的觸式橄欖球，這些不光彩的西區男孩也在威尼斯灘棧道追逐，向往日大鬥毆致敬，相互作勢揮拳，重演改變歷史的戰役：山那多街大戰、林肯大道衝突，以及醜名在外的好朋友公園大屠殺。之後，他們會跟朋友家人約在「娛樂中心」——城中區劃為「非軍事衝突區」的壘球場——碰頭，烤肉喝啤酒，堅定彼此的和平協議。

警方喜歡把犯罪率的些微下降歸功於「零容忍」政策，我可不會把狄更斯鎮今春的平靜歸功於過去半年的區域性黑白種族隔離，不過這次街坊日真的不同。我跟瑪佩莎、「玉米粥」與史帝威在球場客隊牛棚區賣東西，水果切盤比往日賣得都快，顧客買八分之一盎司大麻，甚至還多給錢呢。以往，各街區與幫派都選在自己的代表日在此舉行街坊日。譬如「六十三街狙擊城殺手幫」（Six-Trey Street Sniper City Killers）是六月三日，因為Trey是三。但是「洛斯奧索斯黑人一二八幫」並未選十二月八日，因為加州跟你想像不同，十二月可是冷到斃，所以他們選八月十二日。我們的街坊日是春草芳香的三月十五，因為對「科洛西姆道與殘酷慷慨區瘸子幫」來說，還有什麼比「大凶之日」（Ides of March）[292]更適合的？

八〇年代尾，「街區」一詞還沒被卡拉巴薩斯丘、謝克海茨高地、上東區等高檔飛地，或者州立大學學生動物園挪用，如果一個洛杉磯人說「要是我，會留心那個王八蛋，他（她）可是來自街區的！」或者「我知道阿嬤臨終前我沒去探望，我又能怎麼辦？她住在街區耶。」街區只代表一個地方——狄更斯鎮。現在你看看，「娛樂中心」壘球場，主場牛棚區掛了大大的街坊日布條，集合了各種膚色與資格[293]的幫派分子以及他們的親友。向來團結的狄更斯鎮在大暴動之後，就像巴爾幹半島四分五裂成無數小街區，現在它像倒轉的南斯拉夫，重新集合起來。「表兄」、MC「混合沙拉」堪稱本鎮昔日的狄托與斯洛波丹[294]，戴著歐克利太陽眼鏡，桃樂絲黛式的捲燙髮在寬大肩頭跳動，在臨時搭建的舞臺上大聲跟著節拍狂唱饒舌歌，慶祝本鎮的重新團結。

我多年沒見「混合沙拉」。不確定他知不知道我跟瑪佩莎睡覺。我並未徵求他的允許。看到他拿著泵動式、十二鉛徑的「露露貝兒」在舞臺上表演動作，又覺得或許我該徵求他的同意。「露露貝兒」對「混合沙拉」來說，就像B．B．金的吉他，猶如幫派分子耍弄指揮棒，可以拿起來高拋、接住、重新上膛，然後射飛充當靶子的汽車輪蓋，全部只用一隻手。「表兄」對著麥克風大喊：「我知道你們這些黑鬼鐵定有人帶中國菜來吧！」

來了兩名男子，只要是警察或街頭智商超過五十的人，都會稱他們為「可疑的拉美裔男性」。他們站在一壘線外，跟慶祝活動區有點距離，雙手抱胸。雖說他們的模樣多少像球場其他人，從他們打量人群的鄙夷眼神，卻難判斷是不是狄更斯鎮人。這有點像納粹出現在三K黨

292 Ides of March，Ides 是羅馬曆十五的寫法，三月十五日是凱撒被暗殺的日子，被羅馬人視為大凶之日。
293 原文為 stripe，指獲得幫派分子的身分認同。
294 狄托（Joseph Brotz Tito）與斯洛波丹（Slobodan Miloševi）是南斯拉夫的前總統。

活動，意識型態相同，公司文化卻異。有人說他們是玻里尼西亞園林區的。不管如何，難以抗拒的山核桃木烤肉香，加上盤旋上空的大麻味，將他們步步吸引到內野區。當他們走進打擊者準備區，正在拿大砍刀切鳳梨的史帝威問：「你認識這兩個黑鬼嗎？」眼神尾隨他們步下牛棚區。這兩人穿卡其垮褲，褲腳淹沒Nike經典阿甘鞋，那球鞋嶄新到如果脫下來當響螺湊近耳朵，你還能聽見血淚工廠的海濤聲呢。史帝威拿出監獄惡狠眼神與戴漁夫帽的相望，後者穿美式足球球衣，下顎刺青「狂歡派對」四字。在我們街區，大家不穿球衣，因為各擁球隊。顏色、商標、球衣號碼都有特定的幫派意涵。

當你剛放出鐵籠，看什麼都跟種族有關。並不是說以黑人為主的瘸子幫與鮮血幫沒墨西哥人，或者拉美裔幫沒黑人。畢竟，混街頭的以地域為主，效忠的是街區與老鄉，跟種族無關。但是監獄改變你的認同政治。或許就像電影裡演的——白人vs.黑人vs.墨西哥人vs.白人，沒什麼「但是」、「以及」與「如果」。不過，我也的確聽過色盲硬咖入獄後，居然跟掃他進去的警察或黑人跳舞，說「去他的種族」（*Fuck La Raza*）、「幹他的黑人力量」（*Chinga black power*）、「我餓肚皮時，這老黑的老媽可是餵過我，現在先別搞這套蠢笨狗屎。」

另一個傻瓜的T恤雪白如冰帽，咽喉刺青「傀儡」二字，率先跟我打招呼。

「光頭的，你搞啥？」（*¿Que te pasa, pelon?*）

我們光頭族可不搞種族分歧這一套。我們逐漸接受不管哪個種族，新生兒看起來都像墨西哥娃，而所有光頭看起來都像黑人。我遞了手中的大麻給他抽。他的耳朵立馬轉為深紅，雙眼晶亮如日本漆器。

「傀儡」咳嗽問：「老兄，這是啥？」

「我叫它腕隧道。你握拳試試看。」

「傀儡」企圖握拳，辦不到。「狂歡派對」以為他瘋了，氣憤奪下他手中的大麻。我無需修學分，也知道這兩人儘管外表相似，卻不是同一掛。「狂歡派對」抽了一大口，靈巧比出各式幫派暗號，但是不管怎麼試，就是無法握拳。他拿下腰間的鍍鎳左輪手槍，差點連槍都拿不穩，遑論扣扳機。史帝威笑了，到處遞鳳梨切片冷盤。那兩個傢伙咬了咬，料想不到的甜度加上淡淡的薄荷餘味讓他們眨眼，像小鬼咯咯笑。就在其他混混惡狠瞪視下，這兩名道上兄弟（cholo）走到中外野深處，冷靜大吞鳳梨，分享剩下的大麻。

「你知道強尼．烏尼塔斯[295]脖子上的刺青ＮＫ不代表好孩子（Nice Kid）吧？」

「我知道什麼意思。」

「它代表黑人殺手（Nigger Killer）。這兩個傢伙不是同一派，玻里尼西亞園林區街區派與貧民窟派，平常可不這樣和平相處。」

---

295 強尼．烏尼塔斯（Johnny Unitas），美國美式足球員，立陶宛裔。

我跟「玉米粥」笑了。或許我們幹完醫院活回家路上在玻里尼西亞園林區插的牌子發揮效用了。我們做了兩個標誌。分別插在貝克街兩邊的電線桿上。貝克街的生鏽鐵道是街區派與貧民窟派的分界。你想看對街標誌說啥，就得跨鐵道，也就深入敵營，卻發現街北與街南的標誌一樣，都寫「**鐵路的正確一邊**」[296]。

瑪佩莎把我拉出牛棚區，走向本壘。「表兄」跟一群老混混以及想混黑道的人站在打擊區，大啖肋排與鳳梨，「混合沙拉」的那片鳳梨都快啃到果皮了。瑪佩莎打斷他講到一半的樂手巡迴演唱故事。

「我只是要告訴你，我跟『夾心糖』有一腿。」

「混合沙拉」無視鳳梨皮的刺，把剩下的鳳梨連皮吞下，吸吮汁液，一滴不剩，直到果皮乾如沙漠枯骨，然後走向我，「露露貝兒」槍管尖戳戳我的胸膛，說：「幹！要是我每天上午都能吃到這樣的鳳梨，我也願意跟這個老黑來一腿。」

中外野傳來槍聲。「腕隧道」的威力顯然還在，「歡樂派對」赤足躺在地上，腳握槍，腳趾扣扳機，射擊天上雲朵。看起來很好玩，多數男人與少數女人加入他的行列，一邊抽大麻，一邊掏出手槍，奔過泥巴球場，一腳著鞋，一腳赤足，希望在條子趕來前射上幾發。

---

296 Right Side of the Tracks翻轉自俚語Wrong Side of the Tracks，位於鐵路錯誤的那一邊，指你出身貧民窟。

第二十二章

黑人就是「啪～」。「啪～」是好萊塢俚語，意指超級上相，太上相了。就是因為如此，「玉米粥」說現在很少拍黑白哥兒們電影[297]；大牌明星就是黯然失色。湯尼・寇帝斯、尼克・諾特、伊森・霍克曾和非洲裔演員合拍電影，結果變成銀幕競賽，看誰會變成**隱形人**。話說，你們可看過任何黑白「姊兒們」電影啊？與黑人同屏比魅力，只有金・懷德、「啪啪打」麥克法蘭[298]能hold住。餘者如湯米・李・瓊斯、馬克・華伯・提姆・羅賓斯的hold住度大約只等於抓著狂奔中的馬鬃，垂垂欲墜。

在「洛杉磯禁忌電影與大刺刺種族歧視動漫展」，新藝術戲院大銀幕上，「玉米粥」與「啪啪打」針鋒相對，講些簡短爆笑句，不難看出當年圈內人當時為何視「玉米粥」為下一個黑鬼小孩巨星。他眼裡的光芒、閃亮如天使的雙頰，實在太吸引人了。他的頭髮捲而乾，好像

297 哥兒們電影（buddy film）是一種類型電影，通常是兩個搭檔性格迥然不同。
298《小淘氣》一員。

隨時會自燃。你簡直無法移開眼神。他穿破舊寬大的連身服、大上十號的黑色高筒球鞋，簡直就是終極「前青春期直男」。只有「玉米粥」hold得住。我很訝異他能夠忍受一波波未遭電檢、直指西瓜與老爹蹲牢籠的無情笑話，只以真心、低沉的「**哎喲喲！**」迎接這些侮辱。難以判別這是懦弱，還是面對砲火的優雅。因為他擺出完美的凸大雙眼、下巴鬆垮、直到今日仍被視為等同黑人喜劇演技的愚蠢表情。但是今日的黑人演員一整場電影只需要擺一、二次這種討好白人的表情，可憐的「玉米粥」卻幾乎每一盤[299]都得演三次，還是超級大特寫。

燈亮後，主持人宣布唯一還在世的《小淘氣》演員就在現場，邀請「玉米粥」上臺。在全場起立鼓掌聲中，「玉米粥」抹抹眼角，接受提問。談到「苜宿芽」與其他小淘氣夥伴，「玉米粥」出奇神志清明。他解釋拍攝表安排、童星如何在片場接受家教。誰跟誰最要好。誰是私底下最滑稽的。誰又是最惡劣的。他慨嘆影迷忽略「蕎麥」的表演幅度超大，一路談到他的導師「蕎麥」在米高梅電影時代，臺詞與發音都有長足進步。我暗自祈禱觀眾不要問到妲拉，我就不用再聽一次拍攝《足球場羅密歐》時他們在看臺下，女在上、男在下胡搞了五次。

「最後一題。」

我走道隔壁的後排，一群塗黑臉的女生集體站起。她們穿維多利亞時代燈籠褲，胸口繡有ΝΙΓ幾個希臘字母，鬆散的粗辮子用木頭曬衣夾夾住，這些「十三、九、三」(Nu Iota Gamma)姊妹會女孩看起來就像古董拍賣會上的娃娃，她們齊聲問：

「我們想知道……。」

但是一陣噓聲加上漫天撒下的紙杯、爆米花桶打斷了發問。「玉米粥」要觀眾安靜。這群自以為是的觀眾才把注意力轉回他身上。我發現最靠近我的那個女孩是非洲裔，小小的耳朵暴露了她的族裔身分。在那個星期日下午，這還真是罕見，一個討好白人的女黑鬼，跟我一樣黑，也黑如七〇年代的放客音樂，黑如有機化學課過關的那個C+。

「玉米粥」問觀眾：「你們鬧啥？」

在我前面幾排，一個戴費多拉軟呢帽、留鬍鬚的高大白人男孩站起身，指著那幾個姊妹會搗蛋鬼，抗議說：「她們的扮黑臉毫無反諷的意思，這樣不行。」

「玉米粥」以手遮眼，狀似眼盲，掃視觀眾，問：「扮黑臉？什麼是扮黑臉？」

觀眾笑了，但是「玉米粥」毫無笑容。那白人遂張大雙眼，以渾然不解的眼神看著「玉米粥」，愚鈍程度唯有史上最偉大的丑角史帝賓．菲契特，以及史上第一個「死蠢」的老布希總統可比[300]。

299 單盤（reel）約二十分鐘。

300 史帝賓．菲契特（Stepin Fetchit），黑人喜劇演員Lincoln Theodore Monroe Andrew Perry創造的舞臺角色，號稱「史上最懶惰的黑人」。

那位白人禮貌提醒「玉米粥」回想剛剛播放的影片。〈山寶鬧〉（Sambonctious）[301]一集裡，「啪啪打」把墨汁抹到臉上，假裝是黑人，幫助他的黑膚朋友混過拼字考試，可以參加班上的娛樂場遠足。還有〈黑歹徒〉那集裡，「苜宿芽」假扮黑人，應徵全黑人柳條甕樂隊的首席班鳩琴手[302]。〈超級黑〉那集裡，「四眼田雞」[303]將了鬼一軍，他脫到只剩內褲，拿爐灰塗滿全身，大叫「嚇死鬼啊！嚇死鬼啊！嚇死！」「玉米粥」點點頭，兩手拇指放在褲子吊帶上，腳跟搖晃，點燃一根隱形雪茄，抽了一口，說：「我們不管那叫扮黑臉。我們叫它表演。」

他又狠狠耍了觀眾一次。一開始他們以為他搞笑，但是他很認真。對「玉米粥」而言，扮黑臉不是種族歧視。那是常識。黑膚看起來比較好，比較健康，比較漂亮，比較有力。因此，健美與國標舞參賽者才會把膚色弄黑。柏林人、紐約人、生意人、納粹、警察、水肺潛水者、黑豹黨成員、壞胚、歌舞伎的舞臺助手要穿黑衣。如果模仿是最高的讚美，那麼，白人黑臉秀就是一種致敬。除非你是黑人，否則無法體會這種白人對黑人的不情願認可。扮「黑人」是你最接近真正自由的時刻。不信，你問問阿爾．喬森[304]，以及一大堆靠扮黑臉維生的亞洲喜劇演員。不信，你問問那群姊妹會成員，後者已經坐回位子，只留下那個黑人成員捍衛自己。

「『玉米粥』先生，聽說佛伊．柴薛爾擁有《小淘氣》最具種族歧視的影片，真的嗎？」

幹，千萬別讓那老黑開始講佛伊的那些狗屁。

我瞪了那個扮黑臉的黑臉女孩一眼，不知道她這也算表演嗎？她覺得自由嗎？她注意到自己的真實膚色比她扮演的黑臉還黑嗎？換言之，她扮黑臉是一種淡化的黑臉。「玉米粥」指指我，介紹我是他的「主人」，一些人轉頭看真實的奴隸主是啥模樣。我有點想告訴他們，我是「玉米粥」的經紀人，而非主人，卻又想到在好萊塢，這兩者實無差別。「我相信這傳言是真的，我的主人會去拿回來，總有一天，大家就可以看到我畢生最貶抑、最自我閹割卻也是最好的作品。」感謝上帝，此時戲院燈光開始變暗。要播放種族歧視卡通了。

我喜歡貝蒂娃娃。身材棒。自由奔放，喜歡爵士，顯然還喜歡鴉片，因為在一集充滿迷幻意味、名為《上與下》的短片裡，月球要將經濟大蕭條的地球拍賣給其他星球。土星角色設定為一口爛牙、戴眼鏡的「猶太」老球體，一口濃重的猶太腔，他搶得拍賣，貪婪搓手，幸災樂禍地說：「我得到了。我得到全世界了。天啊（*Mein Gott*）。」然後，他抽走了地球核心重力。這是一九三二年，麥克斯・佛萊雪[305]創造的隱喻猶太人讓原本混亂的地球局勢更亂。貝蒂才不

301 Sambonctious是胡亂捏造的字，改自rambonctious（歡鬧）。Sambo是對黑人的貶稱。

302 柳條甕樂隊（jug band），早期的美國素人音樂，部分配器是以柳條甕對嘴吹氣唱歌，造成一種wah—wah的音色效果，故稱jug band。其他的樂器還有以洗衣板造成scratching效果。

303 四眼田雞（Froggy），《小淘氣》一員。

304 見注釋250。

305 麥克斯・佛萊雪（Max Fleischer），波蘭裔美國卡通畫家、導演、製作人。

在乎，因為在一個貓牛飛上天、雨滴朝上飄的世界，她的首要之務是壓住翻飛上天的裙角，以免緊身內褲曝光。誰敢說貝蒂娃娃不可能是猶太裔啊？接下來的六十分鐘卡通，一群醉醺醺、羽毛頭飾軟垂的印第安人抓不到華納電影的兔寶寶，同化程度便遠遜於貝蒂娃娃。然後一隻墨西哥老鼠騙過一頭中國母貓，偷渡邊境偷乳酪（queso）。數不清的黑種乳牛、貓、牛蛙、女傭、扯屁傢伙、棉花工、食人族，以及聲音哀傷的《樂一通》[306]笨蛋角色輪番上場，合唱〈史威尼河〉、艾靈頓公爵的〈哈林叢林夜〉樂段。有時，槍響或者爆炸會讓白種角色如「波基豬」變成火藥顏色的扮黑臉秀，給了牠榮譽黑人地位，可以在片尾快樂演唱〈康城賽馬〉[307]而不受譴責。節目尾聲，大力水手跟兔寶寶輪流隻手贏得二次大戰，用木槌、藝妓花招把暴牙四眼、胡言亂語的日本兵打得暈頭轉向。最後超人在鑼鼓聲與觀眾歡呼聲中把大日本帝國海軍炸成齎粉，徹底投降。戲院燈光復亮。兩個小時以來，我們躲在黑暗中盡情跟著毫不摻水的種族歧視狂笑，現在內疚感伴隨光線滲入。人人都看得見你的臉。好像被老媽撞見打手槍。

在我前面三排坐了三人，一黑一白一亞裔，他們拿起夾克，正打算要走，並努力甩脫種族仇恨。身上還穿著超人披風的黑人小孩有點難堪，因為剛看了一堆諸如《黑炭公主與騎個小矮人》[308]的卡通，深感被貶抑與諷笑，作勢攻擊他的亞洲朋友，說：「逮住派崔克！他是敵人！」派崔克舉手抵擋，抗議說：「我不是敵人！我是中國人。」兔寶寶的「日本鬼子，猴子，小斜眼」咒罵仍在他耳中迴響。白人小孩絲毫不受兩位朋友的衝突影響，笑著把菸扔進嘴裡。吸菸時間到！[309]這真是太瘋狂了，觀看一個晚上的《小淘氣》短片與綜藝七彩卡通（有的還幾乎快百歲），就能激起此種族恨意與羞恥。我無法想像有啥東西比我方才欣賞的「娛樂」更加種族歧視，佛伊擁有部分《小淘氣》影片的傳說鐵定是假的。能有什麼比得過我剛剛看到的？

「玉米粥」正在大廳給紀念品簽名，多數跟《小淘氣》無關，而是老電影海報、老雷穆斯故事典藏版、傑基．羅賓森[310]的紀念品，任何六〇年代以前的都行。有時我都忘了「玉米粥」有多滑稽。舊時代，黑人為了逃過白人設下的連串陷阱，必須永遠保持冷靜，臨機應變掏出諷刺笑話與適合狹隘心靈的陳腔濫調，瓦解白人挑釁者的心防。或許你的幽默感會提醒他，在你那頭黑鬼捲髮下還有一絲類似人性的東西，就此逃過海扁，討回一點他欠你的薪資。幹，在四〇年代當一天黑人就勝過你在葛蘭汀與第二城劇院的三百年即興演出訓練。你只要看看週六晚間電視十五分鐘，就會發現有趣的黑人不多了，而赤裸裸的種族歧視也今非昔比。

306《樂一通》（*Looney Tunes*），華納電影的卡通影集。

307〈康城賽馬〉（*Camptown Races*）是民謠之父福斯特的作品，有名的白人黑臉秀歌曲。

308《黑炭公主與騎個小矮人》（*Coal Black and Sebben Dwarves*）是華納電影的卡通，以黑人為主角演繹貶抑黑人的《白雪公主》。

309 原文為 smoke 'em, if you got 'em，在俚語裡原當作「有辦法的話想幹啥就幹啥」。近年延伸意義為「可能會有點耽擱，你有菸就先去抽個菸吧」。

310 傑基．羅賓森（Jackie Robinson），大聯盟史上第一個黑人球員。

「玉米粥」正在和那群扮黑臉的ＮＩΓ姊妹會成員拍照。「玉米粥」冷冷地說：「窗簾搭配捲髮嗎？」[311]之後露出大大笑容。只有那名老黑女孩聽懂了他的笑話，忍俊不住。我偷偷接近她，還沒開口，她就回答了我的問題。

「我是醫學預科生。幹麼跟她們一起？因為這些白人婊子有人脈，就是如此。社團女孩網絡到今日仍真實存在，不蓋你。我媽說的，打不過他們，就加入他們，因為種族歧視無處不在。」

我堅持說：「不可能無處不在。」

這位未來的「倒錯」博士[312]想了一會兒，扭扭鬆開的辮子，說：「你知道哪裡沒有種族歧視？」她環顧四周，確定姊妹會成員無法聽見她的話並廣為宣傳。她說：「你還記得黑人總統全家在白宮草坪手牽手散步的照片嗎？就在那些相片以及那個時刻裡，世間沒有種族歧視，他媽的僅限彼時彼地。」

只是此刻戲院大廳的種族歧視太多了。一個棒球帽沿斜蓋耳朵的白佬攬住「玉米粥」，啄吻他的臉頰，跟他擊掌致意。這兩人耍寶到底，就差沒稱呼彼此為「坦波與骨頭」[313]。

「我只想說，那些滿嘴跑馬的饒舌歌手說什麼『他才是最後一個真正黑人』，根本連你的X毛都比不上。因為你啊，老兄，不僅僅是最後一個《小淘氣》，你還是最後一個真正的黑鬼。我說的是粗黑體的**黑**！」

「哦，謝謝您，白佬。」

「你知道為什麼現在沒有真正的黑鬼？」

「不，先生您啊，我不知道。」

「因為白人現在就是新黑鬼。我們只是太自負，並不自覺。」

「您說『新黑鬼』？」

「沒錯！你跟我就是最後的真正黑鬼。兩個同病相憐、都被褫奪公權、奮力想打敗烏體系的人。」

「只是您的刑期會比我少一半。」

「倒錯」等在新藝術戲院的停車場，還穿著戲服頂著黑臉，但是戴了設計師太陽眼鏡，與奮撈掏書包。我想趁「玉米粥」沒看到前趕快閃人，但是她已經攔住去路。

「詹金斯先生，我想讓您看一樣東西。」她掏出三環扣的超大活頁夾，在皮卡引擎蓋上

311 這句話源自俚語 does the curtain match the carpets。窗簾（curtain）是頭髮，地毯（carpet）是陰毛，意思髮色與陰毛不一樣，應該是染的。這裡是說這些女孩原來的頭髮與捲髮不一樣，應該是戴假髮，裝黑人。

312 倒錯博士（Dr. Topsy），典故出自一九二七年的默片《*Topsy and Eva*》，Topsy是白人扮黑臉角色的女孩。

313 「坦波與骨頭」（Tambo and Bones）是白人黑臉秀裡的兩個固定丑角 Brudder Tambo 與 Brudder Bones。前者玩鈴鼓（tambourine）故得此名，後者耍骨製響板（bone castanet）。

打開。「這是我拷貝的總冊，記錄了米高梅公司、郝洛區電影公司歷年來拍過的所有《小淘氣》、《我們這一夥》。」

「天啊。」

「玉米粥」還來不及看，我就一把搶過那個活頁夾，掃描紀錄。裡面包含兩百二十七部片名、主體拍攝[314]、演員、幕後人員、拍攝日期、製作成本、利潤、虧損。等等，兩百二十七？

「不是只有兩百二十一部？」

「倒錯」笑了，翻到倒數第二頁。一九四四年底，有六部連續拍攝的影片紀錄被塗黑。這代表這個前青春期喧鬧影集，共有兩個小時我從未看過，現存在某處。我覺得好像在讀甘迺迪刺殺案的聯邦調查局極機密文件。我拉開活頁夾，拿起那頁對光而照，企圖看透那團被編寫過的「黑」，進入過去。

我問她：「妳想誰幹的？」

「倒錯」從書包又撈出另一份影印，上面是一九六三年之後所有借閱過這本總冊的人。總共四個人：梅森．雷斯、萊納德．莫丁、佛伊．柴薛爾、柏特法兒．戴維斯[315]，柏特法兒大概是「倒錯」的真名。我還來不及抬頭，柏特法兒跟「玉米粥」已經擠進皮卡前座。他摟著柏特法兒的肩，用力壓喇叭。

「那黑鬼拿走了我的電影！咱們立馬走！」

從西洛杉磯郡開車到佛伊的好萊塢丘住所，耗時超過預期。以前老爸常押著我去佛伊家參加他們的「超級智商者密會」，那時還沒人知道從盆地到好萊塢丘的南北捷徑，新月高地路與羅斯摩爾道還只是非主要道路，一路暢駛；現在變成車頭緊接車尾的兩線道大路。天啊，以前老爸跟佛伊聊政治與種族議題時，我還在泳池游泳呢。佛伊是用《黑貓與閒晃小孩》賺的錢買下這棟豪宅，原始故事大綱現在還掛在我的臥房，對此，老爸從未顯露不爽，只會說：「混蛋，擦乾身體，水都滴到這傢伙的巴西櫻桃木地板了。」

車程多數時間，柏特法兒都在跟「玉米粥」建立感情，分享她的姊妹會慶祝多元文化之樂的照片，根據族裔與街區區分洛杉磯市，一一塗黑。柏特法兒違反交通規則與社會禁忌，坐在「玉米粥」的大腿上，兩人都沒繫安全帶。「你瞧，這是我參加康普頓野餐會[316]，我是右邊數過來第三個『貧民窟黑妞』。」我偷瞄一眼照片。與會的女人與男伴全扮黑，戴非洲爆炸頭假髮、牛飲四十盎司裝啤酒、抽雪茄大麻、玩籃球，嘴裡滿是金牙與雞腿。這不是對種族歧視的諷刺，而是缺乏想像力的表現，我覺得很侮辱人。怎麼沒有極力討好白人的老黑、懂得搖擺

---

314 主體拍攝（principal photography），主要演員都出席拍攝的日子。

315 梅森．雷斯（Mason Reese），美國童星。萊納德．莫丁（Leonard Maltin），美國影評人、電影史學者。

316 康普頓野餐會（Compton Cookout）是一種多元文化聚會，大家穿成貧民窟黑人模樣。

樂術語的四〇年代酷咖、黑人奶媽、黑人小鮮肉、清潔工、二刀流黑人四分衛、週末氣象播報員，清潔工，以及幾乎每個電影公司與星探公司都有的黑人櫃檯員——「韋思本先生馬上下來，我給您倒杯水？」這個世代的問題就是他們不了解自己的歷史。

「這是我們為了慶祝五月五日節[317]辦的『無老外賓果』（Bingo sin Gringos）……。」跟康普頓野餐會不同，這次一眼就能看見柏特法兒：她跟一位亞洲女孩坐在一起，與會姊妹都戴墨西哥大沿帽、穿斗篷、揹斜袋，臉上是長達一呎的潘丘・維拉[318]假鬍鬚，一邊喝龍舌蘭、一邊塗賓果卡。B哦，八……賓果！柏特法兒翻照片，照片名稱就點出穿著規定：防空洞（Das Bunker）——純種基因大便派對。涮涮鍋睡衣夜！啤酒徑[319]——爬山與仙人掌之旅。

佛伊的房子坐落穆荷蘭大道旁的高地，俯瞰聖費南多山谷，比我印象中的大。那是一棟有圓形車道的巨大都鐸風建築，看起來不像住家，比較像英國女子精修學校，雖然大門插了「法拍」牌子。我們魚貫下車。山上空氣清新乾淨。我深呼吸，「玉米粥」與柏特法兒則逛到門前。

「我聞得到我的作品就在裡面。」

「『玉米粥』，這房子已經人去樓空。」

「就在裡面，我知道。」

我問：「怎？你想學《飛來橫財》那樣挖後院？」我說的是「啪啪打」最後一次參演《我

們這一夥》的那集。

「玉米粥」猛搖圍籬。突然間，就像憶起童年玩伴的電話號碼，我想起了門鎖的密碼，按下1－8－6－5，大門吱一聲，滾子鏈轉動，門慢慢開了。1865，老黑啊，還真他媽沒想像力[320]。

「主人，你不來嗎？」

「不了，你們去就好。」

穿過穆荷蘭大道，可眺望好風景。

朝北行，我計算自己的車速，在風馳電掣的瑪莎拉蒂與一輛BMW敞篷車間穿梭，後者坐了兩個青少年，大概是父母給的生日禮物。駛過穿下山的泥巴路，經過連綿半哩的矮樹叢，

---

317 五月五日節（Cinco de Mayo）是墨西哥節日，紀念一八六二年五月五日打敗法國軍隊。

318 潘丘．維拉（Pancho Villa）墨西哥革命領袖。

319 啤酒徑（Trail of Beers）一種狂飲活動，參加者穿北美原住民服飾、塗上出戰的顏料，領導作安德魯．傑克森將軍（Andrew Jackson，美國將軍，勦滅許多印第安人）裝扮，他指定路徑，進入沿途的酒吧，大家狂喝，出來，再進下一家酒吧，喝醉者會被剝光衣服留置於後不顧。

320 一八六五年美國通過「黑人法規」（Black Code），剝奪黑人的政治權利，禁止黑人集會；黑人無佔有土地的權利，須在農園主規定的條件下勞動；禁止黑人與白人通婚；黑人犯有騷亂、鬥毆、發表煽動性言論、表現侮辱性姿態等行為均處罰金或監禁；逮捕流浪黑人等等。

終於抵達小路與水晶峽谷公園，一個雖小卻維護完善的娛樂場地，有野餐桌、遮蔭大樹，還有一個籃球場。無視滴滴答答的樹液，我坐在巨大的無花果樹下。下班後打算鬥幾下的人正在夕陽下暖身。一個三十幾歲的黑人，淡膚，打赤膊，在場中逛來走去。他是那種球技有半職業水準、經常造訪布倫特伍德、拉古納高地等白人區球場的老黑，尋找旗鼓相當的對手，或者痛宰對方，天知道，搞不好還可撈到像樣的工作機會。

這位兄弟大吼：「想要找機會炫耀的黑人，給我滾出這個球場。」現場白人都樂笑了。

正在離休年[321]的哲學教授發球進場。車禍理賠律師角落跳投進。一個胖藥劑師運球能力出奇好，閃過小兒科醫師，可惜打鐵。股市操盤手投了個麵包球，球出界，一路滾到停車場。即便在洛杉磯，好車如購物車，四處可見，佛伊的’56 300SL還是顯眼。這車款全世界大概只剩不到一百輛吧。佛伊坐在靠近擋泥板的一張庭園躺椅上，只著四角短褲，T恤與涼鞋，耳朵夾著電話，在老如他那輛破車的筆電上打字。他在晾衣服，襯衫與褲子都用衣架掛在掀開如鳥翼的車門上，此時颯颯翻飛如銀龍雙翅。我必須問他。起身穿過球場。兩個球員正滾在地上搶球，大聲爭執球權誰屬。

一個穿破球鞋的傢伙伸長雙臂、狀似祈求地問我：「誰碰出去的？」我認得他。這個大鬍子在一個影集演領頭警探，雖在美國停播已久，但仍授權全世界播放，在烏克蘭特紅。「球從那傢伙長滿胸毛的胸膛彈出去的。」那位影星不同意。但是我的吹判公允。

佛伊在椅上瞅我，繼續講電話，也沒停止打字。他連珠炮似地講些語意不明的話，關於高鐵以及普門包廂的車夫何時回來。賓士轎車的倍耐力白邊輪胎已經磨損。皮座內襯泡綿像膿皰從裂縫冒出。佛伊可能無家可歸，卻拒絕拍賣手錶與車子，那車雖破舊，拍賣還是值上好幾十萬元。我非問不可。

「你在寫什麼？」佛伊放開肩膀上的電話。

「評論集。叫《有一天我像白人說話》。」

「佛伊，你何時才會有自己的創意？」

他一點不覺受辱，想了一下，回答：「自你老爸死後就沒了。」繼續講電話。

我回到佛伊的老房子，發現「玉米粥」與柏特法兒正在裸泳，訝異居然沒有多管閒事的鄰居報警。我猜，老黑人看起來都一樣。夜幕下降，水底燈自動安靜打開。我最愛這種夜色裡的水底藍。「玉米粥」假裝不會游泳，緊緊抓住柏特法兒的豐腴「救生圈」。他沒找到電影，但眼前這個他能牢牢抓住的東西，似乎在應允他遠景可期。我脫光衣服，潛入水底。難怪佛伊會破產，這水溫至少三十二度。

321 大學老師每隔幾年就有一次的長休。

我仰泳，氤氳水氣裡，北極星閃爍，指向我根本不知道自己需不需要的自由[322]。我想到老爸，是他的靈感讓佛伊買下這棟現在被銀行收回的房子。我翻過身，像死人漂浮，試圖把身體擺成老爸倒臥街頭的姿勢。他們槍殺他之前，他說什麼來著？你們不知道我兒子是誰。我幹了這麼多事，狄更斯鎮、種族隔離、瑪佩莎、務農，但我依然不知道自己是誰。

你得問自己兩個問題：我是誰？怎樣才能成為我自己？

我依舊迷失，嚴肅考慮拆掉農場，拔光作物，賣掉牲畜，然後蓋個超大的波浪池。能在後院衝浪，多酷啊！

322 前面作者寫道父親拿他做膚色自覺實驗，挑選他認同的娃娃景觀，曾說「北極星」象徵通往自由。

第二十三章

「月桂谷影片遺寶」[323]探險後兩星期，祕密傳出去了。《新共和》雜誌從林白寶寶綁架案[324]後就從未以小孩為封面，報導了我們的故事，封面圖說寫「新吉姆．克勞[325]：公共教育讓白人小孩剪翼？」圖說之上是個十二歲白人小孩，設定為「種族歧視翻轉」微型象徵。這位「新吉姆．克勞」站在查夫中學的階梯，戴粗大金鍊，不聽話的暗金色頭髮從網帽與降噪耳機下露出[326]。他一手拿黑人式英語課本，另一手拿籃球，噘嘴不屑，金牙箍閃亮，XXXL號T恤上

323 月桂谷影片遺寶（Lost Film Treasure of Laurel Canyon）是指他們去佛伊家找影片的事，月桂谷位於好萊塢山，就是佛伊家附近。此名應是拷貝自二〇〇八年的電影《大峽谷遺寶》（*Lost Treasure of Grand Canyon*）。

324 林白寶寶是美國飛行英雄Charles Augustus Lindbergh二十月大的小孩，一九三二年被綁架撕票，是當時非常轟動的事件。

325 吉姆．克勞（Jim Crow）原來是黑臉秀的角色，而後成為對黑人的貶抑詞。十九世紀到二十世紀所有美國針對種族隔離設定的法案統稱為「吉姆．克勞法案」。

326 網帽是黑人男性常戴來固定髮型的帽子。降噪耳機可以隔絕外界噪音。

寫：能量=Emcee^2。[327]

很早以前，老爸就教我每當新聞雜誌的標題出現「問號」，答案一定是「不」，因為編輯知道答案為「是」的標題會嚇跑讀者。就像恐怖的吸菸有害健康與生殖器流膿特寫照片，不在嚇阻，反而是鼓勵吸菸與不安全性行為。所以當你讀到煽色腥新聞如：O．J．辛普森[328]與種族：判決結果會分裂美國嗎？不。現今電視太過分了？不。反閃族情緒再度高漲？不，因為它沒停過。公共教育讓白人小孩剪翼？不，因為新聞曝光一星期後，五個背包裡塞課本、防暴口哨、迷霧劑的白人小孩跳下租來的校車，企圖打破查夫中學的種族隔離，副校長克麗絲瑪則擋在門前，阻止進入她的「半隔離機構」。

照查夫中學的進步速度，明年它會成為本郡第四名的公立學校，就算克麗絲瑪沒奢望媒體會對此大事宣傳，她也絕對預期兩百五十名貧窮有色人種學生享受的教育資源較差，絕對上不了報紙頭條，但只要一名白人小孩得不到像樣的教育資源，鐵定引起媒體騷動。但是誰也沒想到，受夠了的白人家長居然會聽從佛伊的建議，聯手將孩子撤出表現差勁的公立學校以及收費過高的私校，並呼籲恢復他們三十年前才激烈反對的「學童混合就讀接送計畫」[329]。

太窮又太難堪，加州教育局沒聘用配槍護衛，只能袖手看這五個「再融合政策」的獻祭羔羊——蘇西．賀藍德、漢娜．納特、羅比．海利、基根．古德瑞奇、梅蘭利．范杜威魚貫踏下車子，護衛他們的不是國民警衛隊，而是神奇的電視直播與佛伊的宏論滔滔。數星期前我看見他，他以座車為家，而且我聽說上次達姆彈聚會，沒人現身，演講人還是有名的社區組織者「_r___o____。

後來被稱為「狄更斯五人」的這些白人學生縮著肩膀、手遮臉保護自己，準備迎接必定伴隨衝撞歷史而至的石頭與玻璃瓶攻擊。不過，不像一九五七年九月三日的阿肯色州小岩城[330]，狄更斯鎮鎮民並未啐他們一臉口水，咒罵種族仇恨語言；反而跟他們索取簽名，問他們找到初中畢業舞會舞伴了嗎？但是當他們走到階梯頂，副校長克麗絲瑪卻跟符鮑斯州長一樣頑強不退，伸手撐住大門側壁。「狄更斯五人」中最高的一員漢娜·納特企圖閃開她進去，克麗絲瑪堅持不讓。

「白人學生不准入內。」

我與「玉米粥」在另一頭看喧鬧，站在克麗絲瑪身後，深信自己就像當年小岩城中央高中

---

327 這是挪用愛因斯坦的公式E=MC²。Emcee，嘻哈說唱者MC的另一說法。

328 O·J·辛普森（O. J. Simpson）是著名退役美足黑人球星，涉嫌殺害白人前妻與她的男友，最後被判無罪。

329 「學童混合就學接送計畫」（forced busing），以前種族隔離時代，校車會區分白人區與黑人區，後來強制禁止，導致許多白人家庭從市區外遷到郊區。

330 一九五七年九月三日，阿肯色州小岩城的中央高中（Central High School）無視「反種族隔離」命令，堅決不讓九名黑人學生入學，這九人後來被稱為「小岩城九人」（Little Rock Nine）。當時的州長符鮑斯（Orval Faubus）還派出國民警衛隊阻擋。後來羅斯福總統出動聯邦軍隊才護送學生成功入學。

人員（清潔工與食堂人員除外），以及一九六二年的密西西比大學[331]員工，在歷史站錯邊。「玉米粥」是到校指導這些新吉姆．克勞。我是應克麗絲瑪之邀幫她看一封商業信件。這信伴隨佛伊最新改寫的多元文化幻想之作《円米之間》而至。全書拷貝史坦貝克《人鼠之間》原稿，場景設定在鐵路苦役年代，做中式英文改寫，把冠詞省略，所有的l與r對調。或許這個該死的世間人人都害怕，畏懼彼此（*Maybe evelybody in whore damn wolrd scaled, aflaid each ether*）。從陳查理的頭號兒子到碎南瓜樂隊[332]、酷棒音樂的製作人、滑板族，到五金店廣告裡嫁給白人的溫馴亞洲女子，至少五十年了，我還真不明白為什麼還有佛伊之流者以為円是中國貨幣，而所有亞裔美國人都他媽的無法正確發出*l*音。不過，隨書而至的潦草信件令人心驚：

親愛的自由派爪牙，

我知道妳不肯使用這本囂張聰明、嘔心瀝血的書，那可是妳的損失。此書將讓我穩穩廁身自學作家典範行列，與維吉妮亞．吳爾芙、川端康成、三島由紀夫、馬雅可夫斯基、大衛．華萊士[333]並肩。週一開學首日見。這或許是屬於妳的校園，妳卻得做我世界的旁聽生。帶上妳的紙筆，以及那位做善說工作的背叛者。

妳的

佛伊．「妳可知道甘地打老婆？」．柴薛爾上克麗絲瑪問我佛伊為何列舉這些作家，我說不知道，沒提他們全自殺身亡。很難說這封信是不是自殺意圖聲明，但願如此。這年頭很難看到所謂的「黑人第一」，佛伊大可成為「第一個自殺的黑人作家」。我必須有心理準備。如果他真是自學出身，我只能說他的老師爛斃了。

佛伊站到隊伍最前面，主導談判，神奇掏出一疊ＤＮＡ檢驗報告，不是朝克麗絲瑪，而是朝最近的攝影機鏡頭揮，說：「我手中是這些小孩的基因檢測報告，顯示他們每個人的母系都可以回溯至數千年前的肯亞大裂谷。」

「老黑，你到底站在哪一邊？」

站在毫不神聖的學校走道，我看不清楚是誰發問，但這是個好問題，從靜默的反應看來，佛伊無法回答。我也不知道自己站在哪一邊，但是我知道聖經、良心派饒舌歌手、佛伊跟我不

---

331 一九六二年，種族主義者反對密西西比大學招收一位黑人退役軍人，群起抗議，引起暴動，兩人死亡（包括一名法國記者），七十人受傷，分配到學校的警衛三分之二受傷。

332 陳查理（Charlie Chan）是厄爾・德爾・比格斯（Earl Derr Biggers）創造的華人探長，講話喜「子曰」，投合西方人對中國人的想像。碎南瓜（Smashing Pumpkins）樂隊貝斯手是日裔美國人井葉吉伸（James Yoshinobu Iha）。

333 馬雅可夫斯基（Vladimir Mayakovsky），烏克蘭詩人。大衛・華萊士（David Foster Wallace），美國小說家、教授，他的《*Infinite Jest*》被《時代雜誌》選入1923-2005年間最好的百部英文小說。

同邊。克麗絲瑪非常清楚自己的立場，兩手一推佛伊的胸膛，他跟那些白人學生咕溜溜像保齡球滾下樓。我則看看與我站在一邊的人：「玉米粥」、老師、席拉．克拉克，雖略微膽怯，卻充滿決心。幹！搞不好我終於在歷史站對邊了。

「你們那麼想進狄更斯的學校，我建議你們等對街的學校開幕。」

這些有前途的白人學生站起身，轉頭看他們的前輩——神祕「惠頓學院」的驕傲先鋒。先進的設備、有效率的老師、綠茵延伸的校園賦予「惠頓學院」無法否認的魅力，讓這些年輕學生止不住渴慕轉向這個學術天堂，就像天使聽到笛聲，聞到食堂好氣味，直到佛伊擋在他們面前，大叫：「別被這些深刻照片迷惑，那學院其實是邪惡淵藪。對那些曾經爭取正義與平等的人正面甩耳光。這是種族歧視玩笑，訕笑此地與所有社群的辛苦工作者，就像把胡蘿蔔綁在棍子前引誘一頭跑不動的老馬。更何況，它根本不存在。」

「但是它看起來超像真的。」

「美夢就是如此，感覺像真的。」

這群人雖失望卻不打退堂鼓，集中在升旗區的草地。這是墨西哥式的多元文化僵持[334]，徹底黑膚的佛伊與白人學生在中間，克麗絲瑪與散發烏托邦幽靈的「惠頓學院」各踞一邊。

他們說，老虎伍茲年輕時參加週末爭獎賽，六呎推桿決勝關鍵時刻，他老爸會耍低級花招干擾他，故意攪弄口袋的零錢叮噹響。結果造就了一個無論任何狀況都不會分心的傢伙。我，正好相反，超級容易分心，永遠不專心，因為老爸喜歡玩「**之後的事實**」遊戲。每當我埋首某事，他就塞著名歷史事件的照片過來，問我：「後來呢？」譬如我們正在看波士頓棕熊隊比賽，碰到重要暫停，他掏出阿姆斯壯月球腳印的照片塞到我面前問，後來呢？我聳肩說：「我不知道。他演了那些克萊斯勒汽車電視廣告。」

「錯。他成為酒鬼。」

「爸，我以為那是伯茲．艾德林[335]……。」

「事實呢，許多歷史學家認為他踏上月球時根本已經爛醉。『這是個人的一小步，卻是人類的一大步。』什麼狗屁意思？」

我第一次少棒聯盟賽打擊時，面對投手是高瘦的馬克．托瑞斯，他的火球硬如少年的勃起，也跟初次性經驗一樣「出」得早，火速連兩好球，快到裁判跟我都沒看清，只能從我額頭的風炙判斷為內角偏高。這時，老爸從牛棚衝出，不是給我打擊指導，而是要我看二戰時美軍與蘇軍在易北河握手、慶祝歐洲戰場正式結束的著名照片，問，後來呢？

「蘇聯與美國陷入將近五十年的冷戰，兩國花了上兆元在龐大的國防配備上，建立艾森豪

334 墨西哥式僵持（Mexican standoff）指對峙雙方均無贏的策略，只能僵持，除非外力介入。

335 伯茲．艾德林（Buzz Aldrin）與阿姆斯壯同搭阿波羅十一號登月，接在阿姆斯壯後面，成為第二個踏上月球的人。

所謂的軍事複合體。」

「對了一半。史達林下令槍斃了照片裡的蘇聯軍人，罪名為與敵軍友好。」

又譬如觀賞《星際大戰》，依據你的科幻痴迷程度而定，可能是《星戰2》或者《星戰5》，不管是哪一部，就在達斯．維達與路克．天行者光劍決鬥高潮，黑暗大君砍下路克的手臂之際，老爸會搶下帶位員的手電筒，然後把黑白照片塞到我胸口問，後來呢？昏暗的圓形光下，照片裡一位黑人女孩穿燙得筆挺的細緻白襯衫、野餐桌布格紋裙子，拿一個三環扣筆記夾防衛遮掩仍在發育的胸口與心靈。她戴了厚厚的墨鏡，卻直視我以及在她身後尖叫折磨她的白人女性。

「她是小岩城九人之一。政府後來派了軍隊，她平安入學。之後一切快樂美好。」

「事實是第二年州長不但沒遵守種族混合的教育政策，還關閉了全市的高中。黑人想要學習，那就大家都不要學。講到學習，記住，他們可沒教你這些。」我壓根沒提所謂「他們」也包括老爸這樣的老師啊。我只記得狐疑路克．天行者為何蹣跚踏入星光深淵。

有時，我希望達斯．維達是我老爸。日子還好過一點。當然，我會少了右臂，但是我絕對不會有身為黑人的負擔，也不必時時猶豫我該不該在乎自己是個黑人，或者何時該在乎。何況，我是左撇子。

大家都跟難洗的草漬一般頑固，等著別人來介入：政府。上帝。不褪色漂白水。原力。哪個都好。

克麗絲瑪累極，轉頭對我說：「這齣狗屎有完沒完啊？」

我喃喃說：「沒完。」踏入加州微風徐來的完美春晨。佛伊顯然事前讓他的部隊練習了昂揚的〈我們一定會勝利〉（*We Shall Overcome*）。他們手牽手，隨著節拍緩慢搖晃哼唱。多數人認為〈我們一定會勝利〉屬於公版權作品。因著黑人的奮鬥而慷慨傳播，任何人覺得受到不平待遇或者背叛，都可以隨意翻唱給力的副歌，也該如此。但是如果你站在「美國著作權局」外，抗議人們從作品不法獲利，然後哼唱〈我們一定會勝利〉，你就欠皮特．席格[336]資產管理委員會五分錢。雖然佛伊盡其可能，將歌詞裡意志昂揚的「總有一天」改成尖叫的「**現在！**」保險起見，我還是扔了十分錢在人行道上。

佛伊高舉雙手過頭，毛衣上提，露出鮪魚肚，也露出義大利真皮皮帶掛著一把槍。這解釋了歌詞的更改、他的不耐、那封信，以及眼裡的絕望。我早該看出來，因為他一貫一絲不苟的平頂假髮欠缺方整的角度。

「克麗絲瑪，報警。」

除了大學嬉皮、黑人民歌手、小熊隊球迷，以及各式理想主義者，少有人會唱〈我們一定

336 皮特．席格（Pete Seeger），美國民謠歌手，〈我們一定會勝利〉的詞曲作者。

會勝利〉第二段到第六段歌詞。佛伊的群眾開始亂唱歌詞，佛伊掏出手槍，當作點四五的提詞卡，驅使他的合唱團跨過困難的段落，雖說，他們背轉身，飛奔經過我與「玉米粥」，奔向依然緊閉的校門，因為克麗絲瑪把門鎖上了。

狄更斯鎮民不太會奔逃，本地媒體也一樣，他們看慣了幫派屠殺，以及多如過江之鯽的瘋狂殺手。因此當佛伊射了兩發，打中他歪斜停在羅斯克藍司大道的賓士車屁股，大家也只是讓出一條防火線，讓那些白人小孩可以躲回比較安全的校車，在座位上蹲低低。反隔離運動一向不易掌握方向，佛伊又朝他們的民權運動射了兩發後，進步的步伐就更緩慢了，因為他們的「自由公車」兩個輪胎扁了。

接著，佛伊瞄準賓士的標誌射了一發，這次行李箱蓋以賓士車才有的緩慢威嚴姿勢打開，佛伊從裡面撈出一罐陳舊的刷牆白漿。我與其他人還來不及靠近，他便轉身，以手槍套與走調唱腔嚇退我們。他又改歌詞，予以個人化，把副歌的「我們一定會勝利」改成「我一定會勝利」。電視選秀節目的評審是怎麼說的？你讓這首作品變成你的。

油漆罐打開的「砰」聲總是令人滿足。佛伊顯然很滿意自己的表現以及用來開罐的鑰匙，仍舊扯大嗓門唱歌，站起身，背對大街，槍指我的胸膛。老爸曾說：「我見過不知多少搞專業的黑人一旦謎團揭開，就整個斷線。」一貫籠罩他們的黑暗退去，就像窗臺沙礫被大雨沖刷，僅剩赤裸的人類處境，人人都能看穿你。履歷表造假被揭穿。報告遲遲寫不出來的原因揭曉，非因太重細節而延宕，而是你有閱讀障礙症。靠近廁所的那位黑人同事辦公桌上老擺著那瓶東西終於真相大白，不是用來「除口臭，二十四小時殺菌，預防牙齦染病與發炎的漱口水」，而是薄荷杜松子酒——一種專殺噩夢、提供虛幻安全感的液體，因為你使用李斯德霖漱口水的燦爛笑容已經逐漸抹殺你的內在安全感。老爸說：「我看過幾千次了。至少東岸老黑還有瑪莎葡萄園島、薩格港[337]，我們有什麼？拉斯維加斯跟他媽的『瘋狂炸雞餐廳』。」我還蠻喜歡「瘋狂炸雞」，也不全信佛伊會傷害我與其他人，決定一旦躲過此劫，第一件事就是上五十八街與佛蒙特街交口的那家，點三塊炸雞套餐，炸得焦黃，配上炙烤玉米與馬鈴薯泥，還要來一杯那種甜滋滋如八歲生日派對的紅色水果酒。

警笛聲還在八丈遠。雖說洛杉磯郡因房價飆漲徵收的物業稅而荷包滿滿，但是狄更斯鎮始終沒得到應有的市民服務。現在，刪減預算加上貪汙，警方反應時間更是得以萬年計，接線生仍是那批經歷二戰大浩劫、盧安達大屠殺、龐貝大毀滅，以及膝傷求救電話的老人。佛伊移開槍管，對準自己的耳朵，另一隻手把整罐未攪和、呈半固體狀的漆往頭上一倒。白漿帶著笨拙折痕，緩緩流過他的半邊臉、半邊身體，直到他的一隻眼、一個鼻孔、一隻袖子、一條褲管跟

337 瑪莎葡萄園島（Martha's Vineyard），美國麻州外海一個富豪聚集的島嶼。薩格港（Sag Harbor），位於紐約州，其捕鯨村與作家村是國家古蹟。

百達翡麗手錶全被刷成雪白。佛伊稱不上「**知識之樹**」，頂多是「**意見之叢**」，不管何者，也不管他是否在搞效果，你知道他的內心已經瀕死。因為我朝下看他的「根」[338]，從山羊鬍滑落下巴、牛奶狀的小瀑布，已經將一隻棕鞋濺滿白點。毫無疑問，他已經徹底瘋了，黑人成功人士如佛伊者，最愛的不是上帝、國家、肘子肥如豬的老媽，而是鞋子。

我走向他。雙手高舉，手掌張開。佛伊的槍管更深深抵進蓬亂非洲頭，以自己為人質。我不在乎他的找死是自尋了結，或者是命喪警方之手，只慶幸他已經停止唱歌。

我說起話來居然超級像老爸：「佛伊，你得問自己兩個問題：我是誰？怎樣才能成為我自己？」

我迎接他的一貫牢騷：「我一切都是為了你們這些黑鬼，這就是我的回報。」聽他謾罵沒人買他的書。就算他製作、編導、親自擔綱，甚至負責膳食的電視脫口秀已經在兩大洲授權播放，把同質化、浪漫化、有趣的黑人思想送進六個國家的無數家庭，依然無法改變世人對我們的看法，遑論我們的自我觀。他呢，隻手把一個黑人送進總統府，卻什麼也沒改變。上星期，一個黑人在《少年知識問答》節目贏得七萬五千元，又有什麼改變。事實是每況愈下。你如何得知？因為「貧窮」兩字已自我們的詞彙與良知消失。因為白人小孩在洗車場工作。因為春宮電影裡的女人越來越美。因為英俊的男同志居然為了鈔票與女人做愛。因為著名影星開始在廣告裡推銷電話公司與美軍。你如何得知世界已經狗屁倒灶，因為有人以為現在還是一九五〇年，可以將種族隔離重新引入美國精神。這人不會就是你，是吧，背叛者？樹立標誌？設立虛構的學校，搞得這個貧民窟宛如一戰期間用來欺騙德國轟炸機的「假巴黎」，艾菲爾鐵塔、凱旋門、火車站一應俱全。或者像德國在二戰時的效仿，在泰雷津集中營弄了假戲院、商店、公園，企圖矇騙紅十字會人員並無殘酷暴行，事實呢，整個戰爭就是連串的酷行——一顆子彈、一次非法拘禁、一次民族淨洗、一顆原子彈，依次升高。你騙不了我，我不是納粹空軍，也不是紅十字成員。我可不是在這個屎坑長大的……有其父，必有其子……。

當你手指汩汩流血，你可以稱那個量為「血流如注」，但是如果你捧著內臟躺在水溝蠕動，我覺得該稱為「了結」。我根本沒聽到槍聲，生平第一次，我跟老爸有了相似處——被沒心肝的人打中肝肺。我隱隱有種滿足感，感覺跟他、他的狗屎黑人意識，以及我的童年已經兩不相欠。老爸從不相信「做個了結」這套。他說那是誤謬的心理學概念。精神治療發明來紓緩西方白人的罪惡感。在他多年的研究與執業生涯裡，從未聽過有色人種說他們需要「做個了結」，他們需要復仇。需要距離，原宥，或許加上一個好律師，而不是「做個了結」。他說人們誤以為自殺、謀殺、胃束帶手術、跨種族通婚、打賞過多小費是「了結」，事實呢，只達到

338 此處是呼應作者前面所提他只能判斷一棵樹是否瀕臨死亡。

抹滅的效果。

「了結」的麻煩在一旦你嘗過那滋味，就希望生活的大小點滴都得到「了結」。尤其是當你正流血至死，你的奴隸處於全盤反抗狀態、朝你的攻擊者飽以滿是瘤瘤的老拳、大喊：「把我的《小淘氣》影片還給我，王八蛋！」足足半個郡的警力才能拉開盛怒的他，而你只能以一本不知被誰扔在水溝的潮溼《*Vibe*》雜誌擋住血勢，你沒時間讓生命點滴消逝。肯伊．威斯特宣布：「我就是饒舌樂。」Jay Z說他是畢卡索。媽的，你的一生從眼前飛逝。

「救護車馬上來。」

騷動終於安靜，止不住哭泣的「玉米粥」脫掉T恤，捲起來枕住我的頭，靠著他的大腿搖晃。一位警員跨站我身體兩邊，以手電筒屁股輕觸我的傷口，說：「黑人善說者，你很勇敢啊。我能幫你什麼嗎？」

「做個了結。」

「我不認為你需要縫合。看起來不像射進肚皮，只打到你的腰間救生圈。表皮傷，真的。」會把槍傷說成表皮傷的人鐵定沒中過槍。我可不會讓一點點「同情心匱乏」阻礙我得到完整的了結。

「在擁擠的戲院裡大喊失火，違法，對吧？」

「是的。」

「那我在後種族歧視的時代呢喃了『種族歧視』。」

我跟她說我恢復狄更斯鎮的努力，以及那個虛構學校如何讓本鎮產生一種認同感。她同情地拍拍我的肩膀，通報上級，當急救人員包紮我，我們三人激烈爭辯我的罪行嚴重性。郡方最多只能援引毀損公物罪起訴，我企圖說服他們，儘管「惠頓學院」出現後，本地犯罪率下降，我依然違反了憲法第一修正案、民權法案，除非掃除貧窮的戰爭結束，我還至少違反了日內瓦公約四個條款。

包紮完畢加上急救人員的好言安慰，我終於平靜下來，他們開始問我一些標準評估問題。

「最近的親屬？」

當我躺在那裡，瀕死，我想到瑪佩莎。後者呢，根據太陽在漂亮蔚藍天空的位置判斷，此刻應該就在這條街的另一頭午休。巴士面海而停，赤腳擱在駕駛盤上，埋首卡繆的書，耳邊是「臉部特寫」[339]唱的〈鐵定就是這個地方〉。

「我有一個女朋友，不過她已婚。」

她問：「那人呢？他是你家人嗎？」她拿原子筆指指打赤膊正在做筆錄的「玉米粥」。做筆錄的女警不敢置信地猛搖頭，一邊猛抄筆記。

339 臉部特寫（Talking Heads），美國新浪潮樂團。

「玉米粥」聽到急救人員的說法，備覺受辱，拿T恤擦擦滿是皺紋的胳肢窩，走過來看我的狀況。「家人？我可是比家人更親的。」

那位女警看著筆記說：「根據這老瘋子的說法，他是奴隸，已經替主人工作四百年了。」

急救人員套上內抹滑石粉的橡皮手套，摸摸「玉米粥」滿是坑疤的背。

「你怎麼會有這些鞭痕？」

「被打啊。否則我這麼個微不足道、懶惰沒品的黑鬼背後怎麼會有這些鞭痕？」

將我銬在擔架上的女警終於找到可以起訴我的罪名，雖然我不是很同意。她們抬著我經過群眾，走向救護車。

「人口走私？」

「不，他從未被買賣。強迫奴役呢？」

「或許，但是你又沒強迫他工作。」

「他也沒在工作。」

「你真的鞭他？」

「不是直接的。我付錢給……說來話長。」

一名救護人員必須彎腰繫鞋帶，她們把我放在公車站長椅，好讓她搞鞋帶。座椅後方的照片，一張熟悉的臉望著我，繫紅色領帶，面帶安撫笑容。

警員問：「你有律師嗎？」

我敲敲廣告牌說：「打給這個老黑。」

牌子上寫：

漢普頓．費司各——律師

記住，脫罪四大步驟：

1. 啥也不說！

2. 別跑！

3. 別拒捕！

4. 啥也不說！

1-800-FREEDOM 通西語

大陪審團起訴，他遲到了，但是我花的每分錢都值得。我跟他說，我不能坐牢，快要收成，而且一匹母馬兩天內要生仔了。帶著這些訊息，他踱步進入預審庭，拂掉西裝外套的樹葉，拿掉燙髮上的小樹枝，手捧一碗水果，大談：「身為農夫，我的委託人乃是某少數族裔不可或缺的一員。史書斑斑，此一族裔向來營養不良、食不果腹。他從未離開加州，擁有一輛仍在使用乙醇、現今本市根本難得一尋的二十年老皮卡，絕無逃亡之虞……」

加州州檢察長特地從沙加緬度飛來起訴我的案子，穿著普拉達的雙腳立刻彈起：「我反對！被告是邪惡天才，他的可憎行動已經歧視了所有種族，更不用提大刺刺的蓄奴。州檢方認為有足夠證據顯示他惡劣違反一八六六年、一八七一年、一九五七年、一九六四、一九六八年的民權法案，一九六三年的平權法案，以及憲法第十三、第十四修正案，還有至少天殺的犯下十戒中的六戒。如果我有權，我會判他違反人性。」

費司各冷靜反擊：「這就是我委託人的人性。」然後輕輕將水果碗放到法官案前，後退幾步，深深一鞠躬。「法官大人，這是我客戶農場的新摘水果。」

阮法官揉揉疲倦的雙眼，拿起一顆油桃在手中把玩，然後說：「坐在這裡，我確知此中的反諷，因為一個亞非裔混血的女性州檢察長、一個黑人被告、一個黑人辯護律師、一個拉美裔法警、一個越南裔美國地方初審法院法官，要為本質為法律爭議的事件設定準則，那就是我們的司法系統是否存在白人優越，其涵蓋範圍為何，效力又為何。雖說在座各位都會同意基本前提是民權，但是針對被告到底確實違反了哪些憲法條文所定義的『法律下的平等待遇』，我們卻可以爭論到天荒地老。被告企圖再度引進種族隔離與奴隸制度兩種戒律，來使他的社區恢復舊觀，儘管人們認為這兩個概念不存在、不合憲，但是根據他的文化史，卻確實定義了他的族群，他點出美國所宣稱的平等有基本缺陷。我們總說：『我不在乎你是黑、是白，還是棕、黃、紅、綠、紫。』做為我們並無偏見的明證，但如果我們被直指為綠或紫，便氣瘋了。這就是被告所做的事，他為我們重新上色，把這個社區漆成紫與綠，看看還有誰相信所謂的平等。我不知道他的所作所為是否合法，但是我可以確保他有走完正當法律程序、速審速決的民權。明晨九點再開庭。各位做好心理準備，不管罪名為何、有罪或無罪，如果這案子要上最高法院，我希望你們未來五年都閒閒沒事。保釋金額為——」阮法官咬了一口油桃，親吻十字架——「一粒哈密瓜與兩粒金錢桔。」

絕不摻水的黑人性

第二十四章

我以為最高法院的冷氣會爆爛，跟優秀的法庭電影《十二怒漢》或《梅崗城故事》一樣。電影裡，庭審總是在盛夏於悶熱場所舉行，因為心理學書籍說犯罪率隨氣溫上升。脾氣變躁。汗流不止的證人與出庭律師互相叫囂。陪審團猛搧扇，打開四面板窗子，尋找出路與新鮮空氣。華盛頓特區在這個季節算是相當潮溼，氣溫卻溫和，媽的，還近乎冷颼颼。雖說如此，我還是得打開法庭窗子，散散菸味跟五年司法纏訟的挫折。

我高聲對傑出的法庭畫師兼影癡佛萊德．曼恩說：「你沒法應付大麻啦！」這是最高法院纏訟最久的案例，此刻是晚餐休息。我們坐在一間無名接待室打發時間，分享一根大麻，惡搞《軍官與魔鬼》的高潮。這不是一部好電影，但是傑克．尼克遜對其他演員與劇本的鄙夷，以及最後一段獨白的表現撐起了這部電影。

「是你下令紅色條規？」[340]

「可能。但是媽的，我現在太嗨了……。」

「是你下令紅色條規？」

「天殺的沒錯！我還會再做一次，因為媽的，這大麻讚透了。」這是佛萊德對角色的分析：「這叫啥玩意啊？」他指的是手中的大麻。

「還沒命名，但是紅色條規聽起來不錯。」

佛萊德畫過所有重要案例的法庭素描：同性婚姻、投票權利法案的終結[341]、以及「積極平權法案」在高等教育領域的陣亡（延伸來說，幾乎是所有領域）[342]等。他說三十年法庭畫師生涯，他還第一次碰到休庭吃晚飯的。也是第一次看到大法官們彼此提高音量、橫眉豎眼。他秀今日庭訊的畫像給我看。一個保守派天主教大法官偷偷朝布朗區出身的自由派天主教大法官彈臉頰。

「*coño* 是什麼意思？」

---

340 紅色條規（red code），電影裡對軍隊不合群者的法外懲戒。

341 作者此處是講二〇一三年的Shelby County v. Holder案。美國一九六五年通過的「選舉權利法案」（Voting Rights Act）保障投票行為不受種族歧視，section 5規定「曾有種族歧視的某些州投票程序如有任何更動，必須呈送司法部與華盛頓特區的聯邦法院通過」。二〇一〇年，Shelby County控訴此條款違憲。二〇一三年，最高法院裁定廢除此條，因為現在已無種族歧視情事。結果，許多州以「防止選舉舞弊」為由，縮緊投票規定（如有照片的身分證明，或者有住址的帳單等），明顯阻礙老年人、少數族裔的投票參與。

342 積極平權法案（Affirmative Act）是為了保障少數及弱勢族裔的扶植條款（見注釋42），譬如規定大學招生，黑人族裔必須佔多少名額。後來被白人學生抗議「歧視白人」。高等學府逐漸廢除對積極平權法案的支持。

「什麼？」

「這是她低聲說的，先是講 *chupa mi verga, cabrón*。」[343]

我的彩色繪像看起來糟透了，位於畫面左下方。最高法院允許企業政治捐款不受規範、焚燒國旗，我無置喙餘地，但是它做過的最棒決定是不准相機進入法庭，因為我還真他媽的醜斃了。球莖狀鼻子與碩大耳朵從狀似富士山的光禿腦袋戳出，活像肉做的風速儀。我露出黃板牙笑容，死瞪猶太裔年輕大法官，好像可以透視她的法官袍。佛萊德說，不准照相機入內非關維持法庭端莊肅穆，而是確保國人無法窺見普利茅斯岩紀念碑[344]之下是什麼。因為，最高法院就是你掏出雞巴與奶頭之處，決定誰要「被幹」、誰有「奶喝」。這裡上演的是憲政春宮劇，大法官波特不是曾說過「什麼是猥褻？我看到就知道。」[345]

「佛萊德，你能否修一下我的門牙，我像媽的黑色德古拉。」[346]

「《黑色德古拉》，被低估的電影。」

佛萊德從掛帶上拿下識別證，把金屬別針變成臨時「蟑螂夾」[347]，一大口吸光剩下的大麻，眼睛與鼻翼緊縮。我問他可否借支筆，他點頭說好。我趁機拿走他豪華鉛筆盒裡的所有棕色筆。幹！我才不要成為最高法院史上最平淡無奇的訴訟當事人。

在社會實驗時（我老爸所謂的「**不懈怠的白人手段與方法**」課），他警告我別跟不認識的白人一起聽饒舌樂與藍調，稍長後，我被告誡別跟白人一起玩大富翁、抽大麻，或者共飲兩杯以上的啤酒。因為上述活動會滋生一種錯誤的熟稔感。從飢餓叢林大貓到非洲渡輪，世間沒有啥比自認跟你很熟的白人更危險。佛萊德剛剛對著華盛頓特區夜色噴完菸，露出那種「我們不是靈魂兄弟嗎」的眼神。「兄弟啊，我跟你說，在這兒，我啥都看過。種族歸類、跨種族通婚、仇恨發言，以及種族性排他優惠措施。你知道我族跟你族有何差異？我們都想登堂入室分杯羹，但是你們王八蛋卻欠缺逃脫計畫。我們呢？一分鐘內就可以落跑。不管是進入餐館、保齡球館，或者狂歡派對，我向來都有逃脫計畫，萬一有哪個王八蛋想在此伏擊我，我該怎麼逃？這是一整個世代下來的教訓，但我們畢竟學會了。他們告訴你：『學校關閉。無需再學習。』你們這些笨蛋也就相信了。想想看，如果此刻，他媽的帝國風暴兵[348]來敲門，你會怎麼做？你的逃脫策略是什麼？」

敲門聲傳來，是個法警，正囫圇吞下最後一口加工食物鮪魚捲，想知道為何我一條腿懸在

343 西班牙語，第一個字*coño*罵人「臭屄」。第二句*chupa mi verga, cabrón*為「雜種，你舔我的雞巴吧。」

344 普利茅斯岩紀念碑（Plymouth Rock）位於麻州，是五月花號移民首度踏入美國之地。

345 此處講的美國大法官Potter Steward在審理導演路易・馬盧的《孽戀》時說，他無法明確定義何謂硬蕊春宮，但是他看到就知道，《孽戀》不是。

346 《黑色德古拉》（*Blacular*）是一九七二年的黑人剝削電影，描寫黑人吸血鬼。

347 蟑螂夾（roach clip），俚語，夾住大麻尾巴的金屬夾。

348 Storm trooper，《星際大戰》裡的帝國風暴兵。

窗外。佛萊德只是搖搖頭。我朝下看。就算我能熬過三層樓高度不死，也會困在俗氣的大理石庭院，被三十呎高的浮誇殖民風格建築包圍，四周是獅子頭日本楓、竹莖、紅蘭花，以及淤積的噴泉。走出去時，佛萊德指著盆景後面、一個小如哈比人出入的側門說，據說那通往應許之地。

重新進入法庭，我發現一個超級蒼白少年坐了我的位子。這就像等到球賽第四節，趁帶位員不注意，從上排座位偷偷溜到場邊，坐上某位怕塞車提前離去球迷的座位。我想起某個單口相聲老哏，白人顧客返回，看到黑人坐了他們的位子，抽籤決定由誰去叫他們走開。

「老兄，你坐了我的位置。」

「嗨，我只想跟你說，我覺得自己的合憲性也在受審。而你沒啥啦啦隊。」他朝空揮舞想像的高空機關槍：喀啦喀嚓！喀啦喀擦！砰！吧！

「感謝支持。我很需要。但是請你挪過去點。」

大法官魚貫入內。沒人提及我的摔角雙打賽新搭檔。今天很漫長。法官們眼袋浮現，發皺法官袍失去光澤。黑人大法官的袍子好像還沾上烤肉醬。庭內只有兩人鮮亮如故。一個是傑佛遜總統時代風格首席大法官，一個是走在時代尖端的費司各，兩人髮型一絲不苟，沒有一點疲態。但是費司各略佔上風，他已經換了全新行頭，穿上頗惹爭議、顯眼輝煌的鮮嫩綠超緊褲襠連身喇叭褲。他脫下翹邊帽、斗篷、象牙頭手杖，調整自己胯下那坨，然後站到一旁，首席大法官有話要說。

「我知道這是很累的一天。我知道在這個文化裡，種族二字難以討論，針對此，我們有必要……。」

我旁邊那位白人男孩用手摀嘴，發出《動物屋》電影裡那種咳嗽式「狗屁」。我悄聲問這位鬼魅混蛋尊姓大名，詢問同戰壕袍澤名號是基本禮貌。

「亞當·Y——。」

「好兄弟。」

我雖嗨，還沒嗨到不知道「種族」二字難以討論，因為的確如此。兒童性侵橫行本國，也是難以討論，但是你沒聽到抱怨，大家就是根本隻字不提。你何時聽過大家心平氣和、字斟句酌討論「雙方合意亂倫之樂」？有些事情就是難以討論，不過，我認為這個國家針對種族，其實討論還頗多，每當你聽見人們說「我們為何不能對種族議題開誠布公？」意指「你們這些老黑就不能合理點嗎？」或者「幹，白佬，如果我真的開誠布公，你還沒開槍，我就被炒魷魚了，種族有哪麼好談嗎？」當我們講種族，特指「黑鬼」，因為想要說服別人，隨時可以針對美國原住民、拉美裔、亞裔，以及美國最新種族——名流，大發不合時宜的議論。一點也不困難。

我們黑人根本不談種族。因為現今凡事不再歸因種族，而是「減罪情節」。唯一敢針對種族勇敢發表洞見的是講話特大聲、對甘迺迪與摩城唱片[349]仍抱浪漫情懷的中年白人，或者此刻坐在我身旁、身穿「解放西藏」與「巴比費特」[350]紮染T恤、廣泛閱讀、心胸開放的白人年輕「使魔」[351]，以及底特律幾個自由撰稿記者，還有窩在自家地下室、字斟句酌敲鍵盤回應網路上潮水不絕種族偏見言論的家裡蹲廢柴。因此，感謝MSNBC新聞網[352]、雷克．魯賓[353]、《大西洋月刊》的黑人員工、布朗大學[354]，以及這位來自上西城區的最高法院美麗大法官。此刻她正輕鬆靠近麥克風，率先提出了一個合理問題：「我想在此我們創造了一個法律困境，那就是一個違反民權法案的行為，如果產生了前述法案企圖達到卻未能達成的相同成就，能否稱為侵犯該法案？隔離卻平等[355]之所以被消除，非因道德因素，而是本院認定『隔離永遠不可能平等』。最低程度，本案不是讓我們自問：隔離是否真的不平等，而是『隔離且不平等』是不是比較好？吾訴美利堅合眾國案要求我們對何謂『隔離』、『平等』、『黑人』做最基本的檢視。現在開始辦嚴肅正事——何謂黑人？」

費司各此人最大好處不光是維持七〇流行風格不死，還在永遠有備而來。他理理大如帳棚遮簾的翻領，清清喉嚨；這個刻意動作會讓某些人緊張。他要聽者如坐針氈，至少代表他們注意聆聽。

「何謂黑人？法官閣下，這是個好問題。法國不朽作家尚．惹內受某演員委託撰寫全是黑人的劇本，也問了相同問題，他不僅思索『何謂黑人』，還提出更基本的質疑：『首先，我是什麼膚色？』」

費司各的法律團隊拉繩索，所有窗簾放下，然後他走到開關處，讓整個房間浸入黑暗。「除了蒞內，許多饒舌歌手與黑人思想家也貢獻己見。早期有個全假掰白人青年的饒舌四人組『黑人青少年』堅持『黑，是一種心理狀態。』我委託人的父親是著名的非洲裔美國心理學家F．K．吾先生（願這個王八蛋天才安息），立論黑人認同的形成分階段。根據他的**黑人性典型**，階段一是『**黑人新手**』，這個階段的黑人屬於前意識期。一如許多小孩畏懼我們現在所處的漆黑狀態，**黑人新手**畏懼自己的黑，一種無止無盡、無法逃脫、遠大於自己的黑。」費司各彈一下手指，喬丹推銷Nike球鞋的巨大海報投影於法庭四壁，接著是鮑爾將軍在各國聯合入

---

349 摩城唱片（Motown Records）是美國第一個黑人擁有的唱片公司，對流行音樂的種族融合影響甚鉅。

350 巴比．費特（Boba Fett），星戰系列裡的賞金獵人。

351 使魔（familiar），指跟在吸血鬼身邊辦事、尚未蛻變成吸血鬼的嘍囉。

352 立場被認為較偏民主黨與自由派。

353 雷克．魯賓（Rick Rubin），本名Frederick Jay Rubin，白人唱片製作人，也是嘻哈重要廠牌Def Jam的創辦人。

354 布朗大學（Brown University）在二〇〇一到二〇一二年間由Ruth Simmons擔任校長，是美國史上第一個常春藤名校黑人校長。

355 隔離卻平等（separated but equal）是在種族隔離時代的一個理念，認為黑白雖隔離，兩邊卻都享有相同的待遇。

侵伊拉克前，於聯合國大會上展示黃餅配方[356]的照片，然後是國務卿萊斯鬥牙漏風說大謊。這些非洲裔美國人足以展現費司各的論點，強大的自我怨憎驅使他們重視主流社會的接受度，更甚自尊與道德。小古巴．古丁、《真實世界》節目裡的柯蘿、摩根．費里曼的照片飛快閃過。引用這些過時流行偶像暴露了費司各的年紀，但是他繼續自己的論點：「他們什麼都好，就是不想做黑人，深受低自尊與炭黑皮膚之苦。」牆上浮現一幅照片，顯示某黑人大法官抽雪茄，排隊等十呎推桿。大家都笑了，包括那名黑人大法官。「**第一階段黑人**反覆看《六人行》重播，渾然不覺白人情境喜劇裡，跟黑妞約會的一定是那群人中最平凡的傢伙，這樣的人才得到姊妹的愛。烏龜、尖叫、大衛．史溫默、喬治．康斯坦扎之流者[357]……。」

首席大法官畏縮舉手。

「對不起，費司各先生，我有問題……。」

「混蛋，現在不行，我正在席『捲』全場！」

我也正在「捲」，拿出捲菸器，努力在黑暗中朝槽裡填塞濕潤菸絲。他們可以控我「蔑視法庭」，*le mépris* 什麼的[358]，我不需要有人告訴我**第二階段**黑人性是啥。那是粗體大寫的「**黑**」。這些狗屁我深烙腦海。打自我會玩「**找出與畫面不符者**」遊戲起，老爸就拿湖人隊照片給我看，要我指認隊中的「象徵性白人」。馬克．蘭斯柏格[359]，我需要你時，你在哪裡？

「**第二階段**黑人性是對種族有高度自覺。此時，種族仍是撲天蓋地，卻較為正面。黑人性成為一個人的經驗與概念架構的重要元素。黑人性被高度崇揚，白人性被惡魔化。情緒經驗從酸楚、憤怒、自我毀滅，搖擺至支持黑人的幸福感，以及黑人至上論的概念……」惟恐被瞧見，我躲到桌底，但是那根大麻不對勁，抽不起來。我努力維持餘火不滅。從我的奇怪角度，我瞧見佛伊・柴薛爾、傑克森牧師、索杰娜・特魯斯[360]、媽媽馬碧麗[361]、金・卡戴珊、我老爸的照片從眼前飛快閃過。我永遠無法逃離老爸。他說的沒錯，沒有「了結」這碼子事。有可能大麻太黏，燃不起來。或許我捲得太緊。或許我根本沒有大麻，只是嗨到不知道過去五分鐘我都企圖點燃手指。「**第三階段**黑人性是種族超越論。一種反抗壓迫與尋求平靜的集體意識。」幹！我要閃人了。我是幽靈。打算安靜溜出去，免得費司各難堪，在這場沒完沒了的訴訟裡，他一直表現得像捍衛正義的雄兵。「**第三階段**黑人性的代表人物是羅莎・帕克斯、哈莉特・塔布

356 黃餅（yellow cake），重鈾酸納的俗稱，鈾礦採出後，含鈾溶液與其他礦物質分離，分離後的鈾狀似黃色的餅。

357 烏龜（Turtle）是電視劇《我家也有大明星》（*Entourage*）裡的Salvatore "Turtle" Assante，尖叫（Screech）是《救命下課鈴》（*Saved by the Bell*）影集裡的Samuel "Screech" Powers，大衛・史溫默（David Swimmers）是影集《六人行》裡的Ross，喬治・康斯坦扎（George Costanza）是影集《歡樂單身派對》（*Seinfeld*）裡的喬治・康斯坦扎。

358 法文的輕蔑。

359 馬克・蘭斯柏格（Mark Landsberger），一九八〇到一九八年年期間效力湖人隊的白人球員。

360 索杰娜・特魯斯（Sojourner Truth），福音教士，廢奴運動者、作家。

361 媽媽馬碧麗（Moms Mabley），美國黑人女喜劇演員。

曼、坐牛、凱撒・查維斯、鈴木一朗。[362]」我在漆黑中掩臉，我的剪影切過牆上的李小龍《龍爭虎鬥》劇照，他正要出手海扁眾人。感謝法庭畫師佛萊德，我預先擬定了黑暗中逃脫的計畫。「**第三階段**的黑人是此刻坐在您左邊的女人以及右邊的男人。他們純因真善美而相信真善美。」

華盛頓特區跟多數城市一樣，晚上漂亮多了。我坐在最高法院臺階，設法把汽水罐變成大麻菸斗，凝視明亮如櫥窗裝飾的白宮，思索這個國家的首都究竟有何不同。

用百事樂鋁罐抽大麻，滋味不算特佳，還可以。我朝空氣吐煙圈。想著應該有「**第四階段**黑人性」——**絕不摻水的黑**。我不知道**絕不摻水的黑**是什麼，但是絕對沒市場。表面上，**絕不摻水的黑**彷彿頑抗成功，他們是唐諾・葛恩斯、查斯特・漢斯、愛比・林肯、馬可斯・加維、阿爾法、伍達[363]，以及嚴肅黑人演員。是短雪茄、大腸料理與監獄一夜遊。**絕不摻水的黑**是換手變向運球，穿家居拖鞋便大剌剌出門。是「然而」與「諸如此類」。是我們黑人漂亮的手與醜斃的腳。**絕不摻水的黑**是「我鳥你個X」！是克萊倫斯・庫柏、查理・帕克、理查・普萊爾、瑪雅・黛倫、桑・拉、溝口健二、芙烈達・卡蘿、黑白片的高達、塞利納、鞏俐、大衛・哈蒙斯、碧玉，以及任何一種帽T組合階段的武當派[364]。**絕不摻水的黑**是評論披著小說外衣。是明白無所謂「絕對」直到「絕對」出現。接受矛盾並非罪與惡而是人性脆弱，一如頭髮分叉與自由放任主義。**不摻水的黑**是徹悟世間一切皆爆爛與枉然，但是有時，虛無主義讓生命值得一活。

坐在最高法院外的階梯抽大麻，凝視星空、頭上是**法律面前人人平等**座右銘，我終於明白華盛頓特區有啥不對。它的建築幾乎齊頭高，毫無天際線可言，只有華盛頓紀念碑高高深入夜空，活像對全世界豎起巨大中指。

362 塔布曼與查維斯，分見注釋67與105。坐牛（Sitting Bull）是北美拉科塔族胡克帕帕領袖，晚年推動鬼舞驅逐白人，在逮捕過程中遭擊斃。

363 唐諾・葛恩斯（Donald Goines）是非洲裔美國小説家，作品影響許多饒舌歌手。查斯特・漢斯（Chester Himes）是美國黑人作家，曾獲得法國偵探文學大獎。愛比・林肯（Abbey Lincoln）是爵士黑人女歌手、作曲家與民權運動者。馬可斯・加維見注釋99。阿爾法・伍達（Alfre Woodard），美國黑人女演員、民權運動者。

364 克萊倫斯・庫柏（Clarence Cooper），美國黑人作家。查理・帕克（Charlie Parker），美國著名黑人爵士樂手。理查・普萊爾，見注釋254。瑪雅・黛倫（Maya Deren），俄裔美國人，實驗電影之母。桑・拉（Sun Ra），美國爵士作曲家、詩人，黑人未來派先驅。塞利納（Louis-Ferdinand Céline），法國作家、現代文學巨擘。大衛・哈默斯（David Hammons），美國黑人裝置藝術與表演藝術家。

第二十五章

可笑的是，端視最高法院的裁決，我的返鄉派對也可能是發監派對。因此，廚房門口的標語布條寫著：**合憲或伏法——未決**。瑪佩莎只邀請了朋友與隔壁的羅培茲兄弟。大家都窩在我家看遺失的《小淘氣》影片，圍繞此刻的真主角「玉米粥」。

佛伊主張暫時性精神錯亂，謀殺未遂不成立，但我贏了民事部分，而事實擺在眼前，就如多數美國名流，佛伊傳說中的財富畢竟只是「傳說」。他必須賣車付律師費，唯一有價值的剩物正是我唯一想要的——《小淘氣》影片。在豐盛的西瓜、琴酒、檸檬汁環繞下，配上十六釐米放映機，我們打算開始享受一整晚的粗粒子、黑白片、「哎喲喲，主人」，那是自《國家的誕生》[365]以降僅見，ESPN上播的任何東西都夠不上的種族歧視。兩個小時後，我們狐疑佛伊幹麼費勁收藏？雖然「玉米粥」看到銀幕上的自己，狂喜萬分，但是佛伊的珍藏多數為米高梅電影公司未發行的《小淘氣》片段。四〇年代中期，這影集已快壽終正寢，失去創意，但是眼前這些短片更是糟到無以復加，雖說後期的小淘氣卡司齊全：「四眼田雞」、「麥基」、「蕎麥」，還有較少人知的珍娜，當然還有「玉米粥」演的各種小角色。這些戰後才拍的短片主題嚴肅，譬如在《熱辣納粹》裡，小淘氣追緝假扮小兒科醫師的戰犯，瓊斯醫師的種族偏見讓他暴露身分。發高燒的「玉米粥」前來檢查，他忍不住嘲諷：「看來，我們在戰爭期間沒能將你們剷除乾淨，來，吃下這些砒霜藥片，瞧瞧會怎麼樣。」在《不合群的蝴蝶》裡，「玉米粥」得到明星規格待遇，他在林子裡睡了太久，一隻帝王蝶在他紊亂的頭髮做繭，他驚恐脫帽給科貝翠小姐看，她興奮地說他有了「蝶蛹」（chrysalis），總是探頭探腦的小淘氣同夥誤聽成「梅毒」（syphilis），企圖將他關到「窯子戶」隔離。影片中倒有幾部珍寶。為了挽救走下坡的影集，影城製作了幾部舞臺劇節略版，全部由小淘氣主演。太可惜了，世人沒法瞧見「蕎麥」在《瓊斯皇》扮演的布塔司·瓊斯，以及「四眼田雞」飾演的史密澤[366]。離開團隊已久的姐拉回來演了個性強悍的《安提戈涅》[367]，表演精湛。「苜宿芽」也沒閒著，在克利福德·奧德茨的《失樂園》裡扮演李爾王[368]。但是佛伊收藏的多數影片，實在看不出有何必要大費周章不讓大眾瞧見。影片裡的種族偏見與平常一樣，亞利桑那州議會一日遊都比這個更惡劣。

365 請參見注釋37。

366 《瓊斯皇》（*Emperor Jones*）是著名劇作家尤金·歐尼爾的名著，講一名作奸犯科的黑人逃到一個全是土著的島上，當起了皇帝。史密澤是劇中的宰相。

367 《安提戈涅》（*Antigone*）是希臘劇作家索福克勒斯（Sophocles）在西元前四四二年的作品，公認是偉大的希臘悲劇。

368 克利福德·奧德茨（Clifford Odets）是美國近代左翼劇作家，《失樂園》（*Paradise Lost*）是他的著名作品。

「『玉米粥』，還有多長的影片？」

「大約十五分鐘，主人。」

銀幕浮現《柴堆裡的黑人—第一拍》字樣，後面是一捆農場柴薪。兩三秒鐘過去，砰！一顆頭髮毛亂的黑色小腦袋冒出，掛著精力旺盛的笑容，大叫：「我是黑傢伙！」然後轉動如海豹寶寶的可愛大眼睛。

「『玉米粥』，那是你嗎？」

「真希望是，這小鬼天生是塊料！」

突然間，你聽見導演在鏡頭之外喊：「我們已經有足夠的木柴，我們需要黑一點。佛伊，拜託你，這次給我演對。我知道你只有五歲，但是給我大大使出黑人那套。」第二拍，沒啥特別，接著是一個低成本、只有一盤的短片叫《石油黑大亨！》，「蕎麥」與「玉米粥」主演，以及一個從未見過的小淘氣成員——名為「小佛伊．柴薛爾」的布偶，又名「黑傢伙」。那集頓成經典，就我記憶所及，還是《小淘氣》全集裡的最後一部。

「我記得這部！天啊！我記得！」

「『玉米粥』，別跳，你擋住了。」

《石油黑大亨！》這集裡，幾個小淘氣跟一個由私家車司機載來、戴寬邊呢帽的瘦高男子在暗巷密會，之後，小淘氣們推著堆滿現鈔的手推車，走在零犯罪率的格林維街頭。這三位黑人新富現在成日戴高禮帽、穿燕尾服，不斷招待其他疑心漸生的小淘氣成員看電影、吃甜食。甚至替窮巴巴的麥基買了一套他在體育用品店櫥窗張望許久的昂貴捕手配備。「蕎麥」解釋何以致富：「我們找到一片幸運草，中了愛爾蘭樂透。」其他小淘氣成員不吃這一套，提出幾個理論：他們當組頭。他們賭馬。海蒂．麥克丹妮爾死了，遺產全給了他們[369]。最後他們威脅「蕎麥」不說實話就把他逐出小淘氣一夥。他說：「我們搞石油。」成員依舊不信，因為沒看到油井架，他們尾隨「玉米粥」到一個隱密的倉庫，赫然發現這批惡毒的黑鬼讓全「黑鬼城」的小孩插了靜脈注射器，一滴又一滴黑色的血滴落油桶，一品脫五分錢。之後，仍包著尿片的小佛伊現身，扮鬼臉，對著鏡頭大叫：「黑傢伙！」影片終於大發慈悲淡出，主題曲響起。

最後是「表兄」打破死寂：「現在我知道瘋子佛伊為何起肖。要是我有這種玩意壓在良心上，也會瘋掉。我還是個沒事就殺人的傢伙呢。」

史帝威是個硬派黑道，冷酷如自由市場，無情如罹患亞茲柏格症的瓦肯星人，此刻卻一顆淚珠滑落臉頰。他舉起一罐啤酒向「玉米粥」致敬：「我不知道該怎麼表達，我要敬『玉米粥』一杯，因為你是個比我好的人。我發誓奧斯卡一定得頒終生成就獎給黑人演員，你們實在太苦了。」

---

369 海蒂．麥克丹尼爾（Hattie McDaniel），黑人女演員，以《亂世佳人》裡的奶媽聞名。

「混合沙拉」說：「至今仍是。」我根本不知道他也來了，大概剛拍完一整天的《嘻哈警察》，趕過來。他說：「我知道『玉米粥』經歷過什麼，我也碰過導演對我說：『這一場，我們需要黑一點，你可以更黑人一點嗎？』我說：『幹！你這個種族歧視雜種。』他們就說：『就是這樣，別減弱強度！』」

納斯特．羅培茲呼地站起身，伏特加與大麻衝腦，搖晃了好一會兒，才說：「至少你們參與了好萊塢歷史。我們有什麼？飛毛腿岡薩雷斯[370]，以及頭頂香蕉串的女人。我們不需要狗屁警徽[371]，還有一些監獄電影。」

「老兄，有些監獄電影很棒哩。」

「至少你們有幾個黑皮膚的小淘氣，幹，怎沒『墨西哥小辣臘腸』（chorizo）跟『小白菜』呢？」[372]

納斯特講的沒錯，小淘氣裡的確沒有「墨西哥小辣臘腸」，但是我也不想提「唱喬」與「愛德華蘇呼」[373]，這兩位亞裔小淘氣雖稱不上「星級」，但是遠比影城推到鏡頭前的那些鼻涕小鬼成功多了。我去穀倉查看剛買來的瑞典綿羊。羅斯拉根小羊擠在柿子樹下，這是牠們在貧民窟的第一晚，極端畏懼山羊跟豬會搞牠們。一頭蓬鬆雪白，另一頭雜混了灰色，我擁抱牠們發抖的身體，親吻牠們的鼻梁。

「玉米粥」站在我身後，我沒注意，但是他有樣學樣，乾裂的香腸嘴也對著我的嘴深深一吻。

「搞屁啊！」

「我要辭職。」

「辭什麼？」

「奴隸。明天上午我們再談補償金的事。」

綿羊依然嚇得發抖。我對著牠們抖顫的耳朵輕語*Vara modig*[374]，天知道啥鬼意思，這是飼養小冊上說的，買來的第一週，每天至少要對牠們說三次。我不該買的，但是牠們瀕臨絕種，一個農耕系教授在新聞裡看到我，覺得我會是個好照護者。我也害怕。萬一我得去坐牢呢？誰來照顧牠們？就算我沒有違反憲法第一、第十三、第十四修正案，他們也提及要送我到國際刑事

---

370 飛毛腿岡薩雷斯（Speedy Gonzales）是華納電影的一個卡通角色，出現在《樂一通》裡，稱為全墨西哥最快的老鼠，講話是誇張墨西哥口音。

371 我們不需要狗屁警徽（We don't need no stinking badges），語出電影《碧血金沙》（*The Treasure of Sierra Madre*），一個墨西哥搶匪對主角亨利·鮑嘉說的對白，後來被電視、遊戲廣泛引用，被美國電影協會選為電影百年百句最有名對白第三十六名。

372 此處是指沒有以墨西哥人、華人小孩為角色的小淘氣。

373 唱喬（Sing Joy）、愛德華蘇呼（Edward Soo Hoo）是《小淘氣》裡的兩位亞裔小演員。

374 Vara modig，要勇敢的意思。

法庭，起訴我種族隔離（apartheid）[375]。南非種族隔離期間，他們不曾起訴任何南非人此罪，現在要來逮捕我？一個人畜無害的中南美洲非洲裔美國人？人民擁有力量啦！（Amandla awethu）[376]

瑪佩莎在臥房喊：「弄完了就進來。」

她的口氣迫切，代表：立馬、現在。我晚點再來給羊餵奶瓶。《目擊新聞》快播了。我交往五年的女友趴在床上，雙手抱頭，正在看五斗櫃上的電視播氣象。克麗絲瑪坐在她旁邊，頭靠床板，穿了絲襪的腿交叉橫擱在瑪佩莎的屁股上。我躺到僅剩的床墊空位，爬入我幻想中的三人行。

「瑪佩莎，萬一我得去坐牢呢？」

「閉嘴，看電視。」

「費司各在庭上發表了一個好論點，他說如果『玉米粥』的勞動類同奴役，那麼，全美大企業都等著那些世世代代沒領薪水的實習生集體訴訟索賠好了。」

「閉嘴好嗎？要錯過了。」

「如果我得去坐牢呢？」

「那我只好再找一個做愛超沒想像力的老黑了。」

其他人擠在臥房門口張望。瑪佩莎伸手抓住我的下巴，讓我扭頭看螢光幕：「看。」

氣象播報員香朵．馬丁莉的手揮過洛杉磯盆地。熱。南方有股水氣移來。聖塔克萊利塔山谷與范杜拉郡的高溫警報持續，其他地區可望於子夜開始季節性降溫。多數地方晴時多雲，從聖巴巴拉到橘郡，沿線海岸氣溫溫和到合適（天知道什麼意思），內陸較熱。現在各地氣溫預報，入夜前不會有太大變化。我一向喜歡氣象圖，3D效果的海岸地形圖伴隨預報越往南方與內陸而變形轉動。山脊與低地平原顏色漸層，總是讓我很驚艷。現在氣溫……

棕櫚谷 103°/88°……奧克斯納德 77°/70°……聖塔克萊利塔 108°/107° ……千橡市 77°/69°……聖莫尼卡 79°/66° ……凡奈斯 105°/82°……格蘭岱爾 95°/79°……狄更斯鎮 88°/74°……長灘 82°/75°……。

「等等，他們說狄更斯鎮？」

瑪佩莎瘋狂大笑。我側身穿過人群與瑪佩莎的小鬼（我拒絕透露他們的名字），往外奔，後廊掛的溫度計剛剛好八十八度。我忍不住哭泣。狄更斯鎮終於重回地圖。

---

375 Apartheid是南非語裡的apartness，隔離之意。

376 Amandla awethu是非洲Nguni語，種族隔離時代常用的「人民擁有力量」。

第二十六章

父親忌日那晚，瑪佩莎跟我開車到達姆彈甜甜圈看素人之夜。坐老位子，遠離舞臺，靠近廁所與滅火器，浸沐於**出口**標誌的紅光下。以防萬一，我還找了其他逃生口，指給她看。

「以防萬一什麼？萬一奇蹟出現，有人真的講了個好笑話，我們得集體狂奔，給理查·普萊爾跟戴夫·查普爾[377]刨墳，確保他們的屍骨仍在地下，今日不是黑色復活節[378]？現今這些輕量級黑人喜劇演員，我真他媽的看了想吐。為什麼沒有黑人約翰拿·溫特司、約翰·坎迪、W·C·費爾茲、約翰·貝魯西、傑基·葛理森、羅珊·巴爾[379]？因為一個真正好笑的黑人大塊頭會讓美國嚇到挫尿。」

「這年頭，也沒有很多胖魁白人喜劇演員了。而且，戴夫·查普爾還沒死。」

「你儘管相信你的吧。這老黑死翹翹了，他們非得殺了他不可。」

素人之夜曾經有個傢伙讓我大笑。那次我跟老爸一起。一個矮胖黑人蹦上臺，他是新主持人。這傢伙黑得像沒繳電費被剪線的黑，看起來像隻瘋狂牛蛙，兩隻眼睛從頭上狂野暴凸，好像急於逃離腦袋裡的瘋狂。回想起來，他相當胖。我跟老爸坐在老位子，通常，如果不是老爸上臺，我就讀自己的書，讓那些白人黑人黃色笑話像背景聲音流過。不過，這個牛蛙男人講的第一個笑話就讓我哭了。他大吼：「你老媽領社會福利太久，久到她的臉孔都印在食物券上。」他快活耍弄手中的金色麥克風，好像他完全不需要，純粹是後臺的人遞給他，他才拿的。任何可以讓我放下《第二十二條軍規》的人鐵定超爆笑。之後，換成我拖著老爸去素人之夜。如果想坐老位子，得七早八早去排隊，因為話已經傳遍整個洛杉磯黑人社區，素人之夜有個超級好笑的王八蛋主持人。晚間八點起，甜甜圈店就充滿黑人的哄堂大笑直到關門。

這個在交通裁決庭上班的小丑不僅僅是說笑話；他挖出你的潛意識，再用你的潛意識猛擊你，不是把你打到面目難辨，而是直到你看清自己。一晚，一對白人情侶在開門兩小時後才踱步進來，坐在前排正中央，加入輕佻歡樂。有時他們放聲大笑。有時他們輕聲竊笑，貌似當了一輩子黑人，深得箇中三味。我不知道什麼引起這位主持人注意，因為他的圓形腦袋滿是燈光照射的汗。或許是這對男女的笑聲高了一度。或許是該哈哈的時候，他們嘻嘻。或許他們過於靠近舞臺。白佬如果領悟他們無需每次都坐到前排正中央，或許這一切都不會發生。主持人大

---

377 見101頁，注釋131。

378 黑色復活節（Black Easter）典故出自James Blish寫的同名小說，一名黑人軍火商買通黑魔法師將地獄之人放出來一天。

379 作者所提的Jonathan Winters、John Candy、W.C. Fields、John Belushi、Jackie Gleason、Roseanne Barr 都是大塊頭白人喜劇明星。

叫：「你們兩個白鬼在笑啥？」觀眾越發呵呵。那對白人笑得最大聲，還猛拍桌，很高興有人注意，很高興被眾人接受。「我可不是扯淡！你們這兩個貿然闖入的混蛋笑啥？媽的，給我滾出去。」

緊張的笑聲，一點都不好玩，它勉強而發，穿過房間，停停起起，波動如餐廳播放的難聽早午餐爵士樂。黑人觀眾跟大圓桌的那些進城狂歡的拉美裔知道何時適可而止，那對白人不會。我們沉默啜飲罐裝啤酒與汽水，決心置身事外。只剩他們還在繼續笑，因為這一定是表演的一部分，對不對？

「你們以為我在他媽的開玩笑？這玩意不適合你們，懂嗎？現在，給我滾出去！這屬於我們黑人！」

笑聲停了，只剩懇求協助卻無人回應的眼神，然後兩張椅子輕聲往後挪動，靜靜離開桌子，越遠越好。接著，外面的十二月寒風與街頭聲響撲入。晚班店長在他們身後闔上門。除了最低消費額的兩杯沒喝完飲料與三個甜甜圈，沒啥證據白人來過。

「現在，被打斷之前，我說到哪兒？哦，你媽媽，那個禿頭……。」

每當回想那晚，黑人喜劇演員把白人情侶逐入夜色，夾著尾巴，也夾著他們自以為是的歷史。我想的不是對或錯。不。我想到的是自己的沉默。沉默可以是抗議或默許，多數時候，它是怯懦。或許這是我生性安靜，還是個稱職善說者（不管是不是黑人）的原因，因為我總害怕，害怕自己會說些什麼，或做出必須恪守的承諾或威脅。這也是我喜歡那位主持人的原因，雖然我不同意他所謂的「滾出去，這屬於我們黑人。」我敬重他的大屌不甩，卻仍盼望自己不曾怯懦，而是起身抗議。不是抗議他幹的事，剮了他，也不是替那兩個受苦的白佬出頭。畢竟他們自己都不敢出頭，打電話報警、召喚上帝，或者譴責在座所有人。我只希望自己曾站起身，面對那男人，問：「到底什麼是『屬於我們黑人的』？」

了結

我記得那個黑人就任那天，佛伊．柴薛爾得意得就像驕傲的潘趣[380]，開車繞全鎮，鳴喇叭、揮國旗。他不是唯一的歡慶者，整個街坊都開心，雖比不上O．J．辛普森無罪開釋、湖人贏得二〇〇二年總冠軍的那種至喜，但也相去不遠。佛伊開車經過時，我正在前院給玉米剝殼。我問他：「你幹麼揮國旗？為什麼是現在？我以前沒看過。」他說，他覺得這個國家、這個亞美利堅合眾國終於償債了。我問：「那北美原住民呢？華人、日本人、墨西哥人、窮人、森林、水源、空氣，還有他媽的加州兀鷹呢？何時才能得到補償？」

他只是搖搖頭，說我老爸一定會以我為恥，因為我從頭到尾就是不懂。他講的沒錯。我不懂。永遠不會懂。

380 英國木偶戲《潘趣與茱蒂》裡的男主角，是個非常驕傲，從來不認錯的角色。

謝辭

感謝Sarah Chalfant，Jin Auh，和Colin Dickerman。

還有謝謝Kemi Ilesanmi和Creative Capital。若少了你們的信任與支持便不會有這本書。

擁抱Lou Asekoff、Sheila Maldonado，以及Lydia Offord。

感謝我的家人：Ma、Anna、Sharon和Ainka。愛你們。

我要向William E. Cross, Jr. 獻上敬意與謝意，他對黑人認同發展開創性研究給了我靈感，特別是他於一九七一年七月發行第二十期《*Black World*》上的那篇論文〈*The Negro-to-Black Conversion Experience*〉，自我的研究生時期便陪伴我至今。

大師名作坊 187

背叛者

作　者—保羅．貝提
譯　者—何穎怡
編　輯—張瑋庭
美術設計—廖韡
內頁排版—宸遠彩藝
副總編輯—嘉世強
董 事 長—趙政岷
出 版 者—時報文化出版企業股份有限公司
108019臺北市和平西路三段二四〇號三樓
發行專線—（〇二）二三〇六—六八四二
讀者服務專線—〇八〇〇—二三一—七〇五
（〇二）二三〇四—七一〇三
讀者服務傳真—（〇二）二三〇四—六八五八
郵撥—一九三四四七二四時報文化出版公司
信箱—（一〇八九九）臺北華江橋郵局第九九信箱
時報悅讀網—http://www.readingtimes.com.tw
電子郵件信箱—liter@ readingtimes.com.tw
法律顧問—理律法律事務所　陳長文律師、李念祖律師
印　刷—勁達印刷有限公司
初版一刷—二〇二二年三月四日
定　價—新臺幣四五〇元
（缺頁或破損的書，請寄回更換）

時報文化出版公司成立於一九七五年，
並於一九九九年股票上櫃公開發行，於二〇〇八年脫離中時集團非屬旺中，
以「尊重智慧與創意的文化事業」為信念。

背叛者/保羅・貝提(Paul Beatty) 著 ; 何穎怡譯 . – 初版 .
– 臺北市 : 時報文化, 2022.03
面; 公分 . – (大師名作坊;187)
譯自 : The Sellout
ISBN 978-626-335-080-9

873.57　　111001965

ISBN 978-626-335-080-9
Printed in Taiwan